印象水文

河南省水文水资源局　主编

黄河水利出版社
·郑州·

图书在版编目(CIP)数据

印象水文/河南省水文水资源局主编. —郑州:黄河水利出版社, 2019.12

ISBN 978-7-5509-2557-1

Ⅰ.①印… Ⅱ.①河… Ⅲ.①中国文学-当代文学-作品综合集 Ⅳ.①I217.1

中国版本图书馆 CIP 数据核字(2019)第 277958 号

组稿编辑:李洪良　电话:0371-66026352　E-mail:hongliang0013@163.com

出 版 社:黄河水利出版社　网址:www.yrcp.com

地址:河南省郑州市顺河路黄委会综合楼 14 层　邮政编码:450003

发行单位:黄河水利出版社

发行部电话:0371-66026940、66020550、66028024、66022620(传真)

E-mail:hhslcbs@126.com

承印单位:河南瑞之光印刷股份有限公司

开本:787 mm×1 092 mm　1/16

印张:19

字数:238 千字　印数:1—1 000

版次:2019 年 12 月第 1 版　印次:2019 年 12 月第 1 次印刷

定价:100.00 元

《印象水文》编纂委员会

《印象水文》编纂办公室

前 言

《印象水文》是河南水文人庆祝中华人民共和国成立70周年的文学作品集。

披览史书,人们心里有一个不争的史实:黄河孕育了中华民族。逐水而居的华夏先民们,在与水的依附和抗争中触摸到中原文化的童年、唱响黄河文明的序曲。目睹《尧典》“汤汤洪水方割,荡荡怀山襄陵”的记载,也仿佛听到明洪武年间塘马传递黄河汛情的嘶喊……一部河南史,可以说是一部浓缩的中国史;一部河南水利史,可以说是半部中国水文化史。

水,生命之源、生产之要、生态之基。水之利害,事关黎民存殁、民生福祸;关乎社稷安危、文明兴废。水文因水而生,源远流长,因破译水之密码而盛名。河南水文人以兴水利、除水害为己任,发挥着不可或缺的作用,业已成为水利建设的尖兵、防汛抗旱的耳目、水资源管理与保护的哨兵、现代水利的基石、经济社会发展的基础。新时代新征程,水文在防汛抗旱中的作用越来越关键,在水资源管理中的作用越来越突出,在生态环境建设中的作用越来越显著,在经济社会发展中的作用越来越广泛。

水文人是水的代言人。《印象水文》文学作品集,是河南水文人用纪实、诗歌、散文等多种艺术形式于一体,书写着自己为之奋斗的水文事业。这些浸润着汗水、雨水、泪水和江河水,接着地气、沾着泥土、带着露珠、冒着热气的原生态作品,像山间溪边吐露芬芳的小野花,虽然稚嫩,但却萌得可爱。细细品读,你会感觉到一阵扑面而来的清风,令人神清气爽;你会感知到一股来自心灵深处的快慰,使人自豪感油然而生;你会感受到一种自觉担当的力量在升腾,叫人践行初心使命。

《印象水文》文学作品集，其一笔一划，一草一木，一山一石，一景一物，一字一句，都饱含着河南水文人对文化艺术的审视和思考，透视着水文人对美好生活的向往与憧憬，诠释着水文人对水文文化的自觉与自信。作品选材于水文人的工作和生活，突出思想艺术性，注重体式、题材、内容、风格的多样性及地域、时间、事件的典型性，字里行间都表达着水文人的真情实感，展现着水文人“特别能吃苦、特别能忍耐、特别负责任、特别能奉献”的优秀品质。作品以笔墨寄情、纸砚言志，抒发爱党、爱国、爱水之情，致力讲好水文故事、传播好水文声音、阐释好水文特色，唱响了水文改革发展新乐章，展示出水文人“求实、团结、进取、奉献”的时代风采和精神风貌。

出版这本书，不仅仅是为了追忆往昔，更是对水文行业发展脉络的一种文化梳理，旨在推动河南水文文化繁荣兴盛。

出版这本书，承载着水文人的情感诉求和精神追求，构建起水文人的精神家园，让水文人用自己的笔墨将奋斗历程载入史册。

出版这本书，是水文人与社会、与大自然对话的窗口，期望有更多人走进水文、了解水文、理解水文、亲近水文、支持水文。

谨以此书献给中华人民共和国成立70周年！

编委会

二〇一九年九月

目 录

散文篇

诗歌篇

纪实篇

一支能打硬仗的队伍

岳利军

河南省南阳荆紫关水文站是丹江口水库的最大入库控制站，汇流区域绝大部分位于陕西境内，流域面积达 7086 平方公里。2010 年 7 月 23 日下午到晚上，陕西南部突降特大暴雨，从 24 日凌晨开始，丹江开始涨水，24 日 5 时，荆紫关水文站接到南阳局水情科信息，上游陕西境内过风楼水文站报流量 2200 立方米每秒，荆紫关水文站职工及南阳局支援人员立即行动，迎战即将到来的洪水。

暴雨还在持续，24 日夜，荆紫关水文站所属淅川县境内也降下了特大暴雨。通信基本中断，站上的同志克服重重困难，把有关雨水情信息及时报送给县、乡防汛部门。从 24 日 6 时起，断面水位上涨异常迅猛并夹杂大量的漂浮物。面对突如其来的重大汛情，站上立即启动了特大洪水测洪应急方案，大家各司其职，临危不乱，分为水位观测组、外业测验组和水情信息计算传输组，立即投入到紧张的测报工作中。

从 6 时 12 分起，水位迅速上升，流速加大；6 时 32 分，水位达 211.84 米，流速仪实测流量 306 立方米每秒。随着水位急剧上升，流速的不断加大和漂浮物的增加，流速仪不能再使用，外业测验组决定采用中泓浮标法进行流量测验，测验组同志立即按预案各司其责，发信号、做记录、传信息等各个环节，按测验规范要求有条不紊地进行。

6 时 52 分，利用中泓浮标实测流量 1570 立方米每秒，相应水位 213.08 米。8 时 12 分，两小时之内河水上涨 3.54 米，水位达

214.63 米，实测流量 3170 立方米每秒，P6、P4、P3、P2 各水尺相继被淹没。

9 时 12 分水位达 215.03 米，实测流量 3870 立方米每秒。此后，水位流量增幅减缓，大家以为此次洪水接近峰顶，紧张的情绪稍有缓和。但时隔 30 分钟，河水在稍事平缓之后，积聚了更大的能量。10 时 6 分，受上游来水影响，水位又开始了新一轮上涨，并在 11 时 30 分达到水位 215.71 米，实测流量 5300 立方米每秒。

河水裹挟着大树、油罐等大量的漂浮物，咆哮而下，漂浮物不时碰撞已接近水面的缆道副索，导致高高悬挂的铅鱼和副索钢塔大幅度摆动。为避免流速仪和铅鱼受损，测验组决定拆除铅鱼拉偏索及通往缆道房的信号悬挂索。年过半百的荆紫关站站长黄志泉和年轻职工杨明武同志毫不犹豫地跳入奔腾的河水中，游向缆道主索钢塔，小心翼翼地拆除了拉偏索并固定好铅鱼；杨明武同志冒着生命危险登上 11 米高耸在滔滔洪流中的钢塔顶端，拆下了信号索。巨浪急流中，他们的身影仿佛飘摇的落叶，随时都有被卷走的危险。为确保安全，测验组全体人员拿着救生设备，密切关注着他们的一举一动，随时准备救援。

浪高流急，漂浮物布满河道，12 时 10 分左右，缆道副索被大量的漂浮物缠绕拉断。大家都吓出了一身冷汗，多亏提前拆除了主副索之间及缆道房的钢索，消除了主副索同时被拉断的安全隐患。位于水文测验断面上游几十米的高压电线和通信电缆相继被河道漂浮物拉断，水面上火花四溅。12 时 42 分，水位高达 216.48 米，实测流量 8790 立方米每秒，河面波浪汹涌，奔腾下泄，涛声震耳。13 时 20 分，右岸主索钢塔在漂浮物的缠绕下，顺流倒下，主索在急流中剧烈摆动，危及左岸钢塔和缆道房安全，情况万分危急。此时测验组胡成年总工立即请求局有关领导，建议斩断循环索和起重索，确保缆道房安全。在王立军局长的指示下，测验组同志飞奔到缆道房果断截断了与缆道房相连的循环索和起重索。在起重索被截断瞬间，只听“砰”的一声巨响，重达600千克的左岸绞关被主索从水中拔起，腾空撞上钢塔顶部，连续上下撞击几次以后，翻过钢塔顶端，坠落掉入激流中。经历过无数风雨的水文职工面对这突如其来的一幕，也惊得目瞪口呆，大家异口同声地说，如果此时没有切断缆道与站房的联系，站房会被拉塌，后果不堪设想。

14时48分，水位到达217.60米后稳定，15时6分水位开始缓慢下落。

在荆紫关水文站这次洪水起涨过程中，水位9小时升幅达6.87米，最大实测流速达7.14米每秒，最大实测流量8790立方米每秒，为荆紫关水文站历史实测最大洪峰。

在这次抢测洪峰过程中，水文职工临危不惧、沉着冷静，充分发挥了可贵的勇于牺牲甘于奉献，越是洪流越向前的水文精神。洪峰时刻，水位观测组全耀勇同志从24日5时直到16时，坚守在每一根水尺旁，每6分钟观测一次水位，在最高水尺被即将淹没时及时组织测验组人员打水尺，定高程，确保了洪水水位的精确记录；水高浪急，漂浮物对缆道构成威胁，50多岁的黄志泉站长说了一句：“我的水性好，我上！”，不顾洪水危险，爬钢塔，除险情；汛情汹涌，田海河、胡成年、陈朝阳等同志站在四处溢水、摇摇欲坠的渠道内堤发信号、传信息，确保流量测验的准确；水情信息计算传输组李文胜同志凭借过硬的技术水平，从24日6时起进行紧张的水位过程点绘、流量计算和水情信息传输，就连上卫生间也是一路小跑……为了及时给当地县、镇防汛指挥部门的防汛决策提供及时准确的水情信息，荆紫关水文站的水文职工始终坚守工作岗位，饿了在办公室啃口方便面，困了互相鼓励，尽职尽责，确保了测验质量，将涨水的信息提前8个小时报给县、镇防汛指挥部门，让4000多名群众及时安全转移且无一人伤亡，用水文人无私无畏的奉献保障了下游人民的生命财产安全。

郭庚茂省长在7月19日的河南省防汛会商中说：“抢险就如同

打仗。”我们的水文职工在 7 月 23 日抗洪抢险中,用钢铁一样的意志,打赢了一场硬仗,用实际行动向党和人民交出了一份优秀的答卷。

（作者单位:河南省水文水资源局）

三十六年的记忆

沈兴厚

我于1983年7月大学毕业，分配到原信阳水文分站（现信阳水文水资源勘测局）化验室，1991年正式调入河南省水文水资源总站监测室，一直从事水质监测与评价工作。打开36年的记忆，全省水文系统水质监测工作从无到有、从小到大，一幕一幕又浮现在我的眼前……

一、从无到有

1954年河南省开始地表水常规水质（天然水化学）分析，从1974年起相继建立周口、许昌、信阳、南阳、商丘、洛阳、安阳7处实验室，同时增加了污染监测项目。1993年3月河南省水文总站实验室建成投入使用，同年6月，经河南省水利厅批准，成立了河南省水环境监测中心及7个地市水环境监测分中心。1995年全省实验室通过网点计量认证，取得国家级计量认证合格证书，具备向行业主管部门和社会提供公正数据的能力。2009年7月新乡和驻马店2个分中心建成投入运行，有效缓解了豫北和豫南地区监测力量薄弱的局面，增强了为各级政府部门提供服务的能力，使全省水质监测工作更适应新时期水资源保护与管理工作的需要。

我毕业时的信阳化验室大大小小有五六间房，大间里套小间，作为实验室不仅结构不合理，而且面积不到200平方米。仪器设备仅有2台比色计、检流计和由磁饱和稳压器“三件套”组成的72型分光光度计，1台万分之一全自动机械天平。所谓配套设备有水浴锅、电炉、烘箱（无鼓风）、电蒸馏水器等，简单得不能再简单，其他就是瓶瓶罐罐、玻璃器皿了。通风设备只有排气扇，没有控温设施。记得2000年计量认证复查换证时，部计量办领导给全省的评语是“一流的素质、一流的管理、三流的设备”，当时每个分中心实验室所有仪器设备总价不超过5万元。至2005年，省中心只有原子吸收1台大型仪器。2009年，省中心有了气相色谱和离子色谱，分中心才相继配备了火焰原子吸收。在国家水资源监控能力建设项目实施之前，省中心及9个分中心共有仪器设备149台(套)，价值399万元。

2010年后，通过国家水资源监控能力建设项目、中小流域建设项目和水资源监测能力及饮用水安全应急监测建设工程项目实施，全省水质监测共投入建设经费5592万元，购置仪器设备345台(套)。经过连续8年的投资建设，全省各中心实验室监测能力和监测效率得到大幅提升。省中心除更新常规设备外，配备了电感耦合定离子质谱仪、气相色谱－质谱联用仪、高效液相色谱仪、总有机碳测定仪、全自动固相萃取仪和总α、β测定仪等大型仪器设备，监测能力大幅提升。同时，省水环境监测中心及各分中心基础设施条件得到改善，各分中心实验室生产业务用房面积大幅增加，至2015年底统计数据见如下对照表。

实验室面积对照表

序号	单位	面积(平方米)		成立时间(年份)
		2009年	2015年	
1	河南省水环境监测中心	760	1000	1992
2	南阳水环境监测分中心	380	817	1975
3	安阳水环境监测分中心	300	950	1988
4	信阳水环境监测分中心	200	480	1975

续表

序号	单位	面积(平方米)		成立时间（年份）
		2009 年	2015 年	
5	商丘水环境监测分中心	390	1020	1991
6	驻马店水环境监测分中心	340	720	2009
7	周口水环境监测分中心	200	800	1974
8	新乡水环境监测分中心	430	920	2009
9	洛阳水环境监测分中心	350	1100	1978
10	许昌水环境监测分中心	300	1000	1975

二、由少变多

一是监测人员。20 世纪 70 年代以前，全省只有 2 处化验室，水质监测人员十几人，监测参数只有十几项。记得 1983 年我毕业时，信阳化验室监测项目不足 10 项，所谓的污染分析项目送周口化验室分析（自制木箱装水样，放长途汽车顶上，每 2 个月 1 次，偶尔单位会派那辆唯一的罗马吉普送样）。

2005 年底，全省水质工作人员 61 人，其中管理人员 9 人，占总人数的 14.8%；工程师以上人数为 31 人，占总人数的 47.7%；助工以上人数为 53 人，占总人数的 81.5%；学历在大专以上的占总人数的 72.3%。可以进行地表水、地下水、饮用水及水源水、废污水、大气降水、底质（含土壤）等六大类 62 个参数的分析。

2018 年底，全省有水质工作人员 92 人。其中，高级技术人员 34 人、中级技术人员 34 人，专业涉及分析化学、环境监测、水文水资源、环境工程、计算机等。经过连续 8 年的投资建设，全省各中心实验室监测能力和监测效率得到大幅提升。省中心在近 2 个计量周期内认证参数增加了 24 项，其中有毒有机物、放射性、生物毒性、微生物、藻类监测能力都大幅增加。所辖9个分中心监测能力也有了不同程度的提升。

二是水质监测业务。化验室在20世纪五六十年代叫“水化室”,主要业务是天然水化学分析,指标少,任务轻;如今叫“水环境监测(分)中心”,从名称上可以明显看出业务范围的拓宽。20世纪90年代以来,水环境监测(分)中心工作任务主要有地表水功能区监测、地下水监测、入河排污口监测、淮河污染联防动态监测、水质数据的分析与评价以及水质年报、简报、动态监测简报、水资源公报(水质部分)等各类水质信息的编制工作等。以“污染联防”监测为例,此工作由淮河水资源保护局主持,1991年起步时叫“沙颍河污染联防”,由水质监测、信息传递和闸坝调度三部分组成。目的是在沙颍河中下游平原地区,通过共享及时的水质信息和上下游合理的闸坝运用,由河南、安徽水利、环保形成统一的应对突发性水污染事件防御体系。最初的工作范围只是在沙颍河,河南省只涉及周口地区。后来范围逐步扩大到贾鲁河、泉河、涡河、惠济河、大沙河、沱河、洪河、汝河、淮河干流和浉河等,将河南商丘、驻马店和信阳3市也纳入其中,工作成效明显的同时,工作量也逐渐变大。

党的十八大以来,习总书记提出了“绿水青山就是金山银山”的理念,表达了党和政府大力推进生态文明建设的鲜明态度和坚定决心。十九大之后,国家层面进一步加大了污染防治力度,提出打好蓝天、碧水、净土三大保卫战。为此,水利水质监测的覆盖面不断扩大,水源地水质监测、灌区退水监测、水生态监测、应急监测等被逐步纳入到日常业务中。在GC、LC、GC-MS、ICP-MS、便携式微生物测试仪、生物毒性测定仪、藻类鉴定系统等新型仪器以及全自动采样船等先进技术手段的支持下,全省水环境监测系统实现了从只开展常规理化监测到重视有毒有机物、水生态监测的转变;实现了从只具备常态化实验室监测到初步具备应急机动监测能力的转变。为更好地服务于水行政主管部门,服务于国计民生打下了坚实的基础。

三是监测站点。伴随着上述业务范围的拓展,水质监测站点也逐渐增加。20世纪七八十年代的水质监测站点主要与重要水文站相结合,加上干流和主要支流入河口。至90年代中期全省水质站点与基本水文站点大致相同,为120个左右。1997年淮河流域开展达标排放零点行动,全省入河排污口监测启动,并由最初的150余个逐步增加到2018年的450个。省属海河、黄河、长江三个流域也相继开展此项工作,全省设有站点330个。随着地表水功能区的划分并经省政府和国务院批准,水功能区水质监测逐步替代了原地表水水质监测,站点也随之增加到近500个;2011年地下水污染问题引起关注,全省按地下水功能区划,设置222个地下水水质站点;2016年国家地下水监测工程启动,共设置地下水监测井712眼。同时,饮用水源地站点监测在25处基础上,逐步扩大完善;农灌监测点也由2018年的38个大型灌区扩大到2019年的148个大中型灌区。

三、从经典到现代

经典的水质分析方法是化学分析,如容量法、重量法等。20世纪五十年代的天然水化学分析以容量法、重量法居多,比色分析虽用到比色计(分光光度计),而真正的仪器分析时代开始于六七十年代。河南省的水质分析同样是由最开始的容量法为主,到八十年代的比色法为主,从冷原子荧光到原子荧光,从火焰原子吸收到石墨炉原子吸收;阴阳离子的测定由容量法、比色法到离子色谱法、等离子发射光谱法、连续流动分析法;重金属的测定由比色法到原子吸收法再到等离子发射光谱法;有毒有机物因气相色谱或气质联用的操作复杂和价格昂贵,直到几年前省中心才开始监测。

目前,全省各实验室已普及的提升监测效率的代表仪器是连续流动分析仪和离子色谱仪。连续流动分析仪的配备使全省告别了依靠传统手工操作监测挥发酚、硫化物、(总)氰化物和阴离子洗涤剂的时代。在连续流动分析仪没有配备前,以上4个监测项目需要4名有经验的监测人员分别实施监测,而且每天每个项目的监测量在50~100个样品。使用连续流动分析仪后,一名持证上岗的监测人员可以同时实施4个项目的监测,且每小时能完成测定30~40个样品。连续流动分析仪的投入使用不但显著提高了监测效率,也使监测数据的稳定性显著改善,监测工作人员的劳动强度大大降低。离子色谱仪、电感耦合等离子质谱仪、气相色谱-质谱联用仪和气相色谱-质谱联用仪的投入运用,也都大大提高了不同水质要素的监测能力和监测效率。

另一个现代的标志是水质信息化工作。近年来,通过中小河流水文建设投入,河南省水质监测与评价信息服务系统和实验室信息管理系统先后建成并投入使用,使全省水质监测工作信息化、自动化水平有了很大提高。河南省水质监测与评价信息服务系统是在部水文局原水质共享信息系统基础上,根据河南省水质业务工作的具体需求,通过进一步的本地化定制开发,具有水质评价分析计算、信息发布、信息服务、数据整编、系统管理、水质地图显示等功能,实现了WebGIS与水资源质量信息评价管理的结合,能够快速有效地利用水质监测信息,满足用户对水质数据应用的需求。系统的建立,一是改变了多年来水质数据结构不统一、存储分散、使用困难的状况,数据有效性和安全性得到了较大提高,为水质数据基于网络进行交换和传输奠定了基础;二是使水质评价及水质数据整编工作进一步实现自动化和规范化,初步实现了水质数据处理和信息发布的自动化。实验室管理信息系统是通过计算机网络技术、数据库技术,将实验室的采样、检测业务流程、质量控制、环境、人员、仪器、试剂、文件、方法、标准等要素有机结合,组成一个科学、规范、高效的综合管理体系,实现从采样到检测报告生成的检测主流程管理。同时,对分中心的数据、业务流程、质量控制、仪器等进行强化管理。

实现了水质监测工作从传统、手工、静态、孤立的事后监督到电子化、自动化、标准化、智能化、连续化、整体化的流程管理，为水质监测和水资源保护工作的信息化、现代化打下坚实的基础。

36 年，我见证了河南水质监测的快速发展，也从一名普通的技术员走上了管理岗位。也许，有一种回忆叫眷恋。36 年过去，每当打开记忆的闸门，让我最割舍不掉的，依旧是内心深处对河南水质工作浓浓的情怀。

（作者单位：河南省水文水资源局）

堡垒　旗帜　尖兵

袁建文

人生中大多事随着时间的推移,慢慢地变得模糊不清了,但总有些事让你刻骨铭心,仿佛还在昨天,历历在目。比如,2010 年豫西南那场百年不遇的大洪水……

这是一个令人悲怆的夏天。2010 年 7 月 14 日至 26 日,巍峨的伏牛山区接连普降暴雨、特大暴雨,百年不遇的洪灾使美丽富庶的豫西南大地惨遭蹂躏。一时间,肆虐的洪水造成多处山体滑坡,道路冲毁,桥梁、房屋坍塌,电力、通信中断,树木、庄稼连根拔起……

这是一个惊心动魄的季节。勇立潮头唱大风,长缨在手缚苍龙。素有“哨兵、尖兵、耳目、参谋”的南阳水文人,以“测得到、报得出、报得及时、报得准确”的庄严承诺,驾轻舟、战激流,爬钢塔、除险情,打水尺、定高程,测雨情、报洪峰,传信息、发预警……,把南阳西部 7 个水文站同时发生了建站以来最高水位、最大流量,其中 2 个测站遭遇超百年一遇的洪水永远载入史册。

这是一个可歌可泣的岁月。高高矗立的丰碑,镌刻着“党和人民利益高于一切”的铿锵誓言。在大暴雨中,南阳水文水资源勘测局水情中心在第一时间发布预警预报 10 余次,通过网络、电话、短信、文字等形式向各级防汛部门发送雨水情信息 6504 份。关键时刻,每 10 分钟向当地防汛指挥部门发送一次信息,及时准确的情报预报,为 20 余万宛西百姓安全转移赢得了宝贵时间……

危急关头,有一种信念在坚守……

让我们以时间为序,再度回眸南阳水文水资源勘测局党支部“一班人”所经历的和时间赛跑、与洪魔角力的一幕幕……

“防汛无小事，责任大于天，要把抗洪测报作为创先争优活动的主战场，首战用我，用我必胜，让党旗高扬、党徽闪耀。”南阳水文水资源勘测局党支部书记王林在支部党员大会上发布“战前”动员令时掷地有声。

未雨绸缪，防患未然。全局上下从思想、组织、制度、技术、设备、测报方案、安全生产等方面再检查、再完善，确保洪水面前“攻无不克，战无不胜”。

风雨兼程，书记先行。

7 月 16 日深夜，南阳平氏水文站三夹河上游暴雨倾盆。汛情就是命令。支部书记王林率领包片科室的同志，驱车碾过被洪水浸漫的道路直奔平氏水文站。面对上游堰塘、拦河坝冲垮的险情，王林书记靠前指挥，带领站上同志冒险驾驶测船在风口浪尖上艰难穿行，抢测洪峰最大流量，一组组数据、信息迅速传递。

严阵以待，一线指挥。

7 月 18 日 22 时，南召县李青店水文站及上游大雨滂沱。密切关注黄鸭河水情的王立军局长，立即和李春正副局长一起带领技术人员凌晨 1 时冒雨急奔李青店。在流速仪法、浮标法不能奏效的情况下，指导站长崔振中立刻采用第三套测洪方案——比降面积法，抢测到了超高历史洪水位 198.10 米和百年一遇最大流量 5130 立方米每秒。

风雨如晦，科学决策。

从 7 月 21 日开始，暴雨、局部特大暴雨再次席卷豫西南地区。镇平、内乡、西峡、淅川等地平均降水量在 200 毫米以上，其中西峡七峪水库 6 小时雨量达 298 毫米。

21 日夜，南阳水文局灯火通明，手机、电话铃声此起彼伏。党支部召开紧急会议，决定班子成员分片包站，实行责任制，抢险突击队整装待命，领导干部和机关中层干部全部深入基层测站第一线。

王庆礼副局长主动请战，开着自家的车紧急驰援汲滩水文站。

田海河副书记、胡成年总工不顾高血压、心脏病复发的危险，奔西峡、赴米坪、坐镇紫荆关。

7月22日，雨，越下越大，越下越急……

一场全面的防汛测报战役在党支部的坚强领导下打响了——23日凌晨，棠梨树水文站，2小时降雨199.8毫米。8时，王林书记、李春正副局长带领应急抢险小分队驱车赶往棠梨树站支援。途中桥毁路断，大家弃车拄棍，冒雨翻山越岭，泥泞中走了近两小时到达站上，立即投入到资料分析整理、设立临时水尺等应急工作中。

夜以继日，风雨同舟

7月24日，一个刻骨铭心的日子。内乡告急、西峡告急、淅川告急……

湍河告急、淇河告急、老灌河告急、丹江告急……

凌晨5时，支部正、副书记兵分两路，王林书记带领一支突击队向西坪水文站进发，王立军局长带着一支突击队奔赴内乡、西峡水文站。

面对全区域同时出现的滔滔洪水，王立军局长坐镇西峡，指挥督战，不停地查看云图、观察洪水曲线，不时地询问雨水情、通过电话解答来自各个测站急如星火的难题。11时30分，荆紫关水文站报告，河面漂浮物横冲直撞，直接威胁到接近水面的缆道副索，继而右岸主索钢塔倒伏，危及左岸钢塔和缆道房安全，王立军局长果断下令拆除拉偏索，斩断循环索和起重索，一场灾难化险为夷。

米坪，米坪，米坪……上百次呼叫，连续近两天米坪水文站依然杳无音信，“孤岛”中的米坪怎么样了？站上职工的安危牵动着厅、省局等各级领导的心。中午时分，从信阳防汛前线风驰电掣奔赴西峡水文站的于合群副厅长、杨大勇局长，明确指令南阳局要不惜一切代价对米坪实施救援。24日下午，王立军局长带领应急突击队从西峡县十万火急地驰援米坪站。此时，军马河至双龙镇公路上积水达一米多深，河道上十桥九断，路面三分之二被山洪冲垮，洪水几乎漫过发动机盖子,摸索中前进的汽车险些被滚滚洪流卷走,无奈他们只好淌着齐腰深的洪水,推着熄火的汽车被迫返程,首次救援行动未果。

25 日中午,刚从郑州赶到西峡查看汛情的省局潘涛书记获悉 30 多小时仍没有米坪站水文职工音讯时,心急如焚,立即组织有关人员再次进山。面对着洪水过后的残桥断路,堆积成丘的泥石流,车辆难以逾越,在支部书记王林同志的引领下,他们改乘摩托、租船过河、徒步行走,几经辗转赶到米坪站。当看到站房内洪水淤泥漫过脚面、同志们安然无恙仍坚守工作岗位时,大家相拥而泣……

是什么使党支部面对暴风骤雨,如此指挥若定?是什么使班子成员直面急难艰险,如此奋勇前行?毋容置疑,是践行先进性的坚定信念,是铸造战斗堡垒的坚强意志,是服务人民群众的不懈追求,是担当水文责任的崇高使命。

危难时刻,有一种精神在迸发……

电闪雷鸣就是集结号,暴风骤雨就是进军号,怒涛呼啸就是冲锋号。

从 7 月 21 日起,大暴雨接二连三地倾泄在宛西大地,降雨范围之广、强度之高、危害之大实为历史罕见。危难之际,南阳水文水资源勘测局各基层测站"党代表",想政府之所想,急群众之所急,义无反顾,冲锋陷阵;关键时刻,"我是党员、跟我来"成为无声的语言,党员干部挺身而出,舍生忘死,谱写了一曲曲"惊天地、泣鬼神"的壮丽诗篇。

西峡水文站——

时间:7 月 23 日 21 时 15 分,天空电闪雷鸣,暴雨狂泄。22 时,45 分钟之内降雨达 85 毫米,创历史新高。24 日 4 时,历时 6 个小时,连续降雨 200.6 毫米,历史罕见!

雨情紧急!汛情紧急!

共产党员柴国武站长全然不顾头上、腿上的摔伤疼痛,血水、泥水顺着脸颊、小腿流淌，血迹斑斑，一次次带领职工坚持战斗在测洪的风口浪尖上。面对交通、电力、通信全部中断，县城主街道白羽路水深达一米多的困境，他立即派职工徒步涉水到县城防办，报告最新雨水情。连续几天几夜的超负荷工作，使他体力严重透支，血压异常超高，同志们心疼地劝他休息，他诙谐幽默地笑道："没事，这时候马克思是不同意我休息的，上帝也是不会收留我的。"吃一把降压药，他又坚守在测报第一线。

雨还在急下！洪水还在暴涨！24 日 12 时，石门水库以 4000 立方米每秒的流量开始泄洪，西峡县形势严峻，下游淅川县处境危急，具有高度责任感的西峡水文站职工，旋即每 10 分钟发报一次水位流量，同时还不间断地认真回答着县委、县政府所询问的各种问题。18 时，洪峰预期到达，水位达到 84.31 米。省局杨大勇局长现场指导，柴国武站长带领职工先后使用流速仪法、比降面积法、中泓浮标法抢测洪峰，实测到历史最大洪峰流量 7380 立方米每秒，及时准确的水文情报预报，为西峡、淅川两县防洪抢险提供了科学的决策依据，两县 10 万余名群众安全转移，西峡县委、县政府领导亲自到水文站亲切慰问并表达诚挚谢意。

米坪水文站——

米坪水文站是长江流域丹江水系伏牛山区区域代表站。23 日夜，站长徐长春和职工宋朝军一个蹲守在河边基本水尺旁认真查看水位，一个坚守在办公室值班不停联络。24 日凌晨 3 时 30 分通信突然中断，情况万分危急。站长徐长春冒着瓢泼大雨快步向下游跑去，边跑边试手机信号，两米多高的洪水挡住了去路。无奈间，只好求助米坪镇派出所和镇政府，想方设法将雨水情报发出去，马不停蹄地返回站上。洪水越来越凶猛，漂浮物越来越多，缆道测流不能继续，立即启用应急测洪方案——比降面积法测流。12 时 8 分，水位达到 10.27 米，最大洪峰流量 4920 立方米每秒。水情信息刻不容缓，时间就是生命。站长徐长春清醒地知道，非常时期测站是不允许无人值守的,离开战场就意味着丢弃阵地,测站缺少人手怎么办?站长徐长春急中生智,立即动员爱人姜青云、黄河水利学校上学在家度假的儿子徐旭留守观测。安排完毕,他和宋朝军同志冒着山石滑坡、桥梁坍塌、公路塌方的危险,骑着摩托车飞速报送信息。离站 15 公里外的母子沟大桥被洪水冲毁,前进受阻,他们急忙借了一只漂流船冒着生命危险横渡湍急的洪流,再租摩托车飞奔到 50 公里外的瓦房坪,弥足珍贵的水文情报在他们冒死一搏下终于及时发出。

荆紫关水文站——

荆紫关水文站是丹江口水库的最大入库控制站,汇流区域绝大部分位于陕西境内,流域面积达 7086 平方公里。7 月 23 日下午至晚上,陕西南部、河南西南部突降特大暴雨, 引发荆紫关水文站特大洪水。24 日 6 时 32 分,荆紫关水文站水位开始起涨, 8 个多小时水位涨幅达 5.75 米, 最大流速 7.14 米每秒,实测最大流量 8790 立方米每秒,超过 1958 年实测最大流量 5680 立方米每秒。

面对突如其来的重大汛情,荆紫关水文站在共产党员黄志泉站长的带领下,立即启动了特大洪水测洪应急方案,按照测验程序要求紧张有序地抢测洪峰。

11 时 30 分,水位已经上涨近 4 米,河水裹挟着大树、油罐等大量的漂浮物,咆哮而下,漂浮物不时碰撞已贴近水面的缆道副索,为避免流速仪和铅鱼受损,年过半百的黄志泉站长不顾大家的劝阻,穿上救生衣说了一声:我水性好,我下。不由分说便跳入波涛汹涌的洪流中,随即杨明武同志也跳入水中,高达一两米的浪涛,把他们时而推上浪尖,时而抛下谷底,不时有漂浮物向他们撞来,惊得岸上的人们大声疾呼,两个“橘红色”的点几度消失、几度重现,沉浮中他们奋力划水,不断向缆道主索钢塔接近,看着他们爬上十多米摇摇晃晃的钢塔,冒着生命危险拆下信号索,又小心翼翼地拆除了拉偏索并固定好铅鱼,当险情解除返回岸上,同志们看到两人身上、腿上、脚上被漂浮物和锋利的荆棘刺满了密密麻麻的血痕时，大家哽咽不已。

千难万苦，险象环生！

13 时 20 分，洪水像脱缰的猛兽，狰狞呼啸，涛声震天。位于水文测验断面上游几十米的高压电线和通信电缆相继被河道漂浮物拉断，水面上火花四溅，警戒线外的群众吓得四处逃散。右岸主索钢塔在漂浮物的缠绕下，轰然倒下，主索在急流中剧烈摆动，危及左岸钢塔和缆道房安全，情况万分危急。在取得市局领导的指令下，黄志泉站长立刻指挥测验组同志飞奔到缆道房，奋力截断了与缆道房相连的循环索和起重索。瞬间，只听“砰”的一声巨响，重达 600 千克的左岸绞关被主索从水中突然拔起，腾空撞上钢塔顶部，连续撞击几次后，翻过钢塔顶端，坠落到激流中，溅起十几米的水柱，一场房毁人亡的事件在顷刻间得以化解。面面相觑的人们惊讶过后爆发出雷鸣般的掌声，这是为水文人的机智勇敢而欢呼，也是为他们及时果断的处置而庆幸。

第二天，身体不适、边走边吃药的省局潘涛书记辗转几百公里赶到荆紫关站慰问一线的勇士们。黄志泉站长谦虚地说：“作为水文人，能遇到百年不遇的洪水，是我们的荣幸；能测到这次洪水的完整过程，是我们的骄傲；能把涨水的信息提前 8 个小时报给县乡各级防汛指挥部门，让 4 万多群众及时转移且无一人伤亡是我们最大的欣慰。”

……

是什么使基层水文站在百年一遇的大洪水面前临危不惧，如此壮怀激烈？是什么使基层水文人在汹涌澎湃的浪涛中激流勇进，如此舍生忘死。南阳水文人用实际行动解读了水文行业规范、诠释了共产党员的责任和义务，“求实、团结、奉献、进取”的水文精神在传承，“特别能吃苦、特别能忍耐、特别能战斗、特别能奉献”的水文人品质在升腾。

危险面前，有一种力量在支撑……

历史终将铭记：

李青店水文站7月19日2时25分最大流量5130立方米每秒；棠梨树水文站7月23日7时35分最大流量1430立方米每秒；米坪水文站7月24日12时8分最大流量4920立方米每秒；西坪水文站7月24日13时30分最大流量4950立方米每秒；荆紫关水文站7月24日14时24分最大流量8790立方米每秒；西峡水文站7月24日17时最大流量7380立方米每秒；汲滩水文站7月25日8时最大流量3650立方米每秒；鸭河口水文站经历了几十年一遇的溢洪道放水过程……

一组组数据见证了水文人一个个惊心动魄的鲜活故事，一组组数据背后都有一串串感人至深的典型事例，广大水文职工奋不顾身投入到抗洪测报的战役中，奏响了一曲“团结就是力量”的豪迈壮歌……

棠梨树水文站在缆道测流、水尺、下河观测路均被冲毁的情况下，站长李延光带领全体职工克服重重困难，测得建站以来的最大洪峰流量。向镇平县防办、赵湾水库和二龙乡政府通报雨水情信息42次。

李青店水文站为了测到洪峰流量，站长崔振中和职工两天两夜没合眼，退休老职工马明崇和高文华主动请缨参战，和站上职工栉风沐雨并肩战斗。暴雨不停地下，河水飞速地涨，6个基本水尺全部被淹没，测站职工同心协力打水尺、定高程，实测到超历史洪水位198.10米。

西坪水文站退休职工王金海，年逾古稀，暴风雨中坚守断面，风采依然不减当年，带领委托水位观测员王宝贵齐心协力战洪魔，测雨量、观水位、报数据。在洪水猛涨时，加密测报频次，由60分钟一报改为30分钟一报，测报准确及时，充分展现了老一代水文人一丝不苟的敬业精神。

汛情关乎生命,责任重于泰山

位于湍河上的汲滩水文站,7 月 24 日至 25 日,雷雨交加,洪水暴涨。刚接到叔叔去世电话的站长孙宏坤,带着失去亲人的悲痛,毅然决然坚守在水文站上一刻也没有离开。

职工裴云万置家里进水而不顾,始终战斗在测报第一线。

参加水文工作 36 年的苏天才同志,因眼底出血、脖子长满带状疱疹正在住院治疗,躺在病床上的他看着屋外大雨滂沱,预感到将有重大汛情出现。于是,不顾医生的劝阻,瞒着家人,独自办理了出院手续,急急忙忙赶到测站,带病投入到测验报汛工作中。突然,正在测流的缆道被一个炸雷击中,巨大的火球顺着缆道主索向缆道房冲去,坐在缆道操作台前测流的苏天才猛然间被炸雷击倒,幸亏操作台下有绝缘板保护,使他逃过一劫。惊险过后,他依然坚守在岗位上。缆道操作台被雷电击毁,他们马上改用人工手摇绞关继续测流,硬是用人力手摇绞关测得建站以来最大洪峰 3740 立方米每秒,向邓州市各级防汛指挥部门报告水情 98 次,为邓州市、新野县的防汛抢险提供了科学的决策依据。

位于丹江上游的荆紫关水文站,从 7 月 24 日凌晨到下午 18 时,暴风雨中,全体职工坚守岗位,各司其职,团结协作,演绎了一场惊心动魄的大会战。已过花甲之年的退休职工全海申老人,看到滚滚洪流中顽强拼搏的弟子们,再也坐不住了,不顾年老体衰,不声不响与同志们战斗在一起;水位观测组全耀勇同志坚守在水尺旁,每 6 分钟观测一次水位,在最高水尺即将淹没时,抡大锤、打水尺,定高程,确保洪水水位记录精确;测验组黄志泉、杨明武同志不顾风大浪高,泅渡除险,战激流、爬钢塔、测洪峰、校数据。市局增援突击队员田海河副书记、胡成年总工、陈朝阳科长等同志站在四处溢水、摇摇欲坠的渠堤上卡时间、观浮标,发信号、传信息,确保流量测验准确;水情信息计算传输组李文胜同志凭借过硬的技术,描点绘、算流量、报信息,确保水情信息传输及时精确。在通信中断的非常时刻,荆紫关水文站职工通过亲戚朋友想方设法及时把雨水情信息传递到当地政府,为保护人民群众生命财产安全做出了不可磨灭的贡献。据不完全统计,荆紫关镇、淅川县城及时安全转移群众5万余人。

灾后重建,不容懈怠。洪水尚未完全消退,省局杨大勇局长就先后辗转南阳的米坪、西峡、荆紫关、内乡等水文站慰问职工,检查测报设施损毁情况。要求全体南阳水文职工认真总结经验教训,迅速修复水毁设施,完善测报应急预案,继续保持高度警觉,密切关注未来雨水情变化,随时迎战更大的洪水。南阳水文水资源勘测局党支部号召全体党员带领职工发扬不怕困难、不怕疲劳、连续作战的作风,争分夺秒抢修水毁测报设施。

一个支部,一座堡垒,一名党员,一面旗帜

沧海横流,方显英雄本色。狂风暴雨中,南阳水文水资源勘测局党支部战斗堡垒坚不可摧;咆哮激流中,共产党员树立起一面面鲜艳的旗帜;艰难困苦中,基层测站职工是所向披靡的尖兵。山河作证,风雨作证,波涛作证,南阳水文人不愧是防洪抢险的耳目、参谋,不愧是防汛减灾的哨兵、尖兵。

(作者单位:河南省水文水资源局)

情定中原，豫见水资源

杨明华

出生在长江岸边的我，很早就见识了中国的第一大江。上小学时，听老师讲中国最大的河是黄河，那时就有一个梦想，一定要去看看黄河。上高中时，我知道了华夏九州，豫州居中。那里有轩辕故里，甲骨文韵；有唐宋都城，禅宗少林；还有王屋太行，大河东流。中原数千年沧桑的历史印迹，时常让我涌起追寻之意。

还真有缘分，1987 年大学毕业后，我被分配到黄河岸边的郑州市，成为了一名从事水资源工作的水文人。

岁月如歌，时光如水。转眼间，情定中原 30 余载，我踏遍了中州大地，见证了河南水文的发展壮大，年少时的梦想已然实现，青春年华留给了水文。回首往事，与水结缘，此生无悔。

记得初到河南，第一感觉是，这里与故乡湖北真的不太一样：湖北是千湖之省，河流湖泊水量多，种的作物是水稻；中原则湖泊稀少，河流干枯水量不多，种的庄稼是小麦和玉米。从专业的角度看，我知道了河南是一个水资源非常贫乏的地区。

刚上班时，住的是省水科院内的招待所，办公在水利厅大楼后面的小红楼，所在的科室为省水文总站监测室。我跟着周玉醴、郑晖等同志搞地下水监测统计、地下水评价等工作。当时的地下水监测，均为人工观测，全省水利部门有 1400 余眼监测井。我们监测室根据市县上报资料，定期和不定期分析地下水位变化情况，为全省机井建设管理、农业抗旱和防止土壤盐碱化提供地下水动态信息服务。

那时听老同志讲，全省第一次水资源调查评价刚完成不久，在没有电脑、没有空调的时代,大量的数据统计分析只能靠算盘和计算器,厚厚的文字报告只能用手写,繁多的表格图件只能用尺画手绘,水资源工作者用毅力与汗水,算出了 1956 ~ 1979 年系列全省水资源总量为 413.71 亿立方米,其中地表水 312.78 亿立方米,地下水 204.68 亿立方米,地表水与地下水之间重复计算量 103.81 亿立方米。几个水量数据看似简单,但付出的心血何其巨大。仔细思量,会感慨出超越古人“两句三年得,一吟双泪流”的艰辛。第一次水资源调查评价,是历史上首次摸清了河南省水资源的家底,为全省水资源开发利用、水资源规划配置、水利工程建设提供了重要技术依据。该成果最终荣获 1985 年河南省科技进步二等奖。

20 世纪 90 年代初,我所在的监测室经调整组合,变更为省水文水资源局水资源科,主要业务是负责水资源调查评价、地下水监测管理等。这 10 年间,经济社会高速发展,先进技术手段快速更新,省水文局逐步配置了计算机、空调、电脑打印机等新设备,水文事业大发展,我和大家都用上了计算机,工作效率大幅提升,工作成果主要包括全省水资源开发利用规划、水中长期规划、水资源公报、地下水简报及科研项目等。其中,我所在的课题组完成的《黄河下游河南省引黄灌区资料汇编和水资源分析研究》荣获 1994 年河南省科技进步二等奖。也是这 10 年,单位先后新建了两座家属楼,我成家添口,并住进了分配的新家属楼,事业有长足的进步,收入步步高,工作生活均顺心,幸福满满。

21 世纪的前 10 年,水资源的重要性日益彰显。此时的水资源科是水文局重要的对外服务窗口,科室业务工作除日常的水资源调查评价、地下水监测管理外,还承接了大量的横向、纵向课题项目。记忆深刻的第一件大事是,为解决北方地区水资源供需矛盾和水生态等问题,国家部署了南水北调受水区水资源规划配置及中线工程建设。我作为水资源工作者,亲历了全省受水区城市水资源规划工作,为千家万户饮上甘甜丹江水做出了贡献,至今尤感荣幸。第二件大事是,国家部署了第二次水资源调查评价工作。这次水资源调查评价,水资源科负责全省水量评价,并参与水资源综合规划,由岳利军主管项目组,郭周亭负责地表水,我负责地下水。自2002年起,全省水文部门组织水资源工作人员近300余人,共同奋斗近4年,历经各类技术培训、资料大收集、分析计算,以及省水利厅和流域机构汇总、协调、复核、审查,最终评价得出了1956~2000年系列全省水资源总量为403.53亿立方米,其中地表水302.66亿立方米,地下水196.0亿立方米,地表水与地下水之间重复计算量95.13亿立方米。第二次评价是在水资源大规模开发利用、下垫面发生明显变化的情况下,摸清了河南省水资源的新家底,为我省水资源开发利用与规划、水资源管理与保护提供了新的技术依据。

2010年以后,国家对水资源的战略定位进一步提升,特别是2011年中央一号文件作出了关于加快水利改革发展的决定,2013年国务院提出了关于实行最严格水资源管理制度的意见,河南省政府也出台了关于实行最严格水资源管理制度的实施意见,对水资源的管理与保护提出了更高和更严的要求。在这新的历史时期,我们的工作重点,转向了加强水资源监测与管理等工作。

一是开展水资源监控能力项目建设。2012年起,在水利厅组织下,省水文局参与了河南省水资源监控系统一期项目建设,至2016年,全省范围内建成取用水户监测站点2119个(包括管道型2080个、渠道型39个)、地表水源地水质实时在线监测站6处、更新配置水质实验设备109台,基本建立河南省水资源监控管理信息平台等。2016年以后,省水文局作为项目承担单位。至2018年,建成取用水户监测站点579个(包括管道型552个、渠道型27个),地表水源地在线监测站10处,我亲历了国家水资源监控系统二期项目建设。以上两期水资源监测项目实际完成投资约1.59亿元,项目建设实现了水量水质实时在线监控,对落实最严格水资源管理制度和三条红线考核,提供了实时数据依据和信息保障。

二是实施地下水自动监测工程项目建设。2009～2011年期间，省水文局开展了河南省土壤墒情及地下水自动监测系统工程建设，新建地下水自动监测站150处、土壤墒情自动监测站86处，这是我省首次建设地下水自动监测站，主要为当时抗旱应急提供地下水实时动态信息。2014年至2015年期间，根据政府有关要求，在李粮店煤矿井田周边新建8眼地下水专用自动监测井，适时监控李粮店煤矿周边地下水水位变化，为京广高铁安全运行提供地下水信息。2015年至2017年期间，国家地下水监测工程开始实施，该工程河南省水利部分共布设自动监测井712眼，监测要素包括水位、水温，其中4个站兼有水质自动监测，监测数据“采六发一”。工程于2015年12月开工建设，2017年逐步上传数据，2018年以后，自动监测站系统总体进入平稳运行期，工程实际完成投资额约6063万元。地下水自动监测站建成投入使用后，实现了地下水监测井点信息采集、传输自动化，能够实时监控地下水动态，极大地提高了地下水信息共享和社会服务能力。

三是为水资源监督管理提供强大技术支撑服务。历经磨炼，我作为技术负责人、参加者和见证人，完成了一系列重要课题项目。2011年负责完成的《河南省沿黄地区水资源优化配置与经济社会可持续发展研究》荣获河南省科技进步二等奖。2013年完成水利厅重点项目《河南省水资源管理控制目标细化方案》，提出了全省及省辖市水资源管理的三条红线指标。依据该成果，省政府出台了关于实行最严格水资源管理制度的实施意见，并于2014年开始对全省各市县实施水资源考核。2014年完成水利厅重点项目《河南省地下水超采区评价报告》，划定了全省地下水超采区，评价了超采程度和超采量，全省划定25个超采区总面积44393平方公里，其中浅层水超采区面积14195平方公里，主要分布在豫北平原及豫东平原；深层承压水超采区面积27996平方公里，主要分布在黄淮海平原地区；裂隙岩溶水超采区面积5471平方公里，主要分布在太行山区及郑州以西采煤区；浅层地下水超采区与深层承压水超采区之间重叠面积3269平方公里。全省年均超采总量11.11亿立方米。依据该成果，省人民政府颁布了地下水禁采区和限采区、省水利厅公布了地下水超采区。同年完成水利厅重点项目《河南省南水北调受水区地下水压采实施方案》，提出了全省受水城区地下水压采目标2.70亿立方米，并明确了各市县压采量目标，省水利厅、住建厅等政府部门联合印发该方案，国家有关部委及省政府每年都成立检查组，对受水区压采进行监督检查考核。2015年参加自2013年以来每年度全省实行最严格水资源管理制度的考核，起草并完成《2017～2020年度河南省实行最严格水资源管理制度考核工作实施方案》等年度考核方案，参加水资源专项监督检查等工作。2017年开始集中力量开展第三次水资源调查评价工作，即将进入报告编制阶段。2018年编制完成《河南省水资源项目技术评审工作管理办法（试行）》，组织开展了202个水资源项目的技术评审工作。

当今之时，中国特色社会主义已进入新时代，按照“节水优先、空间均衡、系统治理、两手发力”的新时代水利工作方针，结合水资源、水生态、水环境、水灾害四水同治新思路、新要求，水资源工作将面临新挑战、新机遇，需要我们水文人有新担当、新作为。

豫见水资源，天不老，情不移。我将一如既往守初心，担使命，伴随河南水文继续砥砺前行、再创辉煌！

（作者单位：河南省水文水资源局）

水情预报创新路　服务效益谱新章

何俊霞

水文情报预报是防汛抗旱的耳目和参谋,是防洪调度决策指挥的重要依据。我从事水情预报和服务工作以来,亲历了河南省水文情报预报紧跟时代发展,夯实基础、不断创新,水情预测预报、山洪灾害预测预警、旱情服务等综合服务水平不断提升,为全省的社会稳定和经济发展做出突出贡献的历程。

一、情报预报技术手段不断提高

水情报汛手段的发展。河南省历朝历代都设有治河机构,汛期以各种方式向下游传递水情。明代,据《治水筌蹄》记述,在黄河就已开展了水文情报工作。每当“黄河盛发”,就会有塘马“一日夜驰五百里”,向下游飞报水汛,以便沿河总督及早安排调度防汛事宜。1757 年,河南抚院就在长台关、罗山周家渡口、息县大埠口、固始三河尖等处设立水位站,令地保乡约轮日看管,如遇水发,就要挨次填单飞报下游。民国时期,水情报汛已属常态,只因社会动荡,没能形成完善统一的水情测报体系。

1950 年河南省防汛抗旱指挥部办公室成立,主要河流的水文站网也迅速建立起来,初步形成了能够采集全省水文信息的测报体系。而到 20 世纪 80 年代末,全省报汛手段依然靠邮电部门的有线电话网。报汛站将编好的水情报文通过电话报到(或由人直接送到)附近邮电局(所),通过电报形式再逐级传报至收报部门。从邮电所至报汛站,如果没有电话,就由水文部门自架专用电话,交邮电部门代管。在出现紧急汛情时,根据需要给重要地点水文站派驻临时电台，承担报汛传输任务。各级防汛办公室，接收水情电报都是由邮电局投递员随时送递，60 年代初，邮电部门在省防办配装电传机并派报务员值班，专门收发水情电报，一份雨水情电报传到省防办需要 2 ~3 小时，直到 90 年代初被其他方式所取代。

1994 年至 2001 年开始利用公用数据交换网自动传输信息，测站报汛仍用邮电电报，但只发一份电报到省报房，从省报房到省水情科和各地市水情组及部委、相关省份开始采用公用数据交换网自动传输信息。

2001 年以后，河南省在全国率先建立覆盖全省 470 个报汛站，18 个市防办、省防办集雨水情信息电话数传报汛、广域网传输、信息接收处理查询服务为一体的智能化雨水情信息传输服务系统，基本解决了基层测站发报任务重、发报量大的问题。

2007 年全省防汛雨水情信息采集服务手段和技术发生了质的飞跃，所有水文报汛站的雨量和水位观测全部采用数据自动采集、长期自记、数字化自动传输等技术，所有报汛信息可在 5 分钟内传至省中心，极大地提高了观测精度和时效性。目前全省共有自动遥测站 4093 处，2015 年起还建设了北斗卫星站、GSM 双信道站 458 处。先进的信息采集手段为防洪减灾提供了快速、准确的决策依据。

情报预报技术不断提高。50 年代至 80 年代初，河南省水情信息的资料处理主要依靠手工作业，收到水情电报后，首先按站号编码分类排队，进行翻译登记，然后将各类信息编制成各种水情报表，工作量大而繁重。1982 年 8 月 1 日收报 1760 份，8 月全月收报 21769 份，6 ~9 月共收报 48651 份，工作量之大，可窥一斑。洪水预报全部采用实用水文预报经验方案，人工查算图表结合专家经验预报，预见期比较短。

80 年代中期，情报处理手段开始试用计算机进行水情电报的译电处理。90 年代，开发了 Dos 系统下的水情译电软件，取代了手工翻译报文、手工点汇雨量图和表格的作业方式;开发了淮河流域经验预报系统,逐步朝着自动化迈进。

2001 年以后,全省实现水情信息接收、传输、处理、查询分析服务的自动化。开发了河南省洪水预报系统,采用数学模型和经验模型,自动完成洪水作业预报和实时校正,提升了水文情报预报服务的技术水平。

2012 年建设了中小河流预警预报服务系统,包括洪水预报系统、水情查询系统、特征值分析系统、综合业务管理系统、信息监控、预警服务系统。洪水预报系统构建了包括基础经验预报方案、新安江模型、Grid - Xinanjiang 模型、混合产流模型、基于分布式单位线的流域水文模型等。其他 5 个业务系统涵盖了水情服务的各方面,支撑水情综合服务的各种业务技术、基础信息、基础分析。系统应用在省水情中心和 18 个勘测局水情中心,极大地提升了全省水情工作的综合服务能力。

2017 年又建设了重点水库洪水灾害预警系统,确定了水位 5 级预警指标;根据水库上游面平均雨量、实时水位、预报水位以及水库抗洪能力等多项指标实现了重点中型水库在线预警预报。

二、洪水预报效益显著

在防汛抗旱减灾工作中,全省水情工作者为各级防汛抗旱部门提供了大量及时准确的决策依据,为河南省的社会稳定和经济发展做出了贡献。

1996 年豫北卫河发生特大洪水,关键时刻,水情人员通过对雨情水情的科学分析,作出淇门站的洪水预报,认为只要加强防守,卫河长虹渠滞洪区不必分洪。省防办根据预报,决定不分洪,保证了滞洪区 17.5 万亩耕地,6.48 万群众免遭洪水之灾。

2004 年 7 月 16 日至 17 日澧河上游出现了特大暴雨,干江河、澧河发生了近 30 年一遇的超标准洪水,澧河何口水文站以上 30 公里河道堤防出现多处漫溢，9 处决口。在严峻的洪水面前，水情人员严密监视水情，每隔 2 小时做一次洪水滚动预报，提前 7 小时作出澧河洪水将严重超过河道行洪能力，河堤可能漫决的预报，并建议尽快转移两岸群众，据此，地方政府及时转移群众 6 万余人，无 1 人伤亡。

2007 年汛期，淮干、洪汝河 7 月上中旬 20 天内连续出现 4 次大的暴雨洪水，致使淮滨水文站出现 1991 年以来的最高水位，王家坝出现 1968 年以来的最高水位，蒙洼滞洪区开闸分洪；洪汝河出现了近 20 年一遇的洪水，老王坡滞洪区先后两次运用，班台水文站出现历史第三大流量，超保证水位运行约 24 小时。整个汛期，省水文局水情科通过防汛信息广域网和语音报汛系统共收到水情电报 10 万份，向国家防总、淮委、长江委以及有关省份转发约 20 万份；发布水情预报及滚动预报 100 余站次，预报精度在 90% 左右；发送短信息 2000 余条，为科学防控起到了决定性作用，该年情报预报减灾效益达 9.6 亿元。

2010 年长江流域丹江干支流出现百年一遇的大洪水，丹江荆紫关水文站、淇河西坪水文站、老灌河米坪和西峡水文站等分别出现建站以来最大洪水，伊洛河陆浑水库出现历史最高水位，伊河上游栾川水文站出现建站以来最大洪水。省水文局水情科为各级防汛决策部门抗洪抢险、调度指挥提供了大量、及时准确的决策依据，为战胜大洪水发挥了重要作用。该年的情报预报减灾效益达 11 亿元。

2016 年安阳河出现超保证洪水（历史第 2 位洪峰流量），南海、彰武库水位超历史最高水位，双泉水库超设计水位，下游崔家桥滞洪区自然进洪。在此次洪水过程中，水情部门夜以继日、密切监视雨水情的变化、精准分析、准确预报，省防办科学调度，充分利用南海、彰武水库防洪库容进行削峰、错峰，保护了下游京广铁路、京广高铁、京港澳高速、安阳市区的安全。

三、山洪灾害的防御预测预警取得成效

山洪灾害的防御是一项难度很大、时效性极强的工作。为了切实加强山洪灾害的防御工作,2005 年河南省水文水资源局下发了《关于防御山洪灾害加强雨水情监测和报汛工作的通知》,要求各勘测局对山洪(包括泥石流、滑坡)灾害易发地的雨量站、水文站进一步加强雨水情监测和监视,切实做好山洪灾害防御的雨水情监测、报送、预警预报工作。

2005 年 6 月 30 日,南召县出现了典型的山区局部特大暴雨,白土岗水文站最大 24 小时降雨量(648 毫米),频率约千年一遇。暴雨区水文站按照防御山洪灾害的雨水情监测报送预案,在第一时间向当地政府发出山洪灾害预警信息,为各级政府采取措施,组织人员转移、排除险情、抢险等工作赢得了时间,避免了重大人员伤亡。根据事后分析,如果没有及早采取措施转移群众,可能会造成数百人的伤亡。

2008 年,山洪灾害防御试点县项目在全省 5 个试点县建设 51 处雨量自动监测站,并入河南省雨水情遥测系统。

2011 年河南省山洪灾害防治非工程措施自动监测站项目一期,在河南省 45 处山洪灾害防治县共建设了 926 处自动监测站,其中包含 721 处自动雨量站,135 处多要素自动雨量监测站以及 70 处自动水位站。河南省山洪灾害防治非工程措施自动监测站项目二期,全省 34 个山洪灾害防治县共建设 440 处自动监测站,其中包括 364 处自动雨量站,76 处多要素自动雨量监测站。

全省山洪灾害防御防治重点区域自动监测站的建设,极大地提升了山洪灾害防御预测预警的时效性。

四、积极开展旱情服务

河南水文防汛抗旱两手抓,在做好防汛工作的同时积极开展旱情服务。

2002年制订出《旱涝(墒情)测报拍报办法》,建设墒情监测站78处,2003年增加到122处。随着国家防汛抗旱指挥系统二期工程的建设,全省共有自动墒情监测站点106处,移动墒情监测站点530处。自动墒情监测站墒情信息每天8时采集发报1次,可以随时召测。开发了河南省抗旱业务应用系统和地下水土壤含水率、田间持水量、相对湿度等值线(面)图自动生成和地下水埋深对比、埋深变幅、降水量距平、水库蓄水量、河道平均流量、可用水量分析,以及旱情评估等各项功能。开展了旱警水位分析,为抗旱水源优化调度与配置提供了科学依据。整合了气象局230处自动墒情站信息与我省106处自动墒情站信息形成了一张图。自2018年1月1日起,取消人工墒情观测工作。

积极开展旱情服务,在历年抗旱工作中发挥了重要作用。在2008年、2009年冬春连续大旱期间,国家防指和省防指均启动了一级抗旱应急响应,全省所有雨水情报汛站打破常规,按照汛期拍报标准监测和拍报雨水情。全省水情科人员放弃春节假期坚持24小时值班,省水情科共提供雨水旱情和土壤墒情综合分析材料30余期1000余份,为全省抗旱浇麦夺丰收做出了应有的贡献。2014年汛期6~8月全省出现了严重的夏旱,水文系统一线干部职工战高温、斗酷暑,坚守工作岗位,加密墒情、地下水监测,及时提供雨水情、旱情和水资源信息,全力以赴做好水文抗旱服务工作,为防汛抗旱工作提供科学决策依据。

随着经济社会的快速发展和人民生活水平的不断提高,洪涝灾害、干旱缺水、水土流失和水污染等水问题变得更加突出,对水文部门提出了更高的服务要求。因此,紧随社会经济技术的发展,不断发展和创新水文情报预报技术手段,提供更加优质服务,将永远是水情工作者的初心和使命。

(作者单位:河南省水文水资源局)

不忘初心　继续前行

——河南水文应急监测发展历程

罗清元

屈指算来，我参加工作已 8 年。8 年前，刚刚研究生毕业的我，带着一丝书生气息，一份稚嫩；8 年后，则多了一份成熟，一份稳重。记得刚接触“水文”这个字眼，还是刚刚踏进大学校门的时候。直到 2011 年 3 月，我被派往周口水文局，成为一名年轻的水文新兵，才真正开始对水文有了深切体会。因为我已经是这个大家庭的一员，与她同呼吸共命运。

随后，我被派往郸城水文站进行实习锻炼。在最基层的水文站，我更加切实和直接感受到了水文的涵义。雨情、水情就是命令，每当狂风暴雨时，人们都是躲在屋里，而我和站长及水文站的同事们，却开着站里唯一的破旧测验车，冲进了暴风雨。给我印象最深的是这个车只有 4 个挡位，当时无知的我还在想怎么会有这样的车，坐着跟拖拉机一样颠簸。到达离水文站十几公里的测流断面后，几个人根据分工，用铅鱼流速仪进行测流，有的记录数据，有的吊着铅鱼，都忙得不亦乐乎。一次测流下来，虽然穿着雨衣，但衣服也被狂风暴雨打得湿透。这也让我第一次深深地感受到了狂风暴雨下应急测流的滋味。过后，我想，什么时间每个水文站能配走航式多普勒剖面流速仪（以下简称 ADCP），在河里拉上几圈就可以把流量准确测出，什么时间能配发一辆 5 个挡位的面包车，甚至好一些的皮卡车也行。由于 2011 年年底河南开始了大规模的中小河流水文监测系统建设，带着这样的思考，我也被调往省水文水资源局

(以下简称省水文局)开始参与项目的建设管理工作。

进入省水文局后,我在测验科工作,成为省水文局水文应急监测突击队的一员。这让我有机会更加深入地接触到全省的水文测验情况和水文应急监测状况。与老一代水文人相比,我是幸运的。在水文站时,就听前辈们讲,“马灯斗笠、撑篙划桨、抛锚定位、测测算算、点点绘绘,一条简单的测船、一个缆道就承载了水文的大部分工作”,这就是老一辈的水文测验工作。他们默默无闻,测得一份流量可能要跑上几十里去发个电报、打个电话,坚守水文站几十年如一日。水文站交通工具、应急监测设备更是无从谈起。

进入21世纪后,水文站的办公和生活环境已改善了许多,但由于历年来没有较大的建设投资,其基础的监测设施设备也得不到改善和更新换代,特别是应急监测手段落后,在突发区域大洪水时,人员根本无法调配,大大制约了全省水文应急监测的发展。

2010年以后,水文科技的突飞猛进,给水文事业的前进插上了科学的翅膀。河南省中小河流水文监测系统建设项目开始实施,从项目实施方案的编制,到项目的具体实施,我都全程参与,这也是河南水文单笔投入最大的一个项目,总投资额达9.16亿元。为了弥补历史欠账,经过认真调研,购买了大批先进仪器设备,测验设施从最原始的浮标、测船流速仪到今天的电波流速仪和ADCP;普通测量从水准仪、经纬仪到全站仪和GPS测量。大部分水文站的交通工具也都进行了配备和更新,都是清一色的日产皮卡或者面包车,不知道要比我刚到水文站时坐的只有4个挡位的小车要好上多少倍。从省水文局到基层测站的办公现代化,已取代了算盘、计算器,避免了人工制表制图的烦琐,提高了工作效率;雨水情自动测报系统遥测系统等先进的测报系统相继建成并投入使用,大大提高了水情信息传输的时效性和资料的完整性。

特别是在中小河流水文监测系统建设中购置的三维激光移动测量系统,大显神威。2015年,水利部在重庆组织全国水文测报演练,河南省水文局作为三维激光移动应急测量组,受邀参演。我作为小组的成员,有幸参加了演练,仪器随着车辆在演练场地周围移动,其地形图、街景图以及三维模型图等成果也随即进行显示,给观摩的各位领导留下了深刻的印象,得到他们的一致好评。这套系统在省内部分水库、南水北调干渠的测量中都发挥了巨大作用。

经过应急测验实践锻炼和业务知识的不断学习,我对应急监测工作也有了更加深刻的认识。由于应急监测工作起步较晚,与日常的水文测验工作相比,开展水文应急监测的基础工作条件相对较差,主要表现在工作环境不便利、测验控制条件较差、测验时机难以把握、安全作业环境恶劣等方面,但通过多方努力都取得了很好的监测效果。2017 年,河南水文受邀参加淮河流域水文应急监测,由于其选定的测验断面无过河设施,测流条件恶劣,现场无法支撑测验设施,河南省水文局应用了新购置不久的无人机测流设备,完成了测流任务。

近几年,河南水文应急监测的进步不仅体现在仪器设备上,作为亲身经历者,更感受到应急监测队伍整体素质的提高。同时,河南省水文局加大了人员培训力度,每年不定期举办水文监测业务培训班,进一步给水文职工充电。通过这些培训使得水文职工进一步熟悉新型的监测仪器设备和业务知识,提高了业务水平和能力,在全省以及全国的水文勘测工竞赛中,我们的选手都有出色的表现。我作为应急监测队的一员,每年都参与省局在汛前组织的水文防汛应急测报演练,从每年的演练科目,可以反映出应急监测手段的进步。从最初桥测车测流到 ADCP 测流,再到电波流速仪测流,测流手段不断进步,通过每年的防汛测报演练也培养了一大批业务技术骨干。

2018 年,河南又专门购置了一批遥控测流船,在搭载 ADCP 之后可以在任意断面进行流量监测,彻底解决了 ADCP 无法过河的问题,进一步增强了应急监测能力。我还参与编制了《河南省水文应急测报手册》《河南突发公共水事件水文应急测报预案》以及跨区联动预案,在暴发区域洪水时,组织各个地市应急监测队进行跨区联动支援,保证应急监测任务的完成,这些方案的编制也为应急监测提供了有力的技术支撑。正是由于应急监测设备不断更新、应急能力水平不断提高和应急预案的不断完善,使得河南水文在近几年的安阳洪水、驻马店洪水、周口洪水等历次应急监测中取得了一次又一次的胜利。

河南水文应急监测的发展史也是中华人民共和国70年来发展的一个缩影,从人工观读水位到水位自动报送,从铅鱼流速仪到ADCP、无人机甚至在线测流,这些无不体现着社会的发展、行业的进步和我们水文人综合素质的提高。

当前极端天气频发,水文应急监测已由原来的机动工作,逐渐转变为相对固定的日常工作,水文应急监测能力已得到大幅度提高,但仍然需要我们水文人继续自强不息、敢于担当、勇于创新。作为水文后辈,我将不忘初心,奋发向上,助力河南水文应急监测事业不断前行。

(作者单位:河南省水文水资源局)

加强水质监测　守护青山绿水

许　凯

中华人民共和国成立以来,河南水文事业伴随着祖国的蓬勃发展日新月异,河南省水环境监测中心也在不断地成长变化。70 年沧桑岁月,70 年探索前行,回首中华人民共和国成立以来的河南省水质监测工作发展历程,正像祖国一样经历了“一穷二白”,经历了改革与发展,如今正在祖国繁荣昌盛的怀抱中不断地成长壮大,正在为守护青山绿水做出自己的贡献!

1954 年河南省开始监测淮河流域部分河流水质并进行常规水化学分析。1974 年,周口勘测局成立了第一个水化实验室,随后,许昌、南阳、信阳、洛阳勘测局的水化实验室相继成立,具备了进一步扩展监测站网的条件,到 1978 年,增加了地表水污染项目的监测,随着分光光度仪、测汞仪等仪器设备的配置,开展了部分有毒物质的监测。20 世纪 80 年代末,相继成立安阳实验室、商丘实验室,1993 年河南省水文水资源局实验室投入运行,成立了河南省水环境监测中心,1995 年以网点形式首次通过国家级计量认证,取得国家级计量认证合格证书,2009 年新乡、驻马店分中心正式投入运行。目前,我们已有 10 个水质实验室,分布于许昌、信阳、南阳、周口、洛阳、商丘、安阳、郑州、新乡、驻马店 10 个地级市,总建筑面积 8767 平方米,共有技术人员 95 人,其中 1 名博士,半数以上高级工程师职称。全省有各类水质监测仪器设备总计 555 台(套),可进行地表水、地下水、饮用水及水源水、废污水、大气降水的水质监测和土壤六大项监测,检测参数 83 项。

水质监测能力不断加强,尤其近 10 年来,通过国家和省级建设项目,水质监测仪器设备和环境设施更是取得了日新月异的变化。“国家水资源监控能力建设项目”投资2201万元,配置了连续流动分析仪、便携式多参数测定仪、纯水机等先进仪器设备109台(套);“中小流域建设项目”投资389万元,建设了水质监测与评价信息服务系统并购置仪器设备68台(套);“河南省水资源监测能力与饮用水安全应急监测建设工程一期项目”投资3002万元,配置了液相色谱仪、全自动固相萃取仪、电感耦合等离子体质谱仪等大型先进仪器,便携式多参数测定仪、便携式微生物测定仪、自动采样船等便携应急监测仪器设备。目前,全省水质监测能力和监测效率得到大幅提升,实验室仪器设备已由原来的落后水平进入先进行列。连续流动分析仪的应用,使得挥发酚、氰化物等项目结束了人工操作为主的试验方式,极大提升了自动化水平和效率;ICP-MS的应用极大扩展了重金属检测范围和精度;高效液相色谱仪,总有机碳测定仪,总放射性α、β测定仪等仪器进一步拓展了有机物、反射性项目,在近两个计量周期内认证参数增加了24项。便携监测设备的配备提升了应急监测能力,在突发性水事件中发挥了很好的作用。

水质监测站网不断扩大。1954年起步于淮河流域的常规水化学监测,1978年,首次布设全省水质污染监测站网,1985年把常规分析与污染监测两套站网合并,建立“水质监测站网”,共计142个水质断面。1994年,对水质监测站网再次进行优化调整,增设入河排污口,取、退水口及供水水源地等专用站,调整为129个水质断面。为了满足水资源功能性定位,2004年省政府批复了《河南省水功能区划》,全省划分了482个水功能区。2007年,开始对部分水功能区进行水质监测,2010年我们对全省水功能区进行水质监测断面布设,2011年正式对全省482个水功能区的494个断面实施全覆盖监测,监测频次为每年4~6次,2013年国家实行最严格的水资源管理制度,水功能区监测与评价进一步推进,2014年根据最严格水资源管理制度第三条红线考核要求,全省209个重要江河湖泊水功能区监测频次均提高到每年 12 次。在地表水站网优化调整的同时，地下水站点也进行了调整，2010 年地下水站点由 49 个污染监测井调整为全省 222 个水质监测井。2018 年开始对 25 个重要饮用水源地、38 个大型灌区开展水质监测。

70 年来，水质监测为我省水资源管理和保护、水资源调查评价提供了大量基础数据，尤其是近年来，水功能区监测与评价更是落实最严格水资源管理制度第三条红线考核的重要技术支撑，每年提供监测数据 60000 多个，评价省区及各地市水功能区的达标率，在最严格水资源管理制度考核中发挥了巨大作用。

70 年风雨兼程，70 年春华秋实，河南省水文水资源局的水质监测工作取得了累累硕果。1991 年洛阳、周口分站化验室，被部水文司授予全优分析室；1992 年全省 7 个化验室全部达到全优分析化验室标准；1993 年部水文司授予省中心全国先进水环境监测单位二等奖，信阳分中心三等奖；1995 年首次通过国家计量认证以来，2000 年、2005 年、2009 年、2013 年、2016 年分别通过国家计量认证复查换证评审，1998 年、2004 年、2011 年分别通过国家计量认证监督评审，在 2010 ~ 2013 年全国水利系统开展的水质监测质量管理监督检查中，信阳、商丘、周口 3 个分中心被评为优秀实验室，省中心、许昌、南阳、安阳、洛阳、新乡、驻马店 7 个中心被评为优良实验室。

在一系列成绩和荣誉的背后，是人民日益增长的对美好生活的需求，是国家和社会对水质监测工作的日益重视，是一批批水文人的梦想和汗水！我们要用坚守和奉献来诠释守护青山绿水的初心与使命！

（作者单位：河南省水文水资源局）

信息化促进水文大发展

赵海东

2010年,我转业到河南省水文水资源局,成为河南水文的一员。主要从事水文信息化建设管理工作,了解并经历了河南水文信息化快速发展的历程。

河南水文信息化建设始于20世纪70年代,从最早借用TQ16计算机、引进PC-1500袖珍计算机,发展到目前的水文远程视频监控系统、全省水情视频会商系统、水文应急通信指挥系统、水文信息网站群、水文基础信息库、历史数据信息库、水情遥测系统、墒情和地下水自动检测系统,已经经历了40多年。特别是"十二五"期间计算机网络的应用大大加速了水文信息化建设的步伐,形成了以计算机网络系统为基础的各类水文信息平台,实现了信息技术与水文业务的深度融合。

1975年,省水文总站借助省水科所TQ16计算机,利用纸带打孔输入程序和数据,首先用于全省地表水资料的整编工作。这是我省首次将计算机技术应用于水文技术业务,从而迈开了水文信息建设的第一步。

20世纪80年代,省水文总站水情科首次使用PC-1500计算机进行洪水预报。并与郑州大学合作研发在微型计算机上接收和处理水情电报信息系统,形成DBASE数据库,使几个人需要几十个小时才能完成的工作量在7分钟内得以完成,大大提高了工作效率。

1986年,省水文总站从美国引进VAX计算机,利用水文资料整编软件进行地表水资料整编,并自主开发出地下水资料整编软件和照排系统,用于地下水资料整编、计算、照相、排版、制版、印刷,形成地下水年鉴。首次把年鉴由铅字排版转变为现代化的数字排版模式。节省了财力,提高了效率。

进入20世纪90年代,微型计算机技术在全省水文系统得到普遍应用。在此基础上进一步建成了集水文信息采集、传输、处理和洪水预报于一体的第三代水情信息系统。1999年又完成了河南省水文数据库的建设,通过部水文局验收并投入使用,实现了历史水文年鉴数据全部进入数据库。

2001年,国家防汛指挥系统工程河南驻马店水情分中心示范区工程建成,并通过水利部、国家防办组织的预验收。实现了水文信息采集、报汛通信、信息处理、流量测验的自动化。

2002年建成河南水文信息网站正式开通运行。自后又引进清华紫光档案管理系统,实现了资料目录的电子化管理。至2010年,又建成了河南省墒情和部分地下水自动检测系统。

2011年后,计算机和网络通信领域进入技术成熟阶段,大量的信息网络技术在社会各个领域得到了广泛的应用。国家加大了对水文领域的投资力度。河南省水文信息化建设也进入快速发展阶段,各种先进的信息网络技术在各项水文业务中得到了广泛应用。

2013年,我们利用国家投资对省局机构内部及郑州等14个勘测局的网络机房进行了提升更新改造,完成了4个新组建局的网络机房建设。实现了全省18个勘测局网络全覆盖,进一步增强了网络的稳定性和安全性,为河南水文各项业务的开展提供了坚实的基础网络支撑。

“十二五”期间,先后建设完善了河南水文信息网、河南水文综合办公系统、河南水文微信公众号、河南水文档案管理系统、河南水文监测人员档案信息管理系统和河南水文设施设备管理系统。逐步形成全省水文行业综合业务系统平台,进一步提高了办公效率和管理水平,在舆情宣传和社会经济服务等方面发挥重要作用。

实现地表水、地下水、水质和水资源等水文数据逐年录入数据库,并依此为基础,建设完成了水文数据管理应用系统,极大地提高了水文对社会的服务和支撑水平。截至 2018 年底,总数据量达到 124 GB。

在水质监测方面,建成了省水质监测中心和 9 个分中心水质监测与评价信息服务系统。实现了水质监测数据的传输、存储和便捷查询,动态反映了江河湖泊水功能区的水质变化,提高了对突发性水污染事故的预警预报能力,满足了各级水行政主管部门对水质数据信息的快捷需求,更好地为水资源管理和开发利用与保护工作提供系统平台支撑。

在水资源水环境方面,结合国家最严格水资源管理制度的实施,开发了应急管理系统、水资源监控项目运维管理系统、水资源调配决策支持系统、国家地下水监测信息系统、水质评价与信息服务系统,为我省水资源管理提供了有力的技术支撑。

在水情服务方面建成遥测站点 4093 处。雨水情、墒情、地下水监测实现自动化,信息传输方式实现了水情信息的全面交换。城市防洪预警取得突破,重点水库洪水灾害预警系统投入运用,水情基础服务能力建设进一步加强,综合服务能力显著提高,为我省防汛抗旱减灾提供优质服务奠定了坚实基础。

2013 年建成的“河南省水文应急指挥通信系统”,综合了多种通信手段,实现了全高清、多手段通信,保证了抗洪抢险救灾指挥的及时可靠不间断。该系统多次深入一线,在既有通信设备无法到达现场的情况下,第一时间将抗洪抢险现场雨水情信息、音视频信息,传送至防汛抗旱指挥中心,为雨水情分析,抗洪抢险决策提供重要信息,担负着河南省水利系统应急抢险指挥任务,对河南省的防汛抗旱和应急抢险工作发挥了重要作用。

此外,我们还逐步建设了河南水文远程视频监控系统。截至 2018 年,共建成 86 个视频监控站、185 个图片监控站,实现对全省所有基本水文站,重要河段的水情、水势的实时监控。对防汛抗旱指挥决策提供最直观的支持,同时也方便了广大水文职工工作。

经过多年的努力,逐步建成了设施完善,功能齐全,稳定可靠,覆盖全省的信息化网络系统。全面提升了信息化水平和服务能力,同时也提高了管理水平和工作效率。对宣传河南水文工作、提高水文社会地位和知名度发挥了积极作用。

河南省水文系统信息化和网络安全建设,为河南水文各单位之间的联系沟通提供了安全的内部网络环境。扩大了各项业务应用系统的使用范围,为水文中心工作和水文信息综合应用提供了系统网络基础。形成了一整套集存储、查询、发布、分析、应用于一体的水文水资源信息共享服务体系。发挥着水文信息化的引领作用,提高了我省水文系统工作效率、管理水平和业务水平。在防汛抗旱、抢险救灾、水资源管理等经济社会发展方面,显示出良好的效果。

随着社会科技实力快速发展,智慧水文建设成为推进水文现代化的着力点和突破口。以全面提升感知能力,加快信息资源整合,大力推进新一代信息技术与水文业务的深度融合,利用物联网、卫星遥感、无人机、视频监控、智能手机等新技术,按照自动化、无人化、立体化的要求,构建天空地网一体化水文感知体系,不断提高河南水文服务社会的能力和水平。

(作者单位:河南省水文水资源局)

走过七十年光辉历程的河南水文站网

冯 瑛

2019年是中华人民共和国成立70周年,伴随着中华人民共和国70年步伐发展起来的河南水文站网,映射了祖国的辉煌。

1949年中华人民共和国成立时,全省仅有水文站3处、水位站2处、雨量站2处。

中华人民共和国成立后,国家十分重视水利工作,在恢复各级水利机构的同时也关注水文站的复建。我省在1950年5月,随着淮河水利工程总局恢复设立漯河、周口水文站,华东水利部、黄河水利委员会、河南省农林厅水利局、华北水利工程局相继在省内设立长台关、息县、三河尖等22处水文站,至此初步形成河南省水文站网。到1955年底,全省建有水文站136处(不包括黄委、长江委在河南省境内的水文站)、雨量站332处、蒸发站111处。

由于水文工作的基础性和超前性,根据水利建设工程需要而设立水文站的做法已不能满足水利行业快速发展的需要。

1956年初,国家制定的《全国农业发展纲要》(草案)中提出"在5~7年内建成全国气象和水文基本站网",同年召开的全国水利会议上,时任水利部部长傅作义提出:"加强水文工作,要求1958年(边疆地区1960年)以前建成水文基本站网,以改变目前布站被动的现象"。同时,全国开展了部署水文站网的规划工作。根据中央安排,我省由治淮委员会、黄河水利委员会及河南省水利局分工协作,首次进行全省水文站网规划(含伊、洛、沁水系及黄河干流)。年底提出水文站网规划方案报水利部,全省规划基本水文站101处、专用站29处,水位站30处、泥沙站37处、雨量站260处、蒸发站34

处。第一次站网规划是根据苏联专家索柯洛夫“关于建立基本水文站网的原则”进行的，大河按水量沿程递增指标设立控制站，中小河则按各地区域水文特征设立区域代表站，与为专门目的设立的专用水文站一起，组成基本水文站网。区域代表站收集的资料代表某个区域的水文规律，在区域内水文参数可以移用。按此原则全面规划，提前布站收集水文资料，可以避免水文站网建设落后于水利建设发展需要的被动局面。

1958 年，水文站下放到地市（县）管理，各地纷纷自行设站，水文测站的发展突破了规划范围。到 1961 年底，全省共设水文站 150 处、水位站 8 处、雨量站 400 处、蒸发站 70 处、泥沙站 72 处，是我省建站的高潮期。由于此时国民经济正处于困难时期，站网不稳定，资料缺测漏测情况时有发生，削弱了基本水文站网功能。随着 1963 年河南省水文总站的成立，测站管理权由此上收。省水文总站为加强站网管理，对水文基本站网进行分析论证，调整裁撤迁移了部分水文站。至 1968 年底，全省有水文站 133 处，水位站 6 处，雨量站 776 处、蒸发站 38 处、泥沙站 60 处。

进入 70 年代，河南省掀起农田基本建设新高潮，水文站网也顺势得到发展，并发挥出更大的效益。特别是“75 · 8”特大暴雨洪水中，水文职工发扬了一不怕苦、二不怕死的革命精神，严守岗位，临危不惧，抢护资料，测报水情，与暴雨、洪水展开了英勇无畏的搏斗，置个人生命于度外，抢测到一个又一个历史性水文数据，获得了极为珍贵的罕见的暴雨、洪水观测资料，作出了历史性的贡献。

随着我国工农业生产的发展，水利工程设施的持续建设，人类活动影响加剧，测站断面水账不清现象也愈来愈严重。1977 年水电部召开了全国水文站网座谈会，针对当时水文站网存在的问题研究了对策，提出了“关于调整充实水文站网的几点意见”：一是充分利用当时日趋成熟的流域模型技术，建立小河水文站及配套雨量站，为中小型水电工程规划设计和区域水文预报服务；二是设立辅助站和开展水文调查,解决平原区因大量兴建涵闸水文站水量控制不全问题;三是对受水利工程影响的水文站进行调整和加强补充观测,使其在受影响后能继续发挥作用;四是选择部分水库专用水文站兼作区域代表站,解决河流梯级开发后基本站的布设问题。1978 年水电部统一布置全国性的以调整充实为主的水文站网规划工作。这次站网规划后,我省水文站网得以整顿,站网布局更趋合理。至 1979 年底,全省共设水文站 164 处,水位站 21 处,雨量站 1217 处、蒸发站 45 处、泥沙站 61 处。

为了提高水文站网工作效益,加快水文站网建设步伐,水利部水文局 1982 年布置了开展对现有水文站网的整顿工作。1985 年根据普查鉴定结果,对已失去原设站目的和水位流量关系不稳定的水文站进行了调整,撤销了香山、新建坳等 8 处水文站,将平桥、黎集等 8 处水文站降级为水位站,沙口基本站调整为专用站。同年 11 月,水电部水文局颁发(85)水文站字第 100 号文《关于编制水文站网发展规划的几点意见》,要求各地市编制“七五”近期站网规划(1990 年以前)和十年远期(2000 年前)发展远景规划,以近期为主。规划项目包括水位、流量、降水、蒸发、泥沙和实验站,同期进行地下水观测井网和水质站网规划。这是一次全国规模较大的站网规划,是在站网调整的基础上,进一步解决现有水文站网中存在的问题,并考虑“转轨变型、全面服务”的水利工作方针等要求而编制。规划的指导思想为:“坚持为水利水电规划、设计、建设、管理运用和其他国民经济建设服务。”采用历史站网规划的技术分析方法,我省规划近期新增水文站 15 处,雨量站 94 处;远期水文站 21 处,雨量站 80 处。与以往几次相比较,这次规划显示了水文改革的新内容,体现了水文工作紧密结合“四化”建设和水利改革的新要求,但由于人力、财力等原因,部分建站任务未能实施。

进入 90 年代,随着国家改革的深化和国民经济由计划向市场转型,水文站网进入以充实完善和优化增效为特点的稳步发展阶段。1991 年,水利部提出了“站网优化,分级管理,技术先进,精兵高效,站队结合,全面服务”的水文改革模式。经总站研究分别在 1992 年和 1996 年分两次报请水利部,先后批复国家级重点站共计 33 处。至 2000 年,全省共有水文站 119 处、水位站 25 处、雨量站 889 处、蒸发站 47 处、泥沙站 57 处。

随着社会经济的发展,现有的水文站网虽然在历年的防汛抗旱、水工程设计与运行调度、水资源开发利用等工作中发挥了巨大的作用,但在紧密结合社会实时性服务需求方面,特别是围绕水资源管理和生态环境保护方面的工作,尚存在明显的不足。为此,水利部针对经济社会可持续发展对水文工作的需求,于 2003 年下达了部办水文〔2003〕113 号文,要求各省对水文站网进行一次全面普查与评估,分析各类服务目标下水文站网的单站作用与整体功能,提出站网调整和补充的建议。为此,我省开展为期三年的全省水文站网普查与功能评价工作。2008 年 11 月,省水文局根据站网评价结果以及各地市水文发展需求,对全省水文站网进行一次大规模的规划调整,规划全省新建闾河、许昌等 6 处水文站,黎集、蔡埠口、固始等 8 处水位站调整为水文站,新建彰武水位站,迁建安阳、新蔡 2 处水文站。至 2009 年,全省共有水文站 136 处、水位站 17 处、雨量站 785 处、蒸发站 46 处、泥沙站 31 处。

2011 年 1 月,党中央、国务院和河南省委、省政府分别发布了《中共中央、国务院关于加快水利改革发展的决定》(中发〔2011〕1 号)、《中共河南省委河南省人民政府关于加快水利改革发展的实施意见》(豫发〔2011〕1 号),对新时期水利改革与发展方向提出指导性意见。中央指出在今后一个时期内应“优化水文气象站网布局,完善雨情、水情、地表地下水质、土壤墒情监测站网,建设水源地、水功能区等监测站网。强化暴雨、山洪灾害、农田渍涝、城市防洪和地下水超采区监测预警”。河南强调实现“2015 年建成覆盖全省的水文气象、水资源信息监测网络,加快水文气象现代化步伐,加强水环境监测机构和水文气象机动监测能力建设，逐步建成全省水文气象信息服务系统和水资源管理信息系统，增强对突发事件的应急监测和快速反应能力”的目标，并安排省水利厅会同省气象局、发展改革委、财政厅、国土资源厅、工业和信息化厅、通信管理局负责落实，我省水文站网又迎来了一次跨越式发展。随着国家防汛抗旱指挥系统、山洪灾害防治项目、地下水自动监测工程和全国中小河流水文监测系统工程、水资源监测能力建设项目等一个个项目的实施，我省建立了更加完善的水文监测体系。据统计，截至 2018 年 12 月底，全省水文站网的站点已发展到 9387 处，其中为水文测报服务的站点有水文站 367 处（其中国家基本水文站 126 处、水文巡测站 241 处），水文中心站 66 处，水位站 168 处（其中人工值守水位站 32 处，遥测水位站 136 处），遥测雨量站点 4093 处，墒情站点 636 处（其中自动墒情站 106 处、移动墒情站 530 处），为水质监测服务的站点 1382 个（其中地表水水功能区水质监测断面 497 个、地下水水质监测井 227 眼、重点入河排污口监测点 585 个，大型灌区监测点 48 个，重要水源地监测点 25 个），地下水监测井 2599 眼（其中人工监测井 1777 眼、自动监测井 110 眼、国家自动监测井 712 眼）；为生态补偿流量服务的监测点 76 站，新建县城以上水文中心站 60 处。全面实现流域面积 200 ~ 3000 平方公里有防洪任务的重点中小河流水文站网全覆盖，全省乡级以上行政区雨量站全覆盖。

回顾中华人民共和国成立 70 年来我省水文站网发展历程，从无到有，从小到大，从哪里需要到哪里设站的被动方式，到按规划有层次的科学布站，科学调整观测分析项目，充分发挥水文站网的水资源水环境监测功能。70 年来，经过河南省水文人一代又一代的不懈努力，河南水文已建立起覆盖全省主要河道、水库的水文站网体系。除开展长期、稳定的水文基础数据收集，探索水文要素在时间和空间上的基本特征和变化规律功能外，还不断顺应经济社会发展需求，完善、衍生和拓展基本站网在水资源配置、水资源保护、水生态环境等方面的监测和数据收集功能,实现一站多功能,充分发挥水文站网的综合效能。水文站网的功能从主要监测预报大江大河雨水情势,发展到为社会提供关注的中小河流雨水情信息服务;从主要为防汛抗旱和水利工程建设服务,发展到为水资源开发节约保护及水生态环境保护提供全面服务;从主要为水利工作服务,拓展到为水利、农业、气象、交通、环保、国土、国防等多个领域及社会公众提供全方位服务;从传统的行业水文,逐步发展成为立足水利、面向社会的水文行业,强力促进水文站网功能最大化,为河南省经济建设和社会发展提供重要的技术支撑。

70 年来,中国从一个积贫积弱的国家,一跃成为当今世界第二大经济体,实现综合国力的历史性跨越。伴随着社会经济的快速推进和跨越式发展,水文水资源的重要性和其地位及作用日益凸显。水文作为涉水事务监测管理的重要部分,其责任与任务也将愈来愈大。作为基础工作的水文站网必将获得新的发展机遇,我省水文站网将会形成布局更合理、项目更齐全、整体功能更强的系统体系,更好地为国民经济社会发展作出贡献。

(作者单位:河南省水文水资源局)

安阳“7·19”抗洪实录

闫寿松

2016年7月的安阳，阴雨天气绵延不绝。19日，林州市、安阳县普降特大暴雨，造成安阳河干支流洪水猛涨：小南海水库、彰武水库均超历史最高水位；安阳水文站出现了1950年以来有实测资料的第二大洪水；双泉水库超设计水位；弓上、汤河、石门、南谷洞、琵琶寺水库超汛限水位；崔家桥蓄洪区进水蓄洪；安阳地区全流域涨水。

此次降水过程历时短、强度大、笼罩面积大，暴雨中心位于安阳县西部、林州东北部，安阳河干支流粉红江上游。7月18日8时至21日8时，次平均降水量分别为：安阳市225.3毫米、林州市273.3毫米、安阳县318.1毫米、汤阴县216.6毫米、内黄县93.0毫米。次降水量最大的站点有：林州市河顺镇百石湾雨量站738.0毫米、东岗镇东岗雨量站708.0毫米、砚花水雨量站667.5毫米。60分钟最大降水量东岗雨量站127.5毫米，6小时、24小时最大降水量均为百石湾雨量站430.5毫米、728.0毫米。次降水量超过500毫米的站点12处，300毫米至400毫米的站点23处，200毫米至300毫米的站点42处。降水量频率超千年一遇。

面对洪水，安阳水文局的干部和职工临危不惧，沉着应战。在上级部门的科学调度下，发扬连续作战的精神，及时启动汛情防御应急响应，充实水文监测预报力量，加密监测频次，统筹水情监控调度，发挥了防汛尖兵的作用。

一、安阳水文全员皆兵、反应迅速、响应及时

小南海水库水文站：小南海水库水位从19日11时30分起涨

至峰顶仅用14.5小时，涨幅16.59米，最大涨率3.55米每小时，涨速之快、涨幅涨率之大均创该站设站以来记录，水位175.65米亦为设站以来历史最高水位。

涨水伊始，全站职工和局机关驻站人员就在站长共产党员张春盛的带领下，按照汛前制定的测报预案迅速投入到紧张的测报工作中。坝上有专人负责观测水位，严格执行规范规定加密观测，最小观测时段6分钟一次，并随时用对讲机通报站上水情值班人员，值班人员密切关注汛情、灾情信息变化，第一时间将测到的水情信息报送市防办。坝下流量测验组根据水情、沙情、漂浮物情况，分别用水文缆道、ADCP、电波流速仪、水面浮标法测流，随测随算随报，为做好此次洪水报汛工作奠定了坚实的基础。连续紧张的工作，没有一个人叫苦叫累。

小南海水库下游有豫北区域中心城市安阳市；大型水利枢纽南水北调工程；107国道、京港澳高速、京广铁路、京广高铁等交通干线，防汛地理位置非常重要。因此，小南海汛情时刻牵挂着各级领导的心。为及时掌控突发汛情，我和王伟书记紧急赶赴该站指导测报工作，带领全站职工坚守在测洪第一线。一起抢测洪峰，实时查询卫星云图、气象预报更新信息，掌握河道上下游各站点的水位、流量、雨量信息，进行现场分析，对防洪形势作出预判，对工作进行适时部署。

“7·19”洪水，小南海水库水文站共观测水位632次，测流23次，报汛293次，发送山洪灾害预警16次。小南海水库水文站及时准确的雨水情信息为省市防汛指挥部门科学决策、精准调度提供了依据，为小南海、彰武水库控泄，以避让双泉水库下泄洪水，实现错峰，确保了下游安阳市区段洪水顺利通过。

横水水文站：19日中午，带队在林州开展巡测的水情测验科科长刘华勇同志预测大雨造成的洪峰很快会到达横水水文站，于是带领巡测队迅速前往支援。

此时,路面积水已淹没了轮胎,冒着山洪和泥石流暴发的危险,凭借着对道路的熟悉,巡测队在15时左右赶到了横水水文站。巡测队的到来,给忙碌的测站注入了一针“强心剂”。当时缆道副拉索被倒掉的大树砸断,他们根据携带的测验装备,结合现场水情,立即制定抢测补充方案。18时47分测得最大流量671立方米每秒,相应水位6.67米(冻结基面)。可是由于洪水的肆虐,电力和移动、联通通信全部中断,无法与外界取得联系,水文情报发送不出去!汛情就是号令,职责就是使命,刘华勇和站上职工冒雨在积水1米多深的马路上寻找,走遍了整个横水镇和大半个林州市,终于在一家小的手机维修店,找到了一部有信号的电信手机。正是这一部小小的手机,才得以让水情信息及时发出。此时,已是晚上8点多了。

安阳水文站:暴雨仍在继续,安阳水文站汛情紧张,抢险突击队员用了最短的时间从各方紧急赶赴过来,立马进行了详细的分工,穿着滴水的衣服,他们投入到了紧张的测洪工作中去。19日21时30分,安阳河已超过警戒水位0.46米,22时15分达到了保证水位75.18米,最大涨率达2.87米每小时。测验设施也在经受着洪水的考验:500千克的绞关连同3吨重的基座大约在23时被洪水连根拔起,测船被洪水冲跑!洪水湍急,泥沙含量加大,他们改用浮标法继续着流量测验。23时12分,安阳河最大洪峰流量达到1990立方米每秒,超保证流量(1180立方米每秒)810立方米每秒。23时30分水位达到峰值75.81米,超保证水位0.48米。

面对洪水,水文人没有退缩,安阳水文站已退休多年的老站长王翠光也来到站上,冒雨帮忙准备测流所需物品。7月20日凌晨2时,我和王伟书记冒雨蹚水步行20多公里来到安阳水文站,王书记湿透的衣服也顾不上换。我们一进办公室就询问汛情,查看测流资料,提出可行的工作方案,体现出了久经洪水考验的水文人在关键时刻的临场应变能力。凌晨3时30分,河水落势基本稳定,而此时大家已经十几个小时水米未进,片刻也没有合过眼了。

安阳水文局水情测验科:7 月 19 日当天,安阳水文局水情测验科转发水情报文 442 份,并通过信息手段及时向防指成员发送各类水情信息。在紧急汛情面前,水情测验科充实了应急值守力量,加强对安阳区域防汛工作的组织调度、信息汇总,及时传递汛情、灾情信息。水情值班人员密切关注天气变化和雨水情信息,对各种数据进行分析、研判。根据安阳站报汛线和小南海、双泉、彰武水库水位涨幅情况和入库流量,预报小南海水库最高水位将达到 175 米以上;根据彰武、双泉水库泄流及彰武至安阳区间来水,预报安阳站洪峰流量将达到 2000 立方米每秒左右。为了修订因通信中断造成的雨量数据误差,水情值班人员交班后顾不得休息,冒雨前往东岗雨量站现场提取固态存储数据,及时提交了暴雨中心极值点雨量复核成果。准确的雨水情信息和预测预报,为各级领导及防汛指挥部门指挥调度、科学研判提供了坚实可靠的依据,为安阳市打赢"7·19"抗洪抢险这一仗提供了有力的技术支撑。

二、河南水文科学调度、精准应对、赢得主动

按照防洪预案,安阳河流量达 300 立方米每秒时,安阳河下游崔家桥蓄滞洪区将启动,19 日 22 时 25 分,崔家桥自然进洪。19 日 23 时 30 分至 20 日 21 时,后崇义、冯宿桥上游 500 米、冯宿桥下游张奇村相继出现决口险情。面对汛情,河南省防汛抗旱指挥部启动了防汛Ⅲ级应急响应。河南省水文水资源局启动了全省水文应急监测预案,拉开了一场大范围内跨区联动,全力支撑安阳洪水测报的序幕。

河南省水文水资源局副局长江海涛带领的应急通信指挥小组于 19 日当晚到达安阳后,利用水文应急监测指挥车,在安阳水文站上游大桥上建立与省防办的联系,填补了因公用通信中断造成的防汛信息盲区空白,现场第一时间将安阳河 20 年一遇的洪水、崔家桥滞洪区分洪口门的现场实况上传省防办指挥中心,为调度决策提供

了宝贵的视频资料。河南省水文水资源局副局长岳利军20日凌晨3时赶到安阳水文站，立即成立应对安阳河“7・19”暴雨洪水测报现场临时指挥部，岳利军副局长任总指挥，对原各应急监测小组人员进行重新分工，明确任务，使水文测报、暴雨调查、洪水调查、洪峰流量核定等各项工作有序开展，保证了水文监测数据的权威性，确保了《暴雨中心遥测雨量站雨量调查报告》《安阳站“7・19”洪水洪峰流量核定报告》《安阳河决口分洪洪水调查报告》及时提交省防办、安阳市防办，并向社会公开。

随着洪水到来的，还有省局、兄弟局的应急监测突击队：省局站网处处长王冬至带领的河南省水文局突击队、濮阳水文局局长李向鹏带领的濮阳局应急监测突击队、郑州水文局副局长韩庚申带领的郑州局应急监测突击队，他们和安阳水文人一起监测和见证着洪水的涨落。7月21日，省局增派了南阳局鸭河口水库水文站的技术骨干赶赴安阳，协助小南海水文站抢测特征值，填补了小南海水库自除险加固以来溢洪道没有可靠实测泄流记录的空白。

安阳“7・19”大水，河南水文跨区联动，不仅圆满完成了洪水测报任务，也进一步检验和提升了河南水文应急监测工作的能力。同时创下了河南水文应急响应监测的新纪录：第一次实现大范围跨区联动开展应急监测，第一时间赶到现场，第一次在口门封堵前进行决口地形测量，第一时间提交调查分析报告，为防汛调度指挥提供了真实可靠的第一手资料。

（作者单位：河南省安阳水文水资源勘测局）

甘与水文共发展

李　黎

时光如白驹过隙,我在新乡水文局工作已近30年。可以说,我最好的青春年华是与新乡水文一起度过、一同成长的。从基层测站到局机关,我追赶着祖国风雨兼程的步伐,经历了无数个防汛抗洪的难忘瞬间,见证着水文事业在历史滚滚前行中日新月异的变化。

铮铮岁月,让我最引以为豪的,是水文职工在与祖国同频共振、和人民风雨同舟的奋斗道路上,印下的一串串执着而又坚实的脚印,书写的一幅幅美丽动人的画卷,展现的一道道难以忘却的情怀。

一、种下初心,栉风沐雨的青春虽苦犹甘

我的父母,都是老水文工作者,父亲退休前,曾一直担任当时的河南省水文总站新乡分站(1997年机构改革中升格副处级单位,更名为河南省新乡水文水资源勘测局)党支部书记等领导职务。因为父母工作的关系,我从小就耳濡目染,与水文结下了不解之缘。还记得父亲那个时候,水文工作条件还比较艰苦,资金不足、设备简陋,直到20世纪80年代末,机关的唯一的通信工具还只是一部拨盘电话机,一个简陋的摆满钢丝双层床的房间,兼具了技术室、机关会议室和招待所三种功能。每当暴雨倾盆,父亲总是第一时间拿起雨衣赶往防汛一线。父亲经常对我说的一句话就是:"越是下雨,咱们干水文的越要冲在前面,这是咱的责任,更是咱的光荣。"风里来,雨里去,泥里滚,尚年幼的我,对水文工作的认知懵懂而崇敬。

那一年,青春洋溢的我,来到卫辉水文站,成为一名基层水文新兵。那时的基层测站,物质条件比起老一辈水文职工五六十年代的

土坯危房,相对有了一些改善,但比起城市的繁华喧嚣,扑面而来的感觉依然是落后和清贫。

一个路基下的小院落,几间年久失修墙皮斑驳的土瓦平房夹杂在一群民房尽头,如果不是屋里墙角那几根红白相间的水尺杆,墙上挂着的水文断面图,破旧桌子上的一部报汛电话,很难让人相信这是个国家单位。我的宿舍是站上以前的器材仓库,纸糊的棚顶每晚都能听到老鼠们金戈铁马,关不严的门窗不仅让冬天格外冷,肆虐的寒风在寂静深夜发出“呜呜”的怪声,更是吓得我缩进被窝睁眼到天明。潮湿的屋子里,被褥两三天不晒能拧出水来,夏季苔痕上阶绿,青苔爬满墙;雨天外面下大雨,屋里下小雨。院子里连着手压井的水管子,一到冬天就冻住,要浇两三壶开水才能压出水来。这些困难都还好克服,最为不便的,就是洗澡。要想洗澡,得骑车跑到离站上很远的县纱厂职工澡堂。冬天还好说,那年夏天特别闷热难当,一会儿一身汗,更是难熬。尤其是早晚看水位、测流回来,整个人就像水洗过一样,想去澡堂洗澡又累得不想动,不洗澡又觉得浑身酸臭,只好烧壶开水,在屋里凑和简单擦洗一下。老站长宋文华嗓门虽粗,却心细如发,总是把站上的同志们当成自己的孩子一样关心和爱护。大家的“情况”,他看在眼里,记在心上,和站上的会计赵元保同志,趁休息时间去县里集市转了大半天,淘回来两个8元钱一个的黑塑胶“太阳能热水袋”放在平房顶上,下连一个简易沐浴头,因地制宜,在院儿里依着平房的一面空墙,用几张废弃的石棉瓦和碎砖头,围起了一个简陋的“澡堂”。这“澡堂”虽然上面露着天,侧面露着缝,四处透着风,可是却把我们乐坏了,至少大家工作回来可以简单畅快地冲洗一下了。我们都笑称它是“天浴”,还常常在冲澡的时候高兴地哼起歌来。这种团结向上、以苦为乐的日子,不仅让我和站上的职工们结下了深厚的兄弟姐妹情,也给我以后的人生道路带来满满的正能量。

生活上的困难和不便,没有让我退缩,反而让我常常记起从小到大父亲的谆谆教导，激起我骨子里水文人那股子一脉相承不怕苦不服输的劲儿，在工作上更加努力进取。我剪掉了一头齐腰的长发，收起了漂亮的连衣裙、高跟鞋，穿上最简单的T恤、短裤、平底塑胶鞋，一脑袋假小子般的短发上经常扣着顶大草帽，满怀激情地把自己融入了这个温暖的集体，融入到水文这份与江河为伴，以奉献为歌的光荣事业中。在卫辉水文站，我和站上的5名职工一起，生活上相互关心相互帮助，工作上相扶相助齐心同德。在要求严格的老站长的督促下，在业务熟练的卜晓倩、宋卫明同志手把手地耐心传授下，我很快就掌握了看水位、测流量、观测雨量、涉水测流、计算含沙量等业务，并在当年年底就代表卫辉水文测站参加了局机关的年度水文资料整编。

基层测站的那段工作经历，对我而言，是成长，更是美丽的蜕变。炽热的骄阳晒黑了我的皮肤，水尺边生长的杂草划破了我的胳膊，漆黑雨夜里通往断面的那条泥路摔伤过我的膝盖，汛期紧急的深夜我和大家一起三天两夜不眠熬红过双眼……当我们顶风冒雨将生命屹立于风口浪尖，当我手捧那些来之不易的观测、计算出的水文数据，当我拿起电话果断清晰地向上级防汛部门报出一串串珍贵的数字代码，当我在雨中紧张作战时偶然抬头看见远处那片安详静谧的灯火，我就打从心眼儿里油然而生出一种自豪：是千千万万个像我一样普通却不平凡的水文职工，在风狂雨骤中用青春和热血，保障着万家平安。

二、峥嵘岁月，舵稳当奋楫风劲好扬帆

20世纪90年代开始，国家加大了水文工作的建设力度和资金投入，“工程带水文”政策的进一步深入，“九五”“十五”计划的陆续实施，河南省水文基础设施建设和水文站网规划，将河南水文事业的发展带上了突飞猛进的快车道，新乡水文也在这条充满希望的大道上一路疾驰。

1999年3月，新乡水文局党支部书记田建设找我谈话，说："这几年水文工作发展势头很快，咱们单位需要加大宣传力度，对内鼓干劲，对外树形象。你文笔不错，经支部研究，决定抽调你到机关办公室干宣传工作。"带着领导的重托，我恋恋不舍地告别了卫辉水文站，走上新的工作岗位。

在机关办公室，我除了做好文书工作，积极发挥自己的写作特长，经常在地方刊物《新乡日报》、行业刊物《河南水利》《江河潮》等杂志发表稿件，努力将新乡水文的工作动态、行业形象推向社会、深入人心。不久，我又接过了新乡局刚创办的单位内部宣传刊物《新乡水文》的编辑工作。说是"刊物"，实际上因物质条件所限，只是一本自己装订的小册子，当时定的是每月一期，由我和刘学勇同志负责编辑，穆玉珠同志负责文印。每个月，我们提前列好计划，根据栏目设置，结合时势和实际工作，向各科室和测站的同志约稿。同志们都很踊跃，有写工作心得的，有写生活感悟的，有写未来展望的，有写技术交流的。那时候根本不像现在，有电子邮件这么方便，大家交的都是手写纸质稿，我们收到稿件后，一些字迹潦草的还要打电话一字字和作者沟通确认内容。录用的稿件，就和小穆同志一起打印出来，校对无误后装订成册。考虑到刊物的美观和可读性，我们还经常绞尽脑汁，刻出不同的花边和图案。在那个网络、手机还不发达的年代，每个月末，这样一本凝聚着《新乡水文》编辑部心血，张扬着新乡水文职工在精神文明建设道路上阔步前行姿态的小册子，就会从邮局飞向新乡局下属的12个基层测站，飞向省水文局和各个兄弟单位，给大家送去贴近基层、贴近水文的精神食粮。

1999年恰逢中华人民共和国成立50周年，田书记代表支部通知我，要集中精力、想方设法、克服困难，编辑一本能够反映中华人民共和国成立50年来新乡水文发展日新月异变化的宣传图册，向国庆献礼。以前在基层测站，我的工作范围有限，看到的是水文职工的艰苦和奉献，来到局机关，干上了宣传，我的视野更加宽阔。在筹备编写这本《庆祝建国五十周年图片展》的过程中，我得到了局领导和同志们大力支持。为广泛收集素材，我深入基层，采访的角度遍及新乡水文的建设规划、测站改造、水文经济、职工生活、抗洪抢险、英雄人物等多个层面。通过翻阅历史资料和图片、实地采访、和水文老职工一起回忆往事，我对中华人民共和国成立以来新乡水文奋斗发展历程的了解也越来越深刻，越来越清晰。我看到了“96·8”大洪水中，新乡水文职工越是洪流越向前，为社会实现水文减灾效益2.3亿元；看到了在艰苦的峪河口水文站坚守10年，8个春节都在站上独自度过，为了水文事业把青春洒遍崎岖山路、共计行程两个两万五千里的水文楷模闫寿松；看到了“九五”规划以来，新乡水文12个基层测站告别了低矮潮湿的破房危房，旧貌焕新颜，赵礼庄站的职工住上了以前做梦也想不到的人均128平方米的职工宿舍楼，秦厂站职工从黄河滩内的旧站房搬进了漂亮的别墅型新站房；看到了计算机、数据库在水文工作中普遍应用，职工业务素质逐渐提高，科研成果节节攀升，交通、通信、办公设施从无到有向现代化、科技化转变；看到了新乡水文按照“水文测报搞好，水文服务搞活，水文职工搞富”的发展思路，解放思想更新观念，走出了一条科学发展的广阔道路……那一幕幕水文人筚路蓝缕奋斗不息的画面，一个个跨越历史风霜的感人故事，鲜活地跃然眼前。国庆节前夕，这本图文并茂、见证着水文人百折不挠的坚韧与毅力，饱含着水文职工爱国热情的《庆祝建国五十周年图片展》纪念图册如期刊印，得到了领导和职工的广泛好评，也在我的记忆中留下深刻的烙印。

2000年后，国家累计投入近10亿元用于推进河南省水文基础设施建设，21世纪信息化时代所带来的机遇和挑战，推动水文事业一路高歌猛进，发生着质的飞跃。水文信息服务水平、办公自动化水平大大提高，水位通过视频监控即时观测；遥测雨量站及水位站点信息实现了10分钟自动采集、存储、传输；流量通过ADCP遥控船，配合笔记本电脑直接测算，或使用无人机遥控测流，进一步提高了防汛抗灾的决策效率。新乡水文乘着改革发展的春风,在新时期强化水文科技导向的持续发展道路上前景更加广阔。

三、使命如山,最美的人生告白托起江河安澜

有河流的地方就有水文,有水文的地方就有“求实、团结、进取、奉献”的水文精神。有人说,水文工作者是洪流中的逆行者,暴雨中的追风人。“75·8”“96·8”和安阳“7·19”,在那些被历史铭记的河南省特大暴雨洪水中,在那些惊心动魄的危急时刻,是水文职工壮志铿锵、无悔奉献,用无畏精神保障着群众的生命财产安全,用坚定信念承托起祖国的江河安澜。

在每一位水文职工的职业生涯中,都曾留下过舍生忘死伏波安澜的光辉记忆;在每一位水文职工的平凡人生中,也都曾奏响过滔滔洪水无所惧,降服蛟龙战犹酣的精彩乐章。

2016年7月9日的凌晨,一场百年一遇的特大暴雨突袭新乡,自凌晨2时起,新乡市6小时最大点降雨量达到398毫米,全市平均降雨169.3毫米,其中最大点新乡洪门站461毫米,突破历史极值。244处雨量站点超400毫米以上站点有10处,超300毫米以上站点40处,超200毫米以上站点77处,超100毫米以上站点132处。城市仿佛陷入了一片汪洋:乌云压顶,暴雨如注,路面积水齐腰深,私家车被淹没了车顶,交通瘫痪,房屋坍塌,停水停电……突然而至的暴雨不仅给新乡市带来了灾难,更是对新乡水文人严峻的考验。

汛情如山,雨声就是冲锋号!从机关到测站,新乡水文局的职工们纷纷迎着暴雨、摸着黑、蹚着齐腰深的大水,纷纷奔向自己的工作岗位,并迅速投入到防汛测报第一线。

雨量大、时间短、降水集中,市区卫河段水位暴涨,急需实测流量,可市区积水严重,车辆出去随时都有淹没的可能。测验科的突击队员们当机立断,肩扛手拿,蹚着齐腰深的水,火速赶到就近的卫河桥上进行测流,直到13时测得洪峰流量70.4立方米每秒,一共

完成了4次流量测验。

合河水文站位于共产主义渠和卫河进入新乡的上游位置，辉县和获嘉县来水都经过合河水文站，其水文数据对新乡市防汛工作的重要性不言而喻。雨水还在继续，河水接踵而来。7月9日2时至8时，合河水文站降雨268.9毫米。暴雨中，合河站职工李兰兰、齐凯彬，在倾盆大雨中，两人轮替着飞奔在办公室和观测场之间，鞋子坏了，就光着脚，跌倒了不顾疼痛赶紧爬起来，准确记录了这一场特大暴雨。暴雨在继续，合河(共)断面水位开始猛涨。河水夹杂着大量杂草、树木、生活垃圾等，铅鱼刚一入水，就缠上浮草等杂物，测流条件相当恶劣，从8时到18时，合河水文站共测到了5份流量。7月9日20时，为了能够准确测到洪水涨落过程，大家连续奋战，在合河(卫)、合河(共)两个断面用多点法进行流量测验，准确掌握了这一时间的洪水过程，一组组准确的数据为防汛提供了有力保障。

暴雨导致了新乡市区大面积停电，位于22楼办公的新乡水文局也没能幸免，但报汛需要用电，备用电源只能维持几个小时，一旦机房断电会使整个防汛信息系统瘫痪，无法及时报汛必将造成巨大损失。为了完成报汛任务的电力保障，经领导多方协调买回了用来维持发电机工作所需汽油，却发现由于停电电梯不能使用。千钧一发，新乡水文局职工咬紧牙关，硬是一步一个脚印，将防汛物资一点点抬上了22楼。在抗击这场百年一遇的特大暴雨灾害中，新乡局每一位职工，都坚守在自己的工作岗位，用忠诚和奉献，挥洒出最美的人生华章。

风雷动，旌旗奋，弹指一挥间。党的十九大用“不忘初心、牢记使命”为我们扬起新时代发展的鲜红旗帜，铺开了新征程的战略蓝图。扁舟入海知其辽阔，鲲鹏展翅知其高远，在我追随祖国前行的步伐里，我将用一生去践行自己的初心，将命运与祖国紧紧相连，用奉献为水文炫丽放歌！

(作者单位：河南省新乡水文水资源勘测局)

勘测玉川水文人　勇当时代新愚公

吴庆申

大江东去,岁月流金。水总是以“海纳百川”的胸怀润泽万物,激励无数仁人志士前赴后继谱写华章。济源是一处因水得名、以水而兴的城市,唐代诗人白居易题诗曰:“济源山水好,老尹知之久”盛赞济源山水之灵秀。从唐代的枋口堰到近代的引沁渠,从小浪底水库到河口村水库,勤劳的愚公人修筑了一个个宏伟的水利工程。水文是水利的基础,每一项伟大水利成就背后都蕴含了水文人默默的奉献。

我时常想,如果与滔滔的江水相比,水文人就如同岸边的磐石,无论狂风暴雨,抑或艳阳高照,都岿然不动把脉江河。而这群人常年坚守在江河两岸撑起的水文事业,就如同愚公用过的扁担,她一头挑起的是勘山测水的责任,另一头挑起的是江河安澜的重托。

老一辈水文人用简陋的工具开启了济源水文事业的征程,他们风餐露宿、夜以继日为济源水文奠定了基础,青丝变成了白发;如今,一个个风华正茂的年轻人正继承着他们的事业,不忘初心、无怨无悔,推动济源水文迈向新征程,他们都是济源水文的参与者和见证者。

当尝试着记录和总结济源水文的发展历史时,我们发现她像一部书,记录着水文人的风雨兼程;更像一幅画,展示着水文人勤劳朴实、坚韧乐观的精神风貌。

水文事业的发展史,也是一部水文人的历史。一代代水文人用青春、汗水乃至一辈子的时光谱就了不平凡的岁月节拍。

水文事业的属性决定了水文工作的特殊性。水文人常年行进在群山茂林中，人迹罕至处，日复一日年复一年地勘川测水，观水涨水落，报雨情水情，物质与生活条件可想而知，尤其是水文发展初期，在一穷二白的情况下，除要自己动手修建站房、制作测具外，还要提防野兽的袭击。我们通过搜集老照片和回忆录，对比发现过去的水文职工计算用的是老式算盘，测量用的是老式水准仪，住的是小平房，吃水靠的是河水或压水井，交通和通信都极不发达。但是我们也发现，老一辈水文人的敬业精神尤其值得弘扬，虽然条件艰苦，他们能够用老旧的水准仪风餐露宿徒步几百公里测绘地形，他们记录的水文资料字体工整，他们手工整理的水文资料规范无误，值得新时代水文人学习。

水文是防汛的耳目和尖兵，为了更好地向各级防汛部门提供及时、准确的水文信息服务，水文人付出了艰辛的努力。“82·6”暴雨洪水期间，老一辈水文人连续5昼夜坚守在济源水文站（原赵礼庄水文站），他们中没有一个人退缩，累了就靠在椅子上休息一会，洪水来了就马上投入战斗，利用浮标测流抢测最大洪峰1280立方米每秒，利用原始的报汛方式及时报送了雨情水情信息，确保了蟒河度汛安全。在河口村水库修建期间，济源水文局职工深入到沁河上游太行深山河口村水库入库站拴驴泉监测站，日夜坚守在荒无人烟的深山处进行水文监测，克服了蚊虫叮咬、孤独寂寞等常人难以克服的困难，有时候遇见大水，由于桥梁漫水，水文职工一连十几天都得不到食品供给，他们就是靠着挖野菜坚守在测报一线，每天将准确的水情信息发送到水库建设管理局，确保了水库建设期间度汛安全。在济源水文的发展历程中，这些感人事迹不胜枚举。

老子说：“天下莫柔弱于水，而攻坚强者莫之能胜。”水，总是让人浮想联翩，从穿石成孔的水珠，到默默无闻的涓涓细流，再到浩渺无边、虎啸龙吟的惊涛巨浪，水的存在，让人心生敬畏！和水天天打交道的水文人又何尝不让人心生敬畏！

水文事业是国民经济和社会发展的基础性公益事业。随着水文事业的发展，国家对水文投入的不断加大，济源水文事业伴随着共和国成长的脚步，水文站由少到多，站网日趋完善，水文测验项目由单一到多样，资料整编实现电算化，办公设备与职工生活环境大大改善。测验设备也由水准仪到GPS，从流速仪到ADCP（多普勒流速仪），从人工雨量器到遥测雨量器，从传统的电报到现代化的网络信息传输的转变，这些技术设备的应用，都为“智慧水文”发展插上了科技的翅膀。

济源水文局的筹建，正赶上了党的十八大春风。来自中原大地的水文行业精英从四面八方汇聚玉川大地，他们是为了梦想而来，是为了奉献而来，是为了责任而来！济源水文局经过这一代水文人的共同努力，在4个新建局实现了“四个第一”（基地征地、搬迁新办公楼、荣获市级文明单位、完成中小河流建设任务）。在省水文局党委的正确领导下，不断推进党支部标准化规范化建设，多次荣获省水利厅、省水文系统先进党支部荣誉。坚持开展多形式全方位的社会服务，尤其是在济源市开展的精准扶贫和精神文明等工作中表现突出，多次受到济源市委、市政府表彰。

铁打的营盘流水的兵，一代代济源水文人发扬“求实、团结、奉献、进取”的水文精神，把自己最美好的青春奉献给了水文事业，用生命诠释当代新愚公形象。

“关山初度尘未洗，策马扬鞭再奋蹄。”新时代新使命新担当！水文人更应该鼓起舍我其谁的勇气，不忘初心、艰苦奋斗，在这片愚公曾经开山辟地的热土上，以更加强烈的责任感、更加扎实的工作作风，争做时代新愚公，在新时代水文改革发展的伟大实践中谱写济源水文人新的业绩，在实现中华民族伟大复兴中国梦的征程中做出水文人更大的贡献！

（作者单位：河南省济源水文水资源勘测局）

洛阳水文的变迁

水江涛

70 年砥砺奋进,70 年春华秋实。中华人民共和国成立以来,不断创造伟大奇迹,彻底改变了中华民族的前途命运,我们的祖国发生了翻天覆地的大变革。水文行业也和其他各行业一样,发生了巨大变化,就洛阳水文的变化之大,也是超出很多人的想象的。

一、报汛方式的改变

20 世纪 60 年代,测站唯一的报汛工具就是手摇电话机。发雨水情电报的时候,电话先打到总机,说明要接的地方,再由总机转接,一直要接到邮局的报房为止。通过电话念报文,念时不仅声音要足够大,听不清楚的地方还要重复多次,念完后由报务员校对一遍,最后还要记下收报人员的工作牌号和姓名,以便在报文出错时划分责任。转报环节多,既浪费时间,又容易出错,更不用说信息的时效性。

后来,随着程控电话逐步普及,水文站也安装了一部程控电话。这样,报汛时就可以直接打到报房,从时间和效率上总算是有了提高,但是念报文和校核的程序并没有得到改观,所以报汛的质量还是难以保证。

2000 年之后,省水文局为了进一步提高报汛质量,缩短报汛时间,在全省范围内统一使用语音电话报汛。这种电话的优点是:操作简单,界面直观,可以看到报文输入是否正确,并能对输错的报文进行删除、修改或重新输入。发报时将报文的全部内容用电话按键输入后,电话机会以语音形式自动校核报文。语音电话的使用,使我们的报汛变得更方便快捷,报汛质量也明显提高。

移动通信业的迅猛发展也给水文报汛工作带来良机,水文站也配备了报汛专用手机。遇到电话线路有故障时,就可以用手机报汛。这样一来,报汛成了有线和无线双保险,我们再也不必承受和面对因电话线路不通而无法及时准确报汛的尴尬和无奈。

2006 年初,省水文局为各水文站配置了信息专用电话。这种电话最大的好处是,快捷、准确、简单,只要将报文输入完毕,经校核无误后,按发送键即可轻松完成发报,大大提高了报汛质量和报汛时效。

2018 年,省水文局水情处又开发了手机 APP 报汛软件,方便快捷,无论身在何处,报文编好后,点发送就可以了,大大提高了报汛的时效性。此外,各水文站还配备了北斗卫星电话,当发生大洪水,无移动信号时,可以用北斗卫星电话向防汛指挥部发送雨水情信息。

二、测验设施的改变

小水涉水测流和中大水用浮标法、测船及比降法测流这些传统测验方式留给我们水文人的不仅是艰辛的历程,更是血与汗的付出。1978 年以前的洛阳水文仅仅以收集原始数据为基础,单纯地为防汛抗旱提供数据和资料。那时职工全部固守断面,测验方式和手段落后,技术含量低,仪器设备简陋。枯季寒冬小水时我们要迎着凛冽的西北风甚至迎着鹅毛大雪涉水测流,老一辈水文人大多都留下老寒腿的病根;无法涉水测流时用测船及比降法测流,大洪水来的时候更是经常发生缆断船翻的事故,洛阳水文人只能靠拼体力,甚至拼生命来履行自己的职责。后来,我们立足实际,大胆探索,勇于实践,不断实施测验方式方法和技术创新。一是实行巡测与驻测相结合,加强对已有水文资料的分析,充分掌握和运用技术"规范"和"标准",改变单纯为积累资料而盲目测验,科学合理地精简测次,优化水文要素的布测方式；二是大力推广应用新仪器、新技术，提高资料采集的能力与自动化水平，切实减轻职工的劳动强度，提高效率，确保了资料的精度，增加了成果的技术含量；三是加强对资料成果的科学分析和深度加工，为社会提供高附加值的服务和产品。数十年积累的丰富翔实的长系列水文实测资料，为水资源开发、利用、保护和经济社会又好又快发展提供了强有力的技术支撑。

雨量、水位观测实现了从人工到自记，再到固态存储，直至遥测的新飞跃；流量测验实现了从原始落后的浮标、测船流速仪到全自动缆道流速仪，再到声学多普勒剖面流速仪（ADCP）、电波流速仪、无人机测流的新突破；地形测量实现了从水准仪、经纬仪到全站仪、GPS 的新跨越；水质监测从当初手工简单控制到如今自动化仪器分析的新发展……，设施设备的不断更新、升级折射出水文技术装备不断提高，科技含量与日俱增。

三、资料整编方式的改变

在水文数据处理工作中，传统的数据计算方式是用算盘计算的，大量的计算工作都靠手工完成，后来发展到用计算尺、手摇计算器和计算器，一直到现在的计算机整编程序自动化；以前水文资料整编十几个人花费 2 个月时间才能完成，工作量大，还容易出错，现在只需要四五个人，十几天时间就可以完成，工作量大大减少，准确率大大提高。至 2007 年底，各水文站全部配备了计算机，水文资料实现在站整编电算化，所有计算任务全部由计算机来完成，局机关实现了人手一台电脑，办公基本实现了无纸化，工作效率大大提高。很快水文资料整编将逐步实现在线整编，各局把资料传到网上，通过网络就能完成资料整编，大大提高工作效率。

四、水文站房的改变

20 世纪 70 年代水文大部分测站还是仅有几间破破烂烂的瓦

房，高低不平的院落。进到室内，只感觉阴暗潮湿，落土透风，一片破败，当时的水文人不仅要克服底子薄、基础差的条件，而且还要忍受艰苦恶劣的自然环境。“条件艰苦、工作辛苦、生活清苦”这三个特定概念，是那时水文人自我表述与被人表述的特定词汇。

1998 年，随着中国经济的不断腾飞，我省的水文事业发展也进入了崭新的一页。“九五”“十五”计划对水文基础建设投入了大量资金，水文测站也在整改之列，上级部门拿出了百万元的资金使测站的基本建设、站容站貌有了彻底的改变。一幢幢美观大方、造型别致的小楼拔地而起，成了当地一道靓丽的风景线。

2008 年 7 月，省水文局和洛阳水文局又一次向测站投入 30 万元，对办公设施和测验设施进行了大幅度的建设和更新。

五、办公条件的改变

洛阳局机关在 70 年代没有自己的办公场所，和水利局在一起办公，那时候也不叫水文局，只是水利局的一个科室，叫水文组，十几个人挤在两间办公室里，直到 1984 年以后我们才有了自己的院子，那时周围全是菜地，很是荒凉，办公是在一排平房里，职工没有住房，几口人就挤在一间平房里，后来建了一栋楼房，办公和住宅在一起，几个科室挤在一套单元房里，面积只有五六十平方米，很不方便，1994 年，职工集资又建了一栋住宅楼，每户面积 80 多平方米，职工的住房问题得到解决，1997 年在上级的大力支持下，又新建了一栋办公楼，面积 500 多平方米，办公条件有了很大改观，2006 年，全体职工齐心协力，又建了一栋 12 层的楼房，职工的办公和住房条件大大改善。

六、职工生活的变化

在那个“吃饭要粮票，穿衣要布票”的年代，最初每月计划特批供给的 37 斤粮票（三粗七细），一切消费品都凭票供应。到了 90 年代基本解决温饱问题，现在基本上达到小康水平，衣食无忧，以前是“有什么吃什么”，现在是“想吃什么就有什么”；从吃水难到现在的自来水；从梦想中的楼上楼下电灯电话发展到现在的各种各样的家电（电视机、洗衣机、冰箱、空调、电暖器等等），琳琅满目，应有尽有。

80 年代初，每人的工资每月才只有二三十元，到了 90 年代，每月三四百元，2000 年以后，每月一二千元，发展到现在，每月四五千元，和以前相比，工资翻了几十倍。

以前到雨量站检查，从步行到自行车、摩托车，从一天一趟的班车，到每个水文站都配备了汽车，大大提高了工作效率。职工们家家都有小轿车，出行越来越方便。

基层测站文化方面从喇叭广播到收录机，发展到现在的电视机和网络，不管有什么问题，上网一查，准能查得到。测站的同志也看上了清晰的数字电视，都配备了电脑，实行网上办公，网上学术交流、网上购物等，让世界都变成了零距离。

洛阳水文几十年的变化，不过是祖国繁荣昌盛巨大洪流中的一朵浪花。祖国的旷世变革，使我们享受到改革开放的巨大成果，感悟到强起来的祖国带给我们的自信和骄傲，也看到洛阳水文美好的前景。巨大的变革也激励着我们不忘初心、牢记使命，以“水”为“文”续写新的篇章。

（作者单位：河南省洛阳水文水资源勘测局）

水文精神铸风流

李坤志

2019年,是中华人民共和国成立70周年。70年间,在中国共产党的领导下,亿万人民艰苦创业,披荆斩棘,努力探索中国特色社会主义的发展道路,在改革开放和现代化建设的历史进程中,走出一条中华民族从独立到富强的复兴之路。我所从事与热爱的水文事业,也在追随祖国发展的进程里,焕发出勃勃生机。

水文,是洪涝灾害的先知者,水生态环境的保护者,人水和谐的创造者。作为鸭河口水文站的一名老水文职工,已近古稀之年的我,回望自己的一生,与水为伴,与山为邻,观测水位、雨量,抢测洪峰,马灯斗笠、撑篙划桨、抛锚定位、测算点绘,无怨无悔。也曾奋战在暴雨中缆道房,监测咆哮洪水的起起伏伏;也曾盯紧那暗夜闪烁的浮标,把脉洪水的涨涨落落;那把记录水位的红蓝水尺,如一位老者,见证着水文人的无悔的奉献和不朽的功勋。

1975年8月上旬,受3号台风影响,河南省驻马店,许昌和南阳地区北部的鸭河口水库库区发生了历史上罕见的特大暴雨,鸭河口水库汛情十万火急。

短短3天内,5次大的降水过程。3025平方公里的水库控制流域面积内,崇山峻岭,地势陡峭,河道坡降大,波涛般的洪水来势凶猛。

8月5日10时,库区降暴雨;16时,库区水位由168.74米开始起涨,23时出现第1次洪峰,入库流量达600立方米每秒;7日9时30分,库水位猛涨至175.15米。防汛指挥部决定将主溢洪道4孔闸门及左右输水洞全部提起进行泄洪,泄洪流量达1000立方米每秒。但由于7日至8日零时库区东部又出现了历史上罕见的暴雨，3日平均降水量393.8毫米，7日平均降水量425.6毫米，导致库水位继续猛涨。8日7时至8时，库水位以每小时0.47米的涨率急剧上涨，8时最大入库流量达11700立方米每秒，出现了第3次洪峰，也是鸭河口水库1958年建库以来所遇到的最大洪水——1日最大洪水量3.974亿立方米，3日最大洪水量为8.182亿立方米，7日最大洪水量为10.13亿立方米，72小时最大洪水量为300年一遇洪水。经水库调蓄后，下泄最大流量2290立方米每秒，削减洪峰80.6%。

洪水就是冲锋的号角！“75·8”洪水预报非同一般，鸭河口水文站的职工们清醒地懂得，在这紧要关头，做好水文情报预报，及时准确为上级领导提供准确的水情数据，进行科学调度、科学决策，是水文人肩负的重任。每一个数据的分量，都关系着江河安澜，关系着群众的生命财产安全。

由于7天狂风暴雨的严重袭击，库区的通信线路几乎全部中断，如何作好精确预报，将汛情准确传出，困难重重。为保护下游人民生命财产安全，鸭河口水文站的职工们把收集来的雨水情资料，进行科学分析，认真核算，按照这次暴雨的类型特点及中心位置，确定了这次特大暴雨中心在鸭河上游，笼罩面积占全流域面积的三分之一，源短流急，产流集中，洪水来势凶猛。依靠我们长期积累的工作经验，并借助库内远传自记水位计和洪水预报图表等，反推库水位涨率，延长入库洪峰退水曲线等方法，及时准确地分析出洪水总量，洪峰流量及洪水过程，提前8个小时作出了最高库水位达178.50米的准确预报，并根据天气形势和水库进出水量基本持平的状态，向驻库指挥抗洪抢险的领导提出了暂不采取非常措施——爆破副坝子埝的建议。

当时，我们鸭河口水文站只有4名职工，面对大汛，除了时刻监视水情，及时发报，保持每半个小时必须与中央防总、省防办准时汇报外,还要观测左、右输水洞水情。溢洪道测流断面已被无情的洪水吞没,唯一可以借用的鲁南公路大桥也全部冲毁,利用船测既找不到断面,也没有现成的船测设备;依靠浮标测流又无投放设备。面对重重困难,作为站长的我一方面设法稳定职工情绪,一方面精细分工责任到人,喊出了“人在、站在、资料在、准确预报、报得及时”的誓言,并代表全站职工向上级领导表达了“全站同志发扬一不怕苦,二不怕死,连续作战的革命精神,不管条件再恶劣坚决做到顶得住,测得到,报得出,报得及时”的坚定决心!洪水险情不仅考验着鸭河口水文职工的责任与斗志,更牵动着各级领导的心。南阳水文分站派来支援的工程师李庚武同志,召集全站职工研究测洪方案;在鸭河口水库及市驻库领导的大力支持下,我们立即和铁路部门联系,借助距站5公里远的皇路店铁路大桥进行流量测验。烈日炎炎大伏天,铁桥栏杆灼热火烫,我们手提30千克重的铅鱼,在30米高的桥上进行测量,大家个个全身被太阳晒得紫红,满身脱皮,汗水湿透了衣裳。每天往返几十里,腿跑肿了,眼熬红了,双手全是血泡,大家从不喊一声累;有时一天只能吃一顿饭,饿了啃口干粮,渴了喝口冷水,大家从没叫一声苦。自8月5日20时至13日的8个昼夜,鸭河口水文站共测流30余次,发往各处水文情报3000余份,与各有关部门电话联系200余次。8日20时自记水位计笔尖一直在178.50米的坐标上平移,到了21时水位开始下降,此时天气晴朗,万里无云,我们心中的一块大石头终于落地了。

在“75·8”特大暴雨洪水中,鸭河口水文职工在省、地及水库防汛指挥部的直接领导下,奋勇拼搏,科学分析,精确计算,准确预报,在测验设施冲毁的情况下,完整测到了这次洪水全过程,收集到了鸭河口水库建库以来,乃至历史上的最大洪水资料。及时为上级防汛部门科学决策提供了可靠依据,将水库的科学调度作用发挥到了极致,保住了大坝,保障了下游250万人民生命财产安全。把灾害损失降到最低限度,据有关部门计算,减少直接经济损失 11.2 亿元。特大洪水面前,水文职工们用高度的责任心和百折不挠的奋斗,发挥出防汛抗旱耳目和尖兵作用,铸就了风口浪尖水文风流。

(作者单位:河南省南阳水文水资源勘测局)

洛阳水质监测发展之路

范思源

水量监测和水质监测是我们水文工作的两个方面,同等重要,缺一不可。听同事们讲,洛阳水质监测始于20世纪50年代初的地表水水化学分析,取水样地点就在水文站。1954年11月河南省水文总站在白沙水库水文站最早开展地表水水化学分析项目。随即洛阳地区也于1956年先后开展了地表水水化学分析工作,作为水文站水文监测的一项任务和内容。水分析项目也只限于天然水质的12项水化学要素,诸如pH值、矿化度、钙镁离子等。其监测资料也随同水文资料一起刊印在《中华人民共和国水文年鉴》里。当时洛阳地区只有黄河小浪底水文站、伊洛河黑石关水文站,洛河瑶沟口、长水、宜阳、白马寺水文站和伊河陆浑,龙门镇等水文站开展水化学分析。而且也都是由黄河水利委员会郑州水文总站负责分析的。1968年受“文化大革命”影响全部停测水化学,1976年又恢复监测。1971年北汝河紫罗山水文站也开始了水化学分析工作,主要是由洛阳地区水利局水文组通知紫罗山水文站送样,交洛阳地区科委和洛阳环保监测站化验室化验,有时也会送到许昌水文站化验室进行化验,其化验资料由洛阳地区水利局水文组负责统一整编,与水文资料一起刊印。1976年,河南省水文总站成立监测室,首次提出在全省开展水污染项目监测工作。根据河南省水文总站要求,洛阳水文分站于1977年底首次组建了水质化验室,此后洛阳地区水质全部由洛阳水文分站化验室负责监测化验。

当时的洛阳水文分站及化验室都在洛阳市西工区涧东路,和洛阳地区水利局同在一栋3层楼里,水文分站化验室只占了一楼的两间房40平方米。条件十分简陋，唯一的操作台是用砖头砌成的水泥台，下边加个木柜子，靠墙支起的一块水泥板做样品台，另外还有1个排风橱、2个药品柜、1台万分之一天平和2张办公桌，这就是化验室的全部家当。工作人员也只有2个人。1980年化验室随水文机构一并上收省水文总站管理，新添置了一台上海出的电光天平和721分光光度计。水质监测又增加了窄口水库、长水、卢氏、栾川、宜阳、涧河、陆浑等站点。其中，部分水文站属黄委会管辖，但水质是由我们负责监测的。

1984年经省水文总站批准，洛阳水文分站在洛阳市西工区健康西路(当时还是规划路)边征了5亩地，建了新的办公房。水文分站随即搬到新院办公后，化验室在涧东路的面积扩大至4间80多平方米，并陆续添置了测汞仪、pH计，安装了蒸馏装置，开展了污染监测项目。相继开展过汝阳、临汝排污口监测和淮河流域水资源保护监测等工作。1986年化验室增加到5人，1987年化验室首次参加了水电部的盲样考核，COD和钙、镁三项考核全部合格，并颁发了证书。1988年我们又参加了省环保局组织的质控盲样考核，考核项目有：汞、挥发酚、高锰酸盐指数、砷化物、氨氮、硫酸盐等6项8个样品，考核也全部合格，颁发了证书。1992年化验室参加了由市环保部门组织的洛阳市地面水环境水功能区划定量控制研究，其成果获1995年省环保科技进步贰等奖，1996年又获洛阳市科技进步贰等奖。1991年和1995年两次参加水电部的18个盲样考核全部合格，被水电部评为“全优化验室”。这时化验室人员也已陆续增加到了6人，这也是历史上人手最多的时候。

1993年6月26日，经省水利厅批准成立河南省水环境监测中心，洛阳水文分站化验室也相继被命名为河南省水环境监测中心洛阳分中心。除常规化验外，还担负了洛阳城市水资源精测评价项目水质监测和土壤含沙量监测任务，成果获河南省水利厅科技进步壹等奖。

1995 年初,洛阳水文分站化验室从涧东路整体搬到洛阳水文局新院点式家属楼 4 楼,面积扩大到 160 平方米,分设办公室,3 个分析室,2 个仪器室,1 个进样室。当年在水利部计量认证理论培训及理论和业务操作考核中,首次通过了国家计量认证,获得合格证书。此后于 2000 年、2005 年又分别通过国家计量认证复查换证评审,具有国家级计量认证证书。不仅满足了常规水质监测需要,还广泛开展了对外社会服务和水资源论证工作,取得很好的社会经济效益。

1997 年 2 月经省编委批准河南省水文水资源局加挂河南省水质监测中心牌子,洛阳水文水资源勘测局也相应加挂河南省水环境(水质)监测中心洛阳分中心牌子。1998 年,洛阳水文局新建水质检测楼,该楼位于水文局院内,建筑面积 540 平方米。洛阳分中心化验室随即搬进新的水质检测楼,实用面积 204 平方米,其中恒温面积 96 平方米。监测项目增加到 40 多项,化验室配置了电脑。2008 年 5 月洛阳分中心化验室第三次搬迁到水文大厦 2 楼,面积增加到 260 平方米,全部使用了中央空调,同期淮委投资 40 万元添置了 AFS－930 双道原子荧光光度计、FAS－990 型原子吸收分光光度计、TO－1901 双束紫外可见分光光度计、AL204 型电子天平、SPX－250BS－Ⅱ生化培养箱等仪器,大型仪器电脑操作,监测手段有了进一步提高,化验室人员人手一台电脑,面貌焕然一新。此外淮委和水利厅开展淮河流域污染联防工程建设,淮委水资源保护局又向洛阳水质监测中心化验室首次配备了原子吸收、原子荧光、生化培养箱、多功能取样器等一大批先进仪器设备,大大提高了本中心的监测能力。

2012 年黄委会又将洛阳水质监测中心设立为共建共管实验室,并为化验室配备了离子色谱分析仪、BOD 测定仪、微波消解仪等仪器,新增了省界断面的常规监测及伊洛河地表水的采送样工作。

2013 年初,我到洛阳水文局化验室工作后,洛阳水文局又利用“河南省中小河流水文监测系统建设项目”投资,在洛阳市西工区红山乡党湾村征地 18 亩，于 2015 年建成了洛阳水文监测中心综合楼。2016 年 10 月，洛阳水环境监测分中心全部搬入新楼，化验室宽敞明亮，达到水利部要求的 1200 平方米部颁标准。化验仪器设备也得到了进一步完善，其中大型仪器（10 万元以上）有原子荧光分光光度计、原子吸收分光光度计等，满足了地表水、地下水、饮用水、污废水、大气降水等 44 个项目的监测分析。同时，洛阳分中心依照《河南省水质监测管理制度细则》制定了《大型水质监测仪器设备监督检查制度》《实验室质量控制考核与比对试验实施细则》等一系列制度细则，使得化验室的运行管理更加科学化、规范化；监测人员的素质与以往相比也有了很大提升，目前有人员 4 人，均是本科及以上学历。近些年参加的水利部组织的计量认证（2016 年），“七项制度”监督检查（2012 年、2018 年）均顺利通过，还获得了“优良实验室”的称号。除此之外，每年水利部、认监委组织的水质监测能力验证考核，黄河流域水环境监测中心组织的功能区监督监测考核，淮河流域人员比对考核，以及省中心的人员比对考核，洛阳水质监测中心也均完满通过。

在常规水质监测站网方面也得到了长足发展，密度越来越大。1975 年 3 月，省革委水利局《关于认真贯彻全国水文工作和水源保护会议精神的通知》提出：水文不仅要观测研究水流动态规律，还要进行水质分析和水源污染的监测工作。随即将水化学分析站改为水质监测站。同时又增加一批地下水水质监测站，使当年洛阳地区水质站增加到 59 处，其中地下水水质监测井 51 处，地表水 8 处。1978 年，又增加地下水水质监测井 17 处，全区水质监测站（井）增加到 76 处。随后因为经费和采送样困难，地下水水质监测站又逐渐减少了下来，至 1984 年后减少到 6 眼。但地表水水质监测站却是一直在增加。2004 年 6 月《河南省水功能区划报告》予以实施，随后水质监测逐步转向排污口水质监测和水功能区水质监测。2010 年不再监测地下水水质，将地表水水质监测站纳入水功能水质监测站网,是年洛阳地区共有水功能水质监测点72处,排污口水质监测点60处,共计水质监测站点132处。此后稍有变化,但至2018年,全区仍有水功能水质监测点69处,排污口水质监测点57处,共计水质监测站点126处。此外还有洛阳、三门峡市水利局不定时安排的若干水质监测点。使洛阳水质监测更为密集,有力地支持了地方经济建设,成为当地水资源、水环境,水生态管理与保护的重要技术支撑。

水量与水质并重,是我们水文工作的两个重要支点。如果说水文监测是一辆飞奔的马车,那么水量与水质就是并驾齐驱的两匹战马。回顾洛阳水质监测数十年的发展历程,它大大扩展了水文事业的发展空间,使水文更加接地气,与社会经济建设发展更加紧密,同时也受到了各级政府的高度重视和普通百姓的广泛欢迎。

(作者单位:河南省洛阳水文水资源勘测局)

新乡“96·8”抗洪追忆

王丙申

1996年8月3日,一场罕见的特大暴雨袭击了河南省新乡市,我当时任新乡水文局技术室副主任(主持工作),汛期每天去新乡市防汛办公室值班,和大家一起经历了这场惊心动魄的抗洪抢险。23年过去了,回想当年那轰轰烈烈的抗洪场面,仍历历在目,让我终生难以忘怀。

1996年8月1日,8号台风在长江口沿岸登陆,台风中心最大风力已超过12级,其前峰云系挟带大量水汽向西北方向移动,于8月3日抵达太行山附近卫河流域上空,受太行山抬升及西风槽云系的共同影响,流域普降大暴雨,局部为特大暴雨。

从8月3日14时起卫河流域上游区开始降雨,逐步蔓延至全流域。本次降水过程最大24小时降雨量467.0毫米,出现在辉县市薄壁镇西寨山雨量站,流域最大3日降雨量为537.2毫米,流域平均3日降雨量222.4毫米,平均24小时降雨量185.5毫米,降水范围之广、强度之大、持续时间之长,均为该流域有降雨资料记载以来所罕见。

受本次强降雨过程的影响,水库水位迅猛上涨。石门水库从8月3日23时起,石门水库开始启闸泄洪,4日1时最大泄洪流量达到1060立方米每秒;宝泉水库从4日0时开始溢洪,4日9时最大溢洪流量达到1300立方米每秒;两座水库溢洪流量大于1000立方米每秒的时间长达10小时以上。受宝泉水库溢洪影响,8月4日2时30分,峪河口水文站出现1600立方米每秒的洪峰流量和90.59米的洪峰水位,该水位为该站历史最高水位。8月5日14时,合河站出现洪峰,洪峰水位 75.90 米,超保证水位 0.10 米,为历史最高水位,比 1970 年暴雨洪水位高 0.05 米,高出新乡市区 3 ~5 米,洪峰流量 1000 立方米每秒。

特大暴雨发生后,新乡水文局全体职工按工作职责迅速进入战备状态。除了在职职工,当时已退休和即将退休的路云程、李振亚、司光汉、穆培恺、代银柱等老同志们,也在第一时间赶到局办公室,积极要求支援水文站测报工作。时任新乡水文局副局长的朱玉祥同志紧急部署全局测报工作,下达测报大洪水的命令,要求全体职工振奋精神、全力以赴,要做到测得到、报得出、准确及时。

在紧急汛情面前,新乡水文局局领导研究决定,将人员分成几组:朱玉祥同志支援峪河口水文站;李振亚同志带队支援合河水文站;路云程同志带队支援卫辉水文站;郭有明和吴祥祖同志负责与各站用对讲机组网,保证通信畅通。

8 月 4 日 2 时,各组支援水文站的同志分头赶赴各水文站。朱玉祥同志负责支援的峪河口水文站为上游站,峪河已涨水,而站上此时只有一名职工孤军奋战,他需要尽快赶到峪河口水文站。而此时,辉县交通道路已被冲毁或隔断,无法通行。改走修武方庄后,才发现 40 多米宽的纸坊河也涨水了,此时水流湍急! 他冒险涉水过河,被山上冲下的巨石绊倒,顾不上检查伤情,及时赶到峪河口水文站,终于和站上职工一起,采用浮标测流的办法测得了最大洪峰流量。

在修武水文站,董玉林站长带领钟涛、孟文民两位年轻同志,和退休职工岳世勋同志一起,分组对主槽和滩区同时测流,使用他们自己发明的滩区用测流推车顺利完成了测报任务。

8 月 5 日,洪峰到达合河水文站。合河共产主义渠分主槽和行洪滩区,滩区宽 1.6 公里,中间还有很多横沟和堤岸,种植的全是高秆作物,测船不能顺利行进,很多地方需要绕行和人力推船,往返一次需要 3 个多小时,测验难度非常大。共产主义渠合河水文站洪峰过后，合河支援组同志顾不上休整，立即赶往下游卫辉水文站。共产主义渠卫辉水文站有800多米宽的滩区，从河道右岸到对岸的京广铁路路基深浅不一，测流也是异常艰难。卫辉水文站的宋卫明同志，整个测流过程一直站在冰冷的河水里推船前进，上岸后嘴唇都冻成了紫色。在迎战“96·8”暴雨洪水的战斗中，在一次次险情面前，在新乡水文局每一位水文职工身上，都能看到这种质朴却勇敢无畏的水文精神在熠熠生辉。

在“96·8”特大暴雨中，不仅新乡水文局的职工们在奋力抗洪抢险，雨量站、邮电所、新乡市防汛指挥办公室等各级部门众志成城，在暴雨中谱写了一首荡气回肠的抗洪战歌。

水情拍报规定，2小时内雨量大于20.0毫米时要进行暴雨加报。古郊雨量观测员家离邮电所2公里，中间跨条小河，平时河中无水，路穿河而过。8月3日晚，由于持续暴雨，河水猛涨，在大雨滂沱的漆黑夜晚，观测员根本无法过河送报文。汛情紧急，每一个水文数据的及时传输都关系着万家平安！正在观测员焦急万分之时，古郊邮电所值班员冒雨出现在对岸。风雨中，他喊话：“下大雨了！我就知道你们要发报，跑过来看看！”此时此刻，不需要多余的寒暄，观测员用隔河喊话的方式，把电报报文传给了邮电所值班员，又从邮电所及时传给了上级防汛部门。暴雨中，正是那些平凡的人，用最质朴的行动，书写着满满的责任与担当。

8月3日那天晚上起，新乡市防汛抗旱指挥部就进入了紧急战备状态。3日晚上新闻联播开始时下起的暴雨，我感到雨势异常，就急忙赶往市防汛办。暴雨如注，积水成河，我蹚水步行赶到办公室，紧急处理完水情电报，就开始做水情预报。4日凌晨2时，我及时做出了共产主义渠合河段将于8月5日8时有1200~1400立方米每秒洪峰流量的洪水预报，并得到市委、市政府领导的认可，将该预报作为“96·8”防汛指挥的重要依据。

8月4日凌晨，防汛指挥部召开了紧急会议，明确了任务，共分有水情组、工情组、灾情组等，我被分在水情组，负责向指挥长定时和不定时地汇报水情及未来变化情况。

水情组工作紧张有序地开展，第一个得到的消息是辉县沙窝村的挖沙人员多人被困河中，无法脱身。水情组立即进行了水情研判，上游的水库溢洪量并未减小，其他支流的洪峰尚未到来，大水在近几个小时内还不会回落，一定要对被困人员积极施救帮助他们早日脱离险境。据此，市防指紧急启动了施救预案，将遇险人员及时解救。

8 月 4 日晚上，大沙河在获嘉县境内的冯村和安村决口。我和水情组人员第一时间赶到现场，看到左岸河堤撕裂一个大口子，洪水直奔村庄而去，可这时洪峰还未到。我们现场查看后认为造成决口的原因是这次洪水的峰高量大、河道淤积严重、横滩渠阻水等。针对这种情况，水情组作出了无法堵口，应积极救人的建议。防汛部门根据我们的建议，组织南岸村庄上的青壮年劳力，涉水到安村和冯村救人，经过大半夜的施救，将两个村庄上的老弱病残全部救出。

岁月如歌、往事时常萦绕心间。距离“96·8”抗洪，已过了 23 个年头，轰轰烈烈的抗洪凯歌仍在耳边回响，舍生忘死保安澜的水文精神将永存心间。

（作者单位：河南省济源水文水资源勘测局）

水文追梦人

翟朋云

有些人走着走着就散了，有些事干着干着就烦了，有些回忆想着想着就淡了。而有这么一群有着共同梦想的水文人给我留下的回忆却是终身难忘的！

刚刚入职水文工作，有迟疑也有欣慰。2007 年我参加工作了，成为一名水文职工，内心有几分憧憬，也有几分兴奋。9 月 12 日，我坐了一天车到安阳水文局报到，办理完入职手续，我还是非常激动的，当场表态哪里最艰苦我愿意到哪里接受锻炼，局领导亲自找我谈了话，还表示如果有想法可随时打电话给他。第二天，我被送到了距离汤阴县城近 30 公里的五陵水文站实习，在这里一待就是三年。那时候的我刚刚从天津市一所大学毕业，一下子从大城市又回到了偏僻的农村，心理落差很大，也曾听别人说起有个顺口溜："远看是烧炭的，近看是要饭的，仔细一看是水文站的"，我却不以为是。不过那时条件也的确是太差了，因为地下水氟超标，在水文站吃水都是靠从南小章村集中供水点用塑料水壶拉过来的，一次拉两壶够吃 3 天。办公室里没有配备电脑，测验靠的是传统的人工测量，唯一比较先进的设备是自动缆道测流。站上有一台老旧的电视，闲暇时就靠它来打发时间，偶尔有附近的村民路过，能和他们说说话。当时站上有一位老站长带我，常年在站上就我们 2 人，有时候他要到距离站上近 60 公里的安阳水文局开会办事，我只能 1 个人守着河边的一个大院子，一到天黑就更感觉到孤独和害怕。有几次，我都试图拨通领导的电话，想申请早点回到市局，但后来，我发现在水文站待久了，就慢慢地热爱上了这个职业，因为一些经历，也渐渐喜欢上了这里的人。

最难忘的是2009年春节,那是我今生第一次一个人在外过年。2008年底至2009年初,河南省遭受了秋冬季大旱天气,我当时也没有多想,主动请缨要求春节值班,当时值班最大的任务就是每天上午必须测验并上报墒情,为防汛抗旱提供基础水文数据,同时为了测验发报软件,每天4段制发测试报文。第一次在外过年,并且只有我一个人在水文站过年,也着实不知道该如何度过,看到附近村村民忙碌着准备年货,我直到腊月二十八才得空到集市上买了点肉,准备了一点年货,后来发现没有馒头,自己也不会蒸,只好作罢。腊月三十那天,我早早地完成了测报任务,正无所事事就听见有人叫门,正是前几天我帮助他们浇地的那位老乡,带来了一兜豆沙包送给我,当时激动得我眼泪差点掉出来,下午被老乡叫到家里和他们一起吃了顿年夜饭,那是我至今吃到的最香的年夜饭了。我不禁心中暗想,水文就是为了老百姓,你给百姓一滴水,百姓就回报一涌泉。

水文工作不仅要有热情,更要有担当。2010年,我被安排到水文局水情科工作,第一年我参与水情防汛值班,一切从头开始。水情值班是枯燥乏味的,一整天都要盯着电脑观察遥测信息,还要核对各种水情报文,有时候遇见大暴雨,一整夜都不能休息。刚开始,我还是热情满满的,主动在节假日、周末和大暴雨期间值班,后来因为太辛苦,就逐渐失去了兴趣,有时候甚至应付了事,直到8月7日那天,彻底改变了我的认识。那一天我值班,有点心不在焉,照常监测降雨量,转发报文,好像一切照旧,直到第二天早上我看到了甘肃省舟曲因为暴雨洪水发生了较大泥石流,造成了重大人员和财产损失,我才猛然醒悟,心中暗自庆幸,如果这样的暴雨洪水发生在我工作的地方因为我的失误没有及时发送水情报警造成了灾难,我该会如何的愧疚!自那开始,每一次值班我都会精神抖擞,唯恐错过了一次水情信息,这或许就是水文人的责任担当。

进入新时代,水文人追求梦想的脚步一刻也没有停息。难忘2011年春天,中央1号文件以《关于加快水利改革发展的决定》为题明确了水利改革发展的方向,水文事业发展也迎来了又一个春天。河南水文成为全国中小河流建设示范省份,自那开始全省水文迎来了快速发展的新时代。济源、焦作、鹤壁和三门峡4个新建水文局应运而生,2012年我从安阳调到焦作工作,共同筹建焦作水文局。在焦作的3年时间里,我见证了焦作水文局职工废寝忘食的工作态度,见证了焦作水文局办公楼、巡测站、水位站等中小河流建设项目的建设过程。筹建阶段是最锻炼人的,刚刚进驻焦作水文筹建处的就5个人,要尽快解决征地、规划、建房和中小河流项目建设等任务,难度可想而知。但是,功夫不负有心人,经过3年的不懈努力,在焦作水文职工的共同努力下,办公楼拔地而起,各项中小河流设施也建设到位,水文办公环境和人员的精神面貌都有了较大改善,随着中小河流建设项目的投入使用,水文监测自动化程度和服务水平也明显提高。

有了坚定的理想信念,是我们做好水文工作的基础保障。根据组织安排,2015年我又调到济源水文局工作,为了水文人的共同梦想,在一个新的环境下我继续奔跑。按照党的十八大以来确定了全面从严治党的工作方针,济源水文局党支部明确了全面从严治党的目标责任,先后开展了群众路线教育、"三严三实"主题教育、"两学一做"学习教育和"不忘初心、牢记使命"主题教育等,党员的思想政治素质明显提高,以党建规范化建设为载体,党的政治建设、思想建设、队伍建设、组织建设、作风建设和制度建设都取得了明显进步。以党的建设为引领,先后成功创建了文明单位、平安单位和卫生单位等。济源水文职工始终不忘初心、牢记使命,以党的建设高质量不断推动济源水文发展高质量,实现了济源水文"两大变化":一是水文测报实现了信息化,共产党人最大的初心就是为人民服务,提高水文服务的最迫切任务就是提高水文信息化水平,党的十八大以来一大批先进水文设备投入使用，水文测验方式实现了自动化，水文情报预警实现了信息化，彻底改变了过去手摇、人推的测验方法，“智慧水文”跨上了快车道。二是水文服务实现了社会化，为了适应生态文明建设和美丽中国的建设需求，水文服务不断拓展社会范围，积极参与“河长制”和“四水同治”等工作，对口农村帮扶精准扶贫和精神文明创建工作，在济源经济社会发展中发挥了积极作用，水文人的形象逐年提升。

我们都是奔跑者，我们都是追梦人。一代人又一代人的历史使命，一代人又一代人的长征路，当前我们这一代人正接过水文发展的接力棒，迎着新时代改革开放的春风，以时不我待的使命感去践行初心，续写新的辉煌。

（作者单位：河南省济源水文水资源勘测局）

新县"7·1"暴雨洪水抢测纪实

周迎颖

受厄尔尼诺事件影响,2016年入汛后,河南信阳新县境内同期降水量都比往年有所增强。新县县城5月份降水天数14天,6月份降水天数16天,6月1日、19日、24日,九里、西畈、余河、泗店、陈店、田铺、付冲、香山等县城上游多处雨量监测点雨量每小时超过50毫米,日降水量超过100毫米。6月底,一场突如其来的强降雨又铺天盖地地在新县地区拉开了帷幕。种种迹象表明,这一年汛期对信阳水文职工来说,注定会充满挑战。但是,无论洪水什么时候到来,无论洪水来得多么的猛烈,水文尖兵都会与洪水奋力拼搏,永不退却,直至胜利。

一、分秒必争,全力测报斗洪魔

6月30日至7月1日,大雨如注,新县上游14个雨量监测点平均降水量达183.8毫米,其中点降水量超过200毫米的有3个,新县境内58个雨量监测点平均降水量达135毫米,其中点降水量超过100毫米的有40站,超过200毫米的有8站。强降水导致多条河流水位急速上涨,新县县城小潢河水位暴涨,12点26分出现洪峰水位84.48米,涨幅3.16米,测得洪峰流量1280立方米每秒,洪峰水位居建站以来第三位,流量为第二位。

6月30日上午,新县水文站职工提前制定了洪水应急预案,准备了临时水尺桩、水尺牌,并进行了该次洪水的第一次流量测验,迈开了抢测洪水的第一步,也为布设完整的流量测验打下良好基础。当天傍晚18时,伴随着狂风和闪电,开始降雨。全站人员迅速到岗,随时待命。7 月 1 日早 7 时左右,倾盆大雨遮天盖地地狂泄而下,水位开始涨幅加剧,全站人员立即投入到了流量抢测工作中。

新县站为山区性河流,水位流量陡涨陡落。为了测得完整的流量过程,我和张文存、黄勇拉着手摇桥测车在基下 100 米的大桥上连续测流,水位涨势迅猛,流速之快根本没有喘息的机会。直到 12 时 26 分出现洪峰水位,一共完成 5 次流量测验,抢测到洪峰流量 1280 立方米每秒。在流量测验过程中,由于河里漂浮物过多,测验工作的进展不是很顺利。有时流速刚测到一半,上游漂来巨大的树干、杂物,正对着测速垂线直冲过来,我们不得不中断测流,迅速把铅鱼提出水面进行躲避。漂在水面上的漂浮物还好躲,隐藏在水下的东西却没有办法躲了,往往是没测上几秒钟,铅鱼和流速仪就会被水草和树枝挂住,只得重新将铅鱼提起清理干净,然后再测。水位变化急剧,只能每条垂线抢测 30 秒,我们不仅仅是和洪水抗争,更是和时间赛跑。与此同时,闪电又伴随着隆隆的雷声一阵接着一阵地向地面轰来,使得整个测验过程都显得惊心动魄。几次流量过程下来,大家已经浑身湿透,不知是雨水还是汗水。负责手摇桥测车的张文存,已经直不起身子,右臂也都微微肿起。

而此时,在 3 公里外的裴河水文站也出现了洪峰水位 94. 50 米,涨幅 2. 43 米,新县站站长杨新和王亚楠驱车支援,和薛力同志一起抢测洪峰,冒着生命危险成功完成整个洪水过程的流量测验。裴河站属于小面积实验站,水量主要由上游九龙潭、杨湾降水构成,此次杨湾、裴河 6 月 30 日 19 时至 7 月 1 日 11 时降水量均达到 150 毫米,水位急涨,流速迅猛,裴河站负责人薛力始终守在水尺旁,时刻关注水位变化,整整 24 小时没有合眼,饿了啃几口面包,渴了喝几口矿泉水,不眠不休,确保了裴河站整个洪水过程的完整测记。

办公室那头,快要退休的老职工薛海燕,一直守在电话和电脑旁边,根据新县站报汛要求,水位超过 84. 00 米每小时就要报一次汛。她没有丝毫懈怠,坚守在防汛测报工作岗位上,密切关注雨水情发展变化，随时向市水文局、县防办报告洪水信息。而站长杨新同志刚刚从裴河水文站抢测完洪峰回来，就接到县委办电话，通知参加全县防汛紧急会议。此时上游香山水库已超过警戒水位，要向市防汛办申请泄洪，需要提供实时雨水情信息以及新县历年断面过水情况。杨站长认真进行了水情预报分析和研判，并在会议上向县领导及防办领导作了汇报。一个个实测流量、一份份雨情信息，组成了一个严密监控雨、水情信息的监控网，为市委、县委、县政府科学决策提供有力的数据支撑。

为确保测验精度，7 月 1 日 16 时，潢川应急抢险监测队赶到新县，由队长李毅亲自带队，马青艳、金成林等同志利用 ADCP 开展对小潢河的测流，以便于和流速仪测流进行比测，监测队员们冒着大雨，不顾路途辛苦，迅速投入到比测工作中，每次测流为确保准确性，都要拉着 ADCP 沿河面走动 4 次以上，和新县站的同志一起坚持测流到深夜，第二天一大早，又赶回潢川迎战潢川站洪水。

二、感动常在，水文精神代代传

在迎战这次超 20 年一遇特大暴雨灾害中，战斗在一线的新县水文站干部职工，不畏艰险，迎难而上，准确及时的科学监测预报，展现出顽强无畏的水文精神。

7 月 1 日下午，随着水位暴涨，新县站观测水尺 P2 眼看着快要看不到了，退休老站长黄世利来到办公室，说："是不是要定临时水尺了，我看你们人员忙不过来，走，我帮你们去！"水位此时已漫至堤边，老站长和杨站长穿着胶皮裤，在过腰深的水中作业，为了保证水位监控的准确性，还将两旁的树枝杂草清理干净，把挡住视线的电线用木棍撑起。看到站上同志连续工作，疲惫不堪，退休老职工陈玲主动请缨，参与到测流过程中，帮忙放线。

16 时，接到县防办电话香山水库开始泄洪，刚刚测完落水流量的我和张文存、黄勇迅速投入到第二轮战斗中。此时雨依旧，洪水依旧,新县站全体人员心更齐。雨幕中的天色渐渐昏暗,测流同志的衣服已湿透,汗水、紧张、疲劳和夜幕都在考验着测流人员的意志和耐力,但全体人员没有退缩,特别能吃苦、特别能战斗、特别能奉献的水文精神激励着在场的每一个人。每一次测流,他们都成功地将各项数据成果传送到了市水文局。到洪水减退,测流结束,时钟已指向凌晨1时8分。此时,我30岁的生日就在一天的紧张和忙碌中度过了,家人为我精心准备了聚会,而我却坚守在自己的工作岗位上,和男同志一起,不分昼夜,冒雨前行,默默奋斗在抗洪第一线。

洪水已渐渐退却,水文测报工作却不曾停止。7月2日凌晨2时,大家可以轮流休息,负责发报的女职工薛海燕还在坚守岗位,忙碌了一整天的黄勇也还在继续观测水位,密切关注雨水情。怀有5个月身孕的王亚楠同志更是坚守工作岗位,密切关注雨水情发展变化,每小时观测水位、雨量。至第二天早晨8时,水位落至82.00米。

三、各级领导送关怀,激励前行

汛情也时刻牵挂着各级领导的心。7月1日20时,河南省水文水资源局江海涛副局长、王冬至处长及几位领导,冒雨驱车赶至新县,第一时间到达测洪现场,指导和关怀测洪同志,鼓舞士气。同时,河南省防汛办两位专员也赶到现场,了解整个洪水过程及测流情况,并即时向省防办汇报了现场情况。其间时任新县县长夏明夫、副县长祁景、县委副书记林志成、政协主席霍予新也到达现场了解洪水情况,并对新县水文站在本次暴雨洪水及本次强降水过程的扎实工作表示充分肯定。随后,江海涛等省局领导还驱车前往裴河站亲自帮助清除水草杂物。

测洪期间老文联主席徐利华先生,冒雨在桥测断面记录下了整个测流过程,并为抗洪一线的水文工作者拍下了珍贵的工作照片,随后还到新县水文站见证了水文职工忙碌的测整报过程。徐主席感慨万千,提笔为抗洪一线的工作者赋诗一首,写下了水文人无私奉献的赞歌:

《一纸水文重千钧》

——写给风雨中的水文工作者

暴雨连天山欲倾,溪流咆哮潢河腾。
路毁桥断眨眼时,田冲苗淹无踪影。
水情灾情家园情,爱心民心系一身。
电闪雷鸣全不惧,一纸水文重千钧。
雨量流量细勘测,分秒必争显精神。
科学决策见赤诚,万众一心护众生。

(作者单位:河南省信阳水文水资源勘测局)

淮滨水文发展回眸

余金洲

我叫余金洲，今年61岁，是信阳水文水资源勘测局淮滨水文站老站长。我从事水利水文工作近40年，一直都坚守在最基层一线的测站，整日与淮河相伴，目睹了水文的发展变化和取得的辉煌成就。对于我来说，河就是家，家就是河。

淮滨水文站于1951年建站，位于淮河干流上游，地处信阳市淮滨县城郊乡张营村，控制淮河流域面积1.6万平方公里，站以上干流长度330公里，上游有大型水库5座、中型10座，是国家级重要水文站、中央报汛站、淮河流域河南省的出境控制站，测验项目有降水量、水位、流量、水文调查、生态监测、水质、初终霜、冰情、墒情等，下辖2个中小河流水文巡测站、5个基本遥测雨量站、13个防汛专用遥测雨量站。现有干部职工7人，具有大中专学历5人，技师1人。现在当你走进宽敞明亮的淮滨水文站办公楼，会有一股朝气蓬勃的气息迎面而来。办公室内外干净整洁，测验用品摆放整齐有序，水文测验报表、各项规章制度挂满四周墙壁，给人焕然一新的感觉，淮滨水文站现已成为信阳水文局乃至河南省水文局对外宣传的窗口。

淮滨水文站从建站至今已68年。68年弹指一挥间！自建站以来，比较大的洪水年份有1954年、1956年、1960年、1968年、1971年、1982年、1983年、1991年、2005年、2007年等，其中1954年、1956年、1960年、1968年堤防多处决口，洪涝灾害严重。1968年水淹淮滨县城，水位33.29米，相应流量16600立方米每秒，为建站以来最大一次洪水。

水文的成果就是用一组一组水文数据堆积起来的，而这每一个水文数据的取得，又都是水文人用心血和汗水，甚至生命换来的！小小水文站关系到国民经济的发展，关系到人民群众的生命财产安全。在一次次大水中，水文人以顽强拼搏的精神，不怕苦，不怕死，战洪魔，测洪峰，每一次及时准确发布的水文情报预报，都为防汛调度决策赢得了时间，也得到党和国家领导人对水文工作的充分肯定。

1996 年 7 月 16 日，淮河中上游普降大暴雨，县防汛指挥部来电，让水文站尽快作出洪水预报。我根据上游站雨水情信息和本站降雨情况，采用降雨径流关系和多年洪水预报的实践经验，提前 3 天预报出洪峰水位将达到 31.70 米，相应流量 4800 立方米每秒，峰现时间为 19 日 12 时。实际出现洪峰水位 31.46 米，相应流量 4800 立方米每秒，峰现时间为 19 日 15 时。县委接到预报信息后，及时采取了有效措施，终于在洪水来临之前使灾区群众和财产得到安全转移，避免了几百万元的经济损失。淮滨水文站由于防汛测报工作成绩突出，分别于 1991 年、1996 年被淮滨县人民政府授予“抗洪抢险先进单位”称号。

1998 年 8 月初，淮滨站迎来了入汛后的第 6 次大洪水。8 月 3 日，我在操作室正准备指挥大家测流时，突然发现缆道流速信号不通。为了及时测到起涨流量，我果断命令用铅鱼定位，小船跟着测流。当时水位涨势很猛，在不到一天的时间，水位已涨了 5.5 米，河道主槽的流速越来越大，抛锚已不能固定测船。我果断决定利用缆道主索作为吊船索，另拉一条钢丝绳，每隔 10 米拴一个红布条，作为起点距。从 4 日 8 时到 13 时，在河道流速达到近 2 米每秒的情况下，划着船，带着职工用手拽着钢丝绳，在几座钢塔之间拉起了一道起点距索。我们的手被钢丝绳勒出了一道道血痕。就这样，我带领职工连续奋战了三天三夜，圆满地完成了洪峰测流任务。

2003 年 7 月 2 日夜晚，在抢测洪峰的关键时刻，缆道信号突然被雷电击坏。此时，正值下游王家坝开闸泄洪之前，测取淮滨站的流量至关重要。由于连续作战、疲劳过度，我多年的胃病复发，疼得直不起腰，豆大的汗珠直往下掉。然而，汛情就是命令，我顾不上疼痛和妻子的劝阻，硬是带上几名职工登上测船，在漆黑的夜晚直奔已涨到1200多米宽的河里抢测流量！爱人看着我瞬间消失在风雨中的背影，心疼得眼泪止不住往下流。此时，大雨如注，雷电交加，水位接近洪峰，河面布满水草，想停船布设测速垂线和测点极为困难，因天黑视野受限，稍有不慎，险情随时都可能发生。我和同事们经过3个多小时的苦战，硬是从风雨中“抢”回了宝贵的水情资料，及时为王家坝开闸泄洪提供了准确、科学的决策依据。

2007年主汛期，受副热带高压、西风槽和梅雨带共同影响，信阳市连降暴雨。淮河干、支流洪水一场接一场，洪峰叠加，信阳市18座大中型水库有11座超汛期限制水位而开闸泄洪；淮滨水文站超警戒水位运行长达275小时。此次洪水是1954年以来第二大规模的流域性洪水，淮滨站在不到1个月的时间里，连续发生了3次较大的洪水，防汛形势异常严峻，省防办要求淮滨水文站每小时向各级防汛指挥部门汇报一次水情。我带领职工连续几天几夜坚守在水文测报第一线，在每次抢测洪峰过程中，我们不仅能够测得到、报得出、报得准确、报得及时，而且在防汛的关键时刻，加密了水位的观测和流量的施测，积极主动每个小时向各级防汛部门汇报一次实时水文情报信息。我们不仅按时按量完成了常规水文测验工作，在人员非常紧缺的情况下，按照领导要求派一人去洪河桥观测水位变化，为巡测建立奠定基础。

同时，各级领导对淮滨水文站非常关注。在洪峰来临之前，信阳市郭瑞民市长，驻淮滨防汛部队参谋长，淮滨县委书记、县长等各级领导到水文站了解防汛情况。7月11日，河南省委副书记陈全国冒着酷暑到淮滨水文站视察，对我们的工作给予了高度赞赏。在几次大洪水过程中，中央电视台等10多家新闻单位多次报道，不仅让全国观众及时了解了淮河汛情,而且让更多的人了解了水文工作的重要性。

半个多世纪以来,特别是改革开放以后,伴随着祖国母亲的繁荣富强和经济飞速发展,水文人的生活和工作条件也发生了巨大的变化。人们的衣食住行和生活环境、工作条件、设备更新哪一样都是翻天覆地改变。

一是在设备投入更新上,从20世纪50年代测流由人工划船发展为水泥机船、钢板机船、水泥杆缆道、钢塔缆道,操作控制系统由人工操作发展为半自动、全自动,到2004年我站又配备了最先进的声学多普勒测流仪,这就大大减少了水文人的劳动强度,改变了水文人作业不安全的困扰,缩短了测流历时,由原来测一次流量需要4个多小时到现在只需要40分钟,不仅提高了测量质量,而且又减小了劳动强度,更能满足现代水文发展的需求。二是水位测记由人工发展为遥测水位、气泡式水位及现在的大屏幕无线传递显示,随时监测河流的水情变化,不仅彻底免去了人工测记的劳作,又可保证水位观测的精度。三是水情发报从租电台发报发展为手摇电话报到报房、程控电话语言报汛,到现在通过互联网迅速传递到各有关部门,时效性和准确性发生质的飞跃。四是水文资料整编计算也经历3次飞跃:从手拨算盘、计算器到现如今计算机程序化;日常的水位、流量、雨量计算和资料整编都有了专门的计算软件;单站全年的资料只需几天便可准确无误地整理完成,资料精度高。五是办公条件从拥挤的2间平房变成了漂亮的3层小楼,特别是房前上醒目的“中国水文”大牌子,让我们这些水文人自豪不已。2005年我们搬进新建的办公楼的时候,心情真是复杂又激动。六是职工工资从80年代的人均几十元到现在的人均几千元。七是职工住房条件从过去人均不足10平方米茅草房、砖瓦房、平房发展到现在人均达40平方米以上的套房,更加稳定了水文职工队伍。

当然,水文的快速发展离不开国家及各级政府的高度重视。我们付出的努力虽然艰辛,但也受到了领导的肯定。1991年国务委员陈俊生到淮滨县检查防汛工作时亲自到水文站视察,当问到淮河防治水灾害及水文情况时,水文站也专门做了细致的汇报。当年国家批复淮河修复治理计划,在水文站上下游修建了近20处挑水坝,在后来的多次大水中起到了很好的挑水保护作用。2000年6月10日,国务院副总理温家宝、水利部部长汪恕诚到淮滨水文站视察,对淮滨水文工作给予了充分肯定。

新时代对水文工作提出了更高的要求,同时也拓宽了水文的服务领域。水文现在不仅要完成常规的水文测报、预报,水文资料整编,还参与水资源保护、水资源评价,开展了沿河水质的监测取样、水质化验分析,同时展开了墒情监测、山洪暴发和泥石流的防御工作等,实现了由长期驻站测量走向面上测量的跨越。为适应新形势下水文工作需要,2018年淮滨成立了县级水文局,在新区交通便利的地方,建设了新的办公场地,配置了先进的技术设备,开展了淮滨县境内中小型河流的巡测监测工作,开展了水功能区、省界断面、入河排污口、生态流量、农田灌溉定额测算等水质水量监测工作,为当地政府、防汛部门提供雨情、水情、洪水预报、山洪预警、土壤墒情、地下水等翔实信息,为水行政主管部门进行水资源管理提供了技术支撑。

(作者单位:河南省信阳水文水资源勘测局)

见证河南水文事业蓬勃发展

张星枢

肚子饱了、钱包鼓了、房子大了、道路宽了……这是改革开放给我们带来的直观感受。中华人民共和国成立70年来,勤劳智慧的水文人同心同德,埋头苦干,助推着经济社会发展日新月异,在改革开放的历史进程中,刻下了自豪的水文印迹。

我是1954年参加水文工作的,当时只有18岁,在水文战线上干了40多年,一直到60岁退休。作为一名老水文工作者,参加工作以来一直在河南水文工作,大部分时间都在基层,我积极要求进步,在水文站工作期间加入了中国共产党,并在工作中不断成长。虽然已退休20多年了,但我仍时刻关注着水文的发展,我局开老干部座谈会或者是党员会,都积极参加。70年来河南水文的发展进步我都历历在目。

中华人民共和国成立初期,水文现状是站点少、经费少、人员更少,于是1954年省水文总站人事部门就招收了一个班。我们到开封小花园农林干部学校培训水文知识,结业后学生被分配到全省各地水文站工作。我省水文职工队伍一直都是水利建设的尖兵,常年奋斗在第一线,他们特别能吃苦,不怕苦不怕累,责任心很强,常年坚持扎根深山偏远地区,干工作不讲条件。当时测算靠手工,照明靠煤油灯,单站水准点校测往往都是十几天甚至一个月。有时候水文分站通知开会需要往回带仪器,有条件的是借一头驴,三四十公里的路程要走上一天才能到。豫北地区测流大多穿皮裤涉水,穿皮裤夏天里面出汗,冬天河水刺骨,好多测站都是用“劳动布”旧衣服缝一双棉袜子套上,就不是那么凉了。很多老同志上了年纪腿就会疼，与当时的工作环境不无关系。20 世纪五六十年代，职工办公和住宿环境也比较差，比如“五爷庙”“西元村”等水文站开始就是住在庙里，从里面都能看到天。当时窗户都没有玻璃，那个时候也没听说过蚊帐，防蚊都是到地里拽一把蒿草在屋里熏。烧煤是一件很奢侈的事情，冬天取暖都是到生产队上弄回一些麦秸铺在床上。水文站的同志大多都会做饭，一人一口锅，各吃各的，在站里面种一些萝卜、白菜，以此作为冬储菜，几乎每天都吃萝卜、白菜。无论男女，擀面条、烙饼一个赛过一个，以至于很多年以后问他们“什么好吃?”他们还会说“还是大饼香啊”。面条、大饼对于他们来说是最好的饭了。那时水文行业社会地位和待遇很低，但就是在那样的工作和生活条件下，几乎每年都有水文职工荣获省水利厅劳动模范、先进工作者、优秀共产党员等等，每年的评先对水文职工鼓舞很大。

为了统一全国技术标准，1956 年出版了全国水文测验规范，共 8 卷 14 册，规范了全国水文测验、整编技术标准，水文职工掀起了学习新规范的热潮，提高了水文测整报质量。过去主要的测验工具测船，70 年代以后大一些的站如新村、淇门站才架设了测验缆道，范县水文站安装了一台电传水位计，也是安阳水文分站唯一一台。人们都把这些设备当宝贝，把操作缆道人员的名字写在匾框挂在墙上，会操作缆道是件很荣耀的事情。每到汛前，各站都要开展准备工作，如过河索上油、新设水尺、缆道维修，甚至架设立杆这些力气活，都是职工们自己动手干，没有人喊累、叫苦。除非家里有了比较特殊的事情，汛期一般是不准请假的。降雨信息主要靠听天气预报，受条件限制，县气象台预报精度也不高，所以每天就要派两名同志值班，夜里不许睡觉，河道涨水了，就要“抢洪峰”，如果在最高水位没有测到流量，叫“跑峰”，汛后开会站长就会受到批评，抬不起头。那个时候资料整编常常为了几毫米降水吵得不可开交，如果你站定的线(H ~ Q)让修改，叫“大错”，是件很没脸面的事情。当时同志们的荣辱感和责任心是很强的。

国家恢复高考后，大量水文专业院校的毕业生不断充实到我省水文队伍，水文职工文化素质、业务技术水平有了很大提高，逐步形成了高学历、高水平的技术队伍。近年来随着社会经济的发展，国力大大增强，水文经费逐年增加，原来困扰偏僻地区的测站交通出行问题得到了彻底解决。现在高铁、高速公路四通八达，有的测站还配有汽车，出行更加便捷。

中华人民共和国成立70年来，水文人的工作环境、设施设备逐步改善，煤油灯、马灯、量雨杯已成为古董，信息化已深入到测验、整编、报汛、管理各个环节，不出水文局就能在电脑上看到上百个雨量、水位、墒情适时监测信息，水文实现了跨越式发展。

测站仪器越来越先进——自动测报系统、先进网络的建设、遥控测流船、无人机、ADCP、GPS等运用到水文工作中，提高了水文行业的科技含量。科技的进步换来的是测站职工的劳动强度大大降低，以前汛期夜间值班，看水位就是个体力活。断面距离水文站远，要不停地往返看水位，现在水位、雨量都是遥测，不用出门数据就显示在电脑上，缆道测流实现了远程控制，据说在几百公里之外就能操控数据自动计算，变化实在太大了。我们的服务领域也不断拓宽，从以前主要服务于防汛抗旱，到现在的防汛减灾、河长制、水生态环境保护等工作都离不开水文，展现了水文的新作为和新成效。

一个行业的发展，总要有一种积极进取的意志，有一种奋发向上的精神。回顾过去，多少水文人在那个特殊的年代里甘守清贫，无私奉献，任热血在心中沸腾，无怨无悔；在远离繁华都市的山沟河边，在激流汹涌的浪尖上，用简单的生活和一颗颗怀着人民生命财产高于一切理念的初心，创造一个又一个不为人知的奇迹，他们用无畏的精神和敬业的态度，舍小家为大家。一份又一份的翔实宝贵的水文资料传到各级决策部门，为我们新一代的水文人诠释了水文人求实的品质、团结的力量、进取的风貌、奉献的境界。

“小车不倒只管推”。我今年已经85岁了，作为一个有着几十年党龄的退休党员，我将不忘初心，继续关心关注祖国和我们水文事业发展，为实现中华民族伟大复兴的中国梦发挥余热，传播正能量。

（作者单位：河南省安阳水文水资源勘测局）

青春无悔

裴东亮

习总书记曾说过:“只有进行了激情奋斗的青春,只有进行了顽强拼搏的青春,只有为人民作出了奉献的青春,才会留下充实、温暖、持久、无悔的青春回忆。”

27 年前,我还是一名刚走出学校的学生,分配到一个大山深处的水库水文站,开始了我的水文工作生涯。说实在的,当时的工作生活条件比较艰苦,交通出行是自行车,水文工作站房破旧不堪,阴暗潮湿,常与蝎子、老鼠为伴。文化娱乐生活枯燥单一,有一台黑白电视机就算条件好的了。为此,情绪非常低落,工作提不起劲。直至发生了“96・8”大水,深深震撼了我的心灵,彻底改变了我的工作和生活态度。

1996 年 8 月,豫北地区普降大到暴雨,诸条河流均发生洪水。我和站上职工克服不利因素,沉着应对,通宵达旦。随着水库水位猛涨,站上启用 24 段制发报,经过 3 个昼夜的奋力拼搏,共发送水情信息 124 条,测得洪峰流量 595 立方米每秒,掌握了重要的水情信息和资料,及时为各级防汛指挥部门和领导提供适时水情信息,为防洪决策和合理调度提供了科学依据,被安阳市政府授予“先进集体”荣誉称号。

没有想到,我们水文人这么平凡的工作竟然如此重要,从此,我的精神面貌焕然一新。有了坚定的理想信念,尽管环境艰苦,工作却非常努力。后来我担任水库水文站负责人,年年被评为先进工作者。我在完成本站工作的同时,还用自己的专业知识帮助水库管理部门和当地乡镇搞好水利工程建设，无论是南水北调工程，还是农村安全饮水工程，都留下了我的足迹和汗水。

2010年国务院出台《关于切实加强中小河流治理和山洪地质灾害防治若干意见》，明确要求完善防洪非工程措施，提高水文监测和预报精度，加强水文基础设施建设，建设中小河流洪水预报和水情服务系统。中小河流水文监测系统建设作为重要的非工程措施纳入其中，以全面提升中小河流水文信息的采集、传输、处理水平和预警、预报能力。我省水文工作深入践行"大水文"发展理念，紧紧抓住国家对水文投资力度不断加大的有利时机，全面推进水文基础设施和水文测验现代化建设，为全省中小河流防洪抗旱减灾、水资源管理以及水生态与环境的保护修复提供决策依据。

2012年我调到了鹤壁水文站，参与中小河流水文监测系统建设。在鹤壁市水文基地建设中负责综合服务工作，我感觉自身的责任更大，工作更加努力。尤其在中小河流水文监测系统2012～2013年鹤壁辖区水文巡测站建设，以及负责鹤壁水文基地大楼现场协调和质量管理期间，为赶工期，节假日加班是常事。经过3年的艰苦创业，鹤壁水文局办公楼建成。随之，新设备、新仪器也添置到位；工作人员由4人增加到28人；服务领域不断拓展，服务质量更加优良，水文队伍素质大幅度提高。

2016年7月，鹤壁区域共发生3次强降水，造成河道水位上涨，部分地区出现了严重的洪涝灾害。汛情就是命令。鹤壁水文局启动应急监测预案，24小时不间断监测，时刻关注雨水情变化，忠实履行"耳目尖兵"职责，随时抢测精准水文数据，提供水情分析预报，为市防汛办防汛调度提供了科学依据。2016年鹤壁水文局被鹤壁市政府授予市级"文明单位""抗洪抢险先进单位"；2017年、2018年被省水利厅、省水文局评为先进党支部和目标考核先进单位。

转眼我已步入中年。回首45年芳华岁月，青春无悔；45年春华秋实，是我人生可堪骄傲的过往。好风凭借力，送我上青云！迎着新时代的朝霞,我将在水文工作岗位上继续奋斗,再立新功!

(作者单位:河南省鹤壁水文水资源勘测局)

向着梦想砥砺前行

韩新庆

25 年前,我从供销学校毕业,怀揣梦想,来到水文站。那年我20 岁,用别人的话说我是一个“门外汉”,但我了解水文工作的艰辛,更知道水文对社会的重要性,立志用我的勤奋做一个水文的行家里手,为社会尽绵薄之力。为了这个梦想,我一直都在努力。

正如一位老水文人所说:选择了水文就选择了艰苦,选择了奉献。刚到水文站那几年,我一直都在默默无闻地工作着,因为水文对我来说是一个全新的概念,一切从零开始。那些日子,除了工作,就是学习。从最基础学起,边学边实践,遇到不懂的就向老同志请教。那个时候,我真的感觉有好多的东西要学,每天都是最早到站上,干完活,就躲在屋里学习,然后出去练习。

周口水文站是沙颍河重要控制站,水文测验项目较多,这也为我学习和实践提供了有利环境。记得有一次,我们在更换水文缆道循环索时,由于钢丝绳自重太大,突然从滑轮上脱落,我的大拇指瞬间被卷入钢丝绳和滑轮中间,拇指险些被切断,至今留下疤痕。有时候,看到别人在一起打牌、玩乐,也很羡慕。可理智告诉我,我是有梦想的人,只有比别人付出更多,才能赶上甚至超越前面的人。那几年,我除了工作就是学习。刚好那些年,沙颍河每年都有洪水,尽管有大有小,但毕竟是我学习和锻炼的机会,也为我以后的成长铺路搭桥。

1998 年的“三江”大水,水文人用满腔热忱谱写了一曲曲抗洪抢险的乐章。也就是从那时起,水文人英勇奉献的形象在我心中变得那么神圣;也就是从那时起,我对水文有了更深的感情。立志扎实学好本领,及早成为水文工作的行家,用自己的智慧和能力战胜洪魔,做好江河把脉人。

也许是对我的一种考验。2000 年 7 月,沙颍河上游普降大到暴雨,致使沙颍河周口水文站水位急剧上涨,洪峰一个接着一个,在 20 多天的时间里,周口水文站连续出现 4 次洪峰,其中最大一次洪水仅次于“75 · 8”大洪水,最高水位达 49. 79 米,超警戒水位 3. 69 米,超保证水位 0. 59 米,实测最大流量 2890 立方米每秒,洪水来势凶猛,持续时间长,且洪水期间连降大雨,给洪水测报带来了很大难度。我勇敢地冲在最前面,无所畏惧。汗水夹杂着雨水,我和站上同志一起冒着生命危险,克服重重困难,连续作战,经过近 1 个月的紧张拼搏,终于顺利完成了各项测报任务,为防汛部门提供了及时准确的水情信息,为减灾抗灾作出了积极贡献,挽回直接经济损失上亿元。副省长王明义在洪水期间亲临周口水文站,对我们在抗洪抢险测报工作中的表现给予高度评价。

这次洪水对我既是经历也是考验,为我以后参加抗洪抢险打下了坚实的基础,也正是那场经历让我切身感受到了洪水无情的含义。从那以后,我更加坚信我的梦想,也更加坚信只有练就过硬的本领,才能担当起抗洪抢险的重任,才能保一方百姓和谐安宁。

接下来的几年,沙颍河每年都会有洪水,尽管没有像 2000 年 7 月的暴雨洪水那样壮观,但对我来说都是一种磨练,经过这么多次洪水的洗礼,我逐渐成长起来。但我并没有停下学习的脚步,为了克服技术上的难题,顾不上吃饭和休息,用几年的时间,自修了专科和本科课程,并以优异的成绩毕业。

功夫不负有心人,在 2003 年周口水文局业务考试中我荣获第一名;在 2004 年举行的全省水文勘测工技能竞赛周口赛区选拔赛中获总分第一名;同年荣获首届河南省职工技术运动会优秀选手。

2005 年 7 月,淮河息县站出现特大水情。省水文局即刻组织抗洪抢险队,我临危受命,第一次参加淮河抗洪抢险,也是我有生以来第一次面对如此巨大的洪水。看到汹涌的洪水咆哮着,我们都惊呆了,可是水文人的使命促使我们义无反顾。上了战场就是战士。我驾驶快艇在近2000米宽的河面上冒险穿梭,洪水漫过了大桥,淹没了树梢,一棵棵大树和草堆迎面冲来,危险随时都会发生,狭小的船舱中挤了3个人,一旦倾覆后果不堪设想。那个时候我们真正是把生死置之度外了。经过3天不分昼夜地连续作战,测流16次,实测最大流量为6360立方米每秒,圆满完成了水文测报任务,受到省领导的好评,这场洪水,不仅是技术的挑战,更是心灵的超越。

2008年7月,淮河再次出现大洪水。我又一次受命参加省水文局抗洪抢险队出征淮河,赴信阳息县、淮滨参加抗洪抢险。当飞驰的冲锋舟在波澜壮阔的淮河上激流勇进时,我再一次体验到水文的担当和自豪,3天的时间,我们不辞劳苦,往返息县、淮滨连续作战,测到了及时可靠的水文数据,为防汛减灾提供了科学依据。

2008年冬季,周口、商丘交界处的惠济河发生了严重水污染事件,接到省水文局通知,周口水文局立即安排应急抢险队前往支援,我和其他队员即刻携带应急设备,奔赴抢险现场。近3天时间里,我们与省水文局抢险队员默契配合,齐心协力,圆满完成了水污染事件的监测工作。

2014年,我参加水利部在河海大学举办的全国水文站长培训班。在那里,我了解了水文发展的新动向,学到了新的理论知识,熟悉了水文最前沿的仪器设备,这对我来说的确是一场充实提高自己的及时雨。

2017年,省水文局组织全省水文测报应急演练,我积极参与。全省18个市水文水资源勘测局和省水文局共19个突击队100余人参加了演练,ADCP、电波流速仪、无人机等先进仪器设备纷纷亮相登场,我全身心投入到水文测报应急演练当中,练就了过硬的技术本领。

25个年头过去了,我依然坚守在水文测报第一线。在平凡的工作岗位上,用自己的实际行动诠释了水文人特别能吃苦、特别能战斗的工作精神和无私奉献的高贵品质。回望走过的路,从一个个测洪的现场,到一个个梦想的实现;从一个中专生到研究生,从一个技术员到高级工程师。这是水文对我付出的艰辛与汗水的回报,也是祖国母亲对水文人的厚爱。我先后被授予周口市五一劳动奖章、周口市优秀青年科技专家、周口市学术技术带头人等称号。如今,我依然和水文人一起向着梦想砥砺前行。

(作者单位:河南省周口水文水资源勘测局)

江河安澜的守望者

——献给祖国七十年华诞

宁子来

从山西南部到河南北部,流淌着一条河。它先是以一脉细流从平遥古城的黑城村流出,风尘仆仆涌向晋北,与高平市流出的丹河相会于博爱。然后一路南下,最后将满腔激情注入母亲河黄河。这条河就是沁河,古称“少水、洎水”, 全长 485 公里,落差 1844 米,流域面积 1. 29 万平方公里。

济源水文局源自 1958 年设立的济源径流试验站。伴随着祖国的发展强大,经过 60 多个春秋更迭,如今的济源水文局早已不再是前辈们最初那 2 间简陋的大瓦房,如今宽敞明亮的办公室和各种先进设备让人叹为观止。60 多年的风雨,改变的是断面的调整和技术的革新,不变的是水文人对数据的执着和对江河安澜的守望。

孙常征是济源水文站的老职工,也是我水文事业的领路人。2013 年 7 月,是我参加工作的头一年。孙老师通知我:“沁河上游发生大雨,张峰水库(位于河口村水库上游)提前开闸泄洪,为了保障正在建设中的河口村水库,咱们必须赶往栓驴泉站进行防汛监测。”那时懵懂的我,收拾了两件衣服,揣着心爱的 MP3 就坐上了他的车。出发时济源的天色已经阴沉下来,时不时还有丝丝凉风吹过,让本来闷热的天气觉得好过了不少。但是孙老师的面色却充满了凝重和忧虑,只说了一句:“看来咱们得抓紧时间了。”车在弯弯曲曲的挂壁公路上艰难前行,只容许一辆车通过的石路上零零散散地分布了很多一旁峭壁上掉下的碎石,我心中充满了担心,但是孙老师面容坚毅。尽管我们紧赶慢赶，仍然赶不过风雨的脚步，行进了不到一半，狂风席卷着大雨倾盆而下。当我们到达东滩大桥时，雨水汇集着泥沙已淹没了桥面，根本看不到桥在哪儿了，孙老师凭借丰富的经验竟然冲了过去。一路上，尽管我的心都提到了嗓子眼儿，紧抓着车门扶手的手攥得生疼，大坝上游20多公里的入库站，依然用了1个多小时才赶到目的地。到达栓驴泉断面之后，我们迅速安装了声学多普勒流速剖面仪（以下简称ADCP），投入到紧张的工作之中。洪水越涨越高，很快栓驴泉的桥也被淹没了。随着水位的变化，我们每天都是辛苦地抢测和夜以继日的职守。第5天时，我们带来的蔬菜等食物已经吃完了，仅剩一些挂面，而洪水依然没有下落的意思，我们不得不采摘野菜和挂面一起煮了充饥，有时还跟野猴儿们争食儿。刚刚走出校门的我从没预见到会有这么的辛苦，孙老师不停地鼓舞我、告诉我：张峰水库有15年都没放过水，这次放水让咱遇上了，干水文一辈子能碰见这种机会也没有几次，身为一名水文人，能见证这种时刻是一种荣誉……

后来，局里克服困难给我们送来了补给，10多天后，随着水位回落到安全位置，我们才回到局里。这件事对我影响非常大，每当遇到困难时，我都会想到孙老师讲到的这种荣誉感，浑身就会充满力量。

我还听年长一些的同事们讲，30多年前，我们的测量工具就是简单的流速仪、秒表、救生衣、测深竿等，条件好些的有盏马灯，供夜间测验用。那时候，简陋的生产工具、落后的生产力、巨大的劳动强度、高危的野外作业等，严重影响着水文事业的发展。20世纪90年代中后期，我们改用缆道测流，已经不用上船作业了，人坐在控制室，用手指按“前进、上、下、后退”键，不再风吹雨淋、担惊受怕就能完成测量任务。现在测流就更轻松了，随着ADCP和电波流速仪等先进设备的投入使用，测流完全智能化了。测验结束的同时，一份计算准确无误的流量报表就会出现在电脑屏幕上。

水文站的工作、生活条件改善了，但当年那股劲、那种精神还在。2016 年 7 月 19 日，济源市境内普降中到大雨，局部暴雨，水洪池最大降雨量达 227.5 毫米，沁河河口村水库蓄水超汛限水位 5 米，蟒河济源水文站水位超二级警戒水位。面对严峻的汛情，济源水文局全体干部职工发扬“求实、团结、奉献、进取”的水文精神，用心血和汗水收获了一组组科学、快速、准确的水文数据，为战胜暴雨洪水提供了科学依据，出色地履行了抗洪“千里眼”“顺风耳”职能，圆满完成了防汛测报任务。其间因为水文局及时发出预警预报，王屋镇及时转移群众 2000 余名，有效地保护了人民群众生命财产的安全，这件事还在中央电视台“新闻联播”中播出。

2017 年 7 月 26 日凌晨，蟒河流域突降暴雨。受强降雨影响，济源水文站水位迅速上涨。水文站全体职工精心施测、及时报汛。他们深知水文信息字字千钧，关乎生命，不敢有丝毫懈怠，困了就在办公桌上打个盹，衣服淋湿了也顾不上换下来。对于水文人来说，几十年来，他们的每个汛期都是这样度过的。

自信人生二百年，会当击水三千里。站在沁水河畔，目睹着济源水文事业的发展，我深深地感受到一种精神在济源水文职工的血脉里流淌、传承、蓬勃生长。那是一代水文人的初心，那是一代水文人的风华，这些都溶在了清清的沁河水里，默默地流向远方。虽然前方有激流、有险滩、有曲折，但大河之水一定会乘风破浪，永向前行！

（作者单位：河南省济源水文水资源勘测局）

我的水文路

张长军

1990 年 7 月，我从陕西机械学院水文水资源专业毕业，背着简单的行囊来到地处豫西山区的窄口水库水文站，成为一名水文工作者。窄口水文站位于三门峡市灵宝市五亩乡长桥村，地理位置偏僻，交通极为不便，素有“河南水文西藏”之称。我在这里工作 18 年，当了 17 年站长。

窄口水文站的站房是修建水库时的简易房，因年久失修，门窗破旧不堪，办公、生活条件都异常艰苦。我最初住的房子只有半间，土木结构，不足 10 平方米，门窗是旧式木框，都变形了，还有很宽的缝隙。顶部是用竹席棚架而成，房顶的干泥块不时地掉落在上面，时间久了会引发塌陷，得自己动手去修缮。晚上睡觉的时候，偶尔还会有咬架的老鼠跌落下来，掉到床上，有时还会砸到头上。

当时，从灵宝县城通往站上的客车每天只有两班，上午和下午各一班，大部分雨量站压根就不通班车，给工作带来诸多不便。没有交通工具，检查雨量站、收集资料怎么办？办法只有一个：走路去！有几个条件还算好的雨量站，可先坐车到朱阳，再步行的距离就缩短了一些，能省不少力气和时间。可是，干解原雨量站就只能走路了。我早上发报后，就徒步上路，往返 40 多公里，等再回到站上时，已是暮色四合、满天星斗了。

由于在窄口站工作期间对工作踏实勤恳，认真负责，加上同志们通力协作，窄口站连年被评为测验先进站、整编先进站，我也多次被评为优秀共产党员和先进个人。

随着时间的流逝，这些都已成为过往，但有一件事却令我终生难忘。那是2003年的10月1日，因为汛情紧急，当别人选择度假休息的时候，水文人仍然坚守在防汛第一线。当天夜里近12点，面对绵绵不断的秋雨和迅猛上涨的水位，我正在观测雨量，忽然听到身后“噼噼啪啪”的异响，回头一看，不远处的树上冒着浓烟，向上窜着火花。不好了！一棵大树因连天阴雨倒在了高压线上。险情就是命令！我立即跑回办公室，向水库值班领导报告了这一情况。紧接着，又跑到离火情最近的一名水库职工住室，叫醒熟睡中的一对母子，他们很快就跑了出来。不一会儿，被高压线烧断的大树挟带着火花落在了那母子二人的房顶上，刹那间屋里火光冲天，大火肆虐着冲破门窗，无情地撕裂着一切。床下有几袋子晒干的枣核也趁着火势，火上浇油般燃烧着，鸣叫着。面对凶猛的火势，第一反应就是救火！我和吕世新果断地打开水文站的仓库，拿出2个灭火器对着火源开始灭火。这时，窄口水库的救援人员也陆续赶到，有人提水，有人浇火，经过2个多小时苦战，终于将大火扑灭。此时，已是凌晨2点多，我浑身疲惫，用手擦着满脸流淌的汗水和雨水，心里却充盈着从未有过的成就感。后来，那位死里逃生的母亲常常说起这件事：“要不是长军，那天就把我们娘俩烧死了。”因为火情报告及时，救火表现突出，我和吕世新同志各获得灵宝市窄口水库管理局300元现金奖励，窄口水库管理局也为水文站购买4个新灭火器。

窄口水文站的偏远，也注定了人员流动频繁。在窄口站工作期间，我迎来送走一批又一批水文职工，前后不下40人次。有许多同志都是“一头沉”，家里有地有庄稼。每逢农忙时节，我总是让别的同志回家抢收抢种，自己坚守着工作岗位；逢年过年，我总是让别的同志回家团圆，只身一人坚守着这个站、这个家。这样的时光一直持续到2008年3月，我调到洛阳水文局机关工作为止。

我在洛阳水文局主要负责办公室工作，但也经常配合业务科室开展工作。主要参加了2010年洛阳和三门峡两市20个水位站、260遥测雨量站的建设，还多次参加测流和水质采样。2010年7月

24 日的特大洪水,导致栾川县潭头镇伊河上的一座大桥瞬间垮掉,造成数 10 人死亡,数 10 人失踪。我清晰地记得,2010 年 7 月 23 日下着雨,我和杨志豪、水江涛、常山虎等 3 位同志一起,到汝阳、嵩县、栾川等地测流。雨是前一天就开始下了,我们 4 人开着桥测车,冒着狂风大雨,一路认真工作,一路艰难前行。7 月 24 日上午,我们在栾川县河乡的一座桥上测流时,河水裹挟着杂草树木,疯狂地咆哮着,怒吼着,冲刷着河岸,淹没了道路。我们在桥上往水里小心翼翼地投放铅鱼时,因为水流太急,为避免铅鱼把桥测车拉翻出现险情,专门让常山虎手持钢钳,随时准备剪断系铅鱼的钢丝绳,以确保车辆和人员安全,做到万无一失。可当 75 千克重的铅鱼刚一接触到水面,在水流的强力冲击下,就像树叶一样,漂浮着,游荡着,难以沉入水中。无奈之下,我们收起铅鱼,用塑料壶装入砂石,扔到河里尝试着测水面流速,大多是扔下去就踪迹全无,到最后还好,测得水面流速大约 10 米每秒。12 时许,雨还在下着,我们就近找到一个小商店,打算买点吃的作为午饭。记不得是谁,正给家里打电话,手机突然中断,接着就用商店里的公用电话打,刚打了一会儿通话也中断了。我们每个人的手机都打不出去了,固定电话也不通了。我们意识到情况不妙,买的东西也顾不上吃了,就驱车赶往最近的一个镇——陶湾镇。陶湾镇位于伊河上游,伊河穿镇而过。当我们到达陶湾镇时,商店、饭店几乎都关着门,街道的路面上都是泥浆,三三两两的人们都在议论着这场大雨。慢慢地,我们才了解到,陶湾镇的街道因为伊河水位暴涨,刚刚被淹没过,河水消退没多久。栾川县的通信机房也被水灌了,造成所有通信中断。从陶湾镇到栾川县城的道路桥梁被冲毁无数,交通完全陷入瘫痪。至此,我们与外界交通、通信彻底中断。万般无奈之下,我们克服重重困难,挨到了第二天早上。后多方打听,辗转栾川冷水镇、三川镇,途经卢氏,再到灵宝,后经连霍高速,于 7 月 25 日下午顺利回到洛阳。快到卢氏的时候,手机终于可以外联了。家属们接到电话时,几乎都是哭着在通话。也许在她们心里,这次经历就是一场生离死别!这一次,我们经受了严峻的考验,不仅圆满地完成了工作任务,还保证了人员和车辆安全。

2011年11月,我毅然放弃在洛阳舒适的工作环境和居住条件,主动请缨到三门峡开展水文基地建设工作。先是完成了三门峡水文基地建设项目所有的审批手续,后因国家政策调整,加上征地建设周期长、任务重,又迅速转变思路,变征地建设为购买生产用房。经过多次努力,将前期征地款280.16万元全额退还到财政厅省水文局账户,保证了国有资产不流失。还参与组织机构建设,先后配合建立了局党支部和领导班子,成立了三门峡水文局工会委员会、团支部,补充了中层岗位领导,有效发挥了各级组织机构的工作职能。并组织开展一系列学习教育,使广大党员干部素质明显提高。三门峡水文局于2018年成功创建市级文明单位。

从窑口到洛阳、三门峡,29年弹指一挥间。回顾我所走过的路,就是一条水文发展路。选择水文,我无怨无悔;余生守护,我不离不弃。

(作者单位:河南省三门峡水文水资源勘测局)

辉煌七十年　奋进新时代

任柯颖

2017年,我怀着期待与憧憬加入了水文大家庭。不长的工作时间里,给我印象最深的是老一辈水文职工对水文工作的热情和奉献。我曾听南阳水文测报中心副主任梁青说起过她1985年上班后亲历的两次大事。

一次是发生在她参加工作的第二年。1986年6月26日20时,一场特大暴雨突如其来。白土岗水文站全站同志在站长带领下,按照水文测验应急监测方案分工有条不紊地行动起来。水位上涨很快,测船随时有被水冲走的危险,男同志涉水将测船紧紧固定在吊船索上,准备好流速仪、采砂瓶,随时上船测流。她与另外2名女同志留守观测房,看水位、测雨量、发水情电报。

电闪雷鸣,暴雨如注,涨水远远超过了河道的警戒水位,道路被冲毁,桥梁被冲垮,电力、通信设施全部中断。水文站立即启动了自备发电机,探照灯恢复照明。近22时,为了抢测涨流量及含沙量,站长同2位男同志冒着倾盆大雨登上测船,狂风肆虐,巨浪直卷而来,载重10吨的测船在河面上上下颠簸,但他们深知越是大风大浪,水文资料就越宝贵。身为水文人,怎可轻易退缩!3位男同志义无反顾地将测船驶向了断面方向。紧张的抢测是为了得到准确的数据,室内的女同志认真地点绘水位流量过程线,分析流量数据。时间一点点过去,测流的同志迟迟未归,她们的心在一点点往下沉……她们3人轮流登上房顶用探照灯扫视河面寻找战友的身影,但是未曾停过的大雨使得即使借助一个接一个的闪电,也只能看到30米左右的距离,还是看不到测船,找不到战友。暴雨越下越大,她们不间断地进行测流，以便掌握最新洪峰数据。

23 时，水文站上游河堤决口，洪水漫溢，观测房被洪水包围，测站的房子也如一叶风雨飘摇中的扁舟。持续的强降水导致河水水位继续上涨，即将危及当地人民群众生命财产安全，通信中断，无奈她们冒着瓢泼大雨一路踉踉跄跄找到当地政府讲明险情，建议组织人员立即向安全地带转移，而她们又冒雨回到观测房，坚持测报，无一人后退。身为年轻人，她主动承担了观测水位的任务，河水淹没了最后一根水尺，她就在院墙上刻读水位。为了掌握流量数据，她往返近 300 米观测比降水尺，当时已经是洪水横流，来回上下比降断面间的那仅 1 米宽的堤坝已经看不到了，只能凭借模糊的印象，靠着微弱的手电光，摸索着拽着一棵棵灌木，在齐腰深的水中行走。响雷不绝于耳，雨下得越来越猛烈，砸得人睁不开眼，突然一个浪头袭来，差点就被洪水卷走。她说，当时根本不知道害怕，心中只有一个念头，一定要测到宝贵的水位数据，一定要等到同事们归来！最终，于 27 日凌晨近 2 时测到了洪峰，水位开始下降，她们测到了完整的洪水变化全过程。这惊心动魄的一晚终于过去了。紧接着另一个好消息也传来，测流的同事虽被洪水卷走，但死里逃生。

在这次特大洪水中全站职工表现出的奋力拼搏、爱岗敬业、无私奉献的水文精神得到了政府的高度赞誉，他们奋斗坚守的阵地——白土岗水文站被河南省总工会授予“先进集体”的荣誉称号。她也因在这次洪水中表现突出，被省政府授予“临危不惧，忠于职守的好青年”称号。她们平淡地叙述着，好像是发生在别人身上的故事。

另一件令她记忆犹新的是她在南阳水文站工作期间遇到的那场自 1975 年 8 月以来的最大洪水。

2000 年 7 月 4 日夜，黑暗的天空中闪着电光，伴着雷响，洪水来临。由于河道水位较高且涨幅变快，已经不能涉水测流，而断面没有布设缆道，只能选用桥测方案，迅速组织测流。她和同事们带着一辆手推测量车赶到断面上游100米处的南阳大桥进行测流。河水波涛汹涌,手推车的自重不够大,除施测人员外,其余人虽被车子带得左右摇摆,仍坚持用尽全力固定手推车。当测至中泓时,铅鱼被大量水草挂住,巨大的拉力一下子将手推车掀翻,大家也都被带得摔倒在地,测流绞关失去了控制,牵引索还在不停地向下滑。状况十分危急,必须马上控制住悬索,阻止它的快速下滑。顾不上多想,她立即从地上爬起来一把抓住钢丝索拼命往上拽,边拽边往桥栏杆上缠,一圈两圈三圈……终于止住了悬索下滑。这边赶紧松掉绞关,把手推车翻转过来,再安上悬索,然后让车子左边站上人并放上石块等重物配重。一切准备好,再慢慢地取掉缠绕在栏杆上的悬索,这边慢慢松,那边绞关迅速往上绞,大家齐心协力,终于将铅鱼吊上岸,迅速除去挂在上面的水草。将铅鱼清理干净后,立即紧张有序地开始继续测流。由于临危不惧,处置得当,赢得了宝贵时间,测到当年以及建站以来的最大实测洪峰流量,收集到了大量珍贵的水文资料。

科学技术的日新月异让水文监测设备、手段及监测技术实现了长足的进步,我们新一代水文人可能不需要经历那些惊心动魄的场面,但是老一辈水文人实践中积累的丰富水文监测经验和他们一心为公、艰苦奋斗的精神,我们不能也不会忘记。作为新时代的青年水文人,要继承老一辈水文人吃苦耐劳敬业爱岗的精神,坚守初心,砥砺奋进,在构建新时代水文事业的大道上努力奋斗,再创新的辉煌!

(作者单位:河南省南阳水文水资源勘测局)

甘当水文事业的铺路石

王洪震

1997 年,我和毕业于扬州大学水文专业的马松根先后来到驻马店水文水资源勘测局。20 多年的朝夕相处,流逝的是岁月,不变的是他忙碌的身影。在平凡的水文工作岗位上,虽没有惊天动地的壮举,他却用行动诠释了对水文事业无限的忠诚和痴迷的爱。

2016 年汛前,据气象专家预测,当年的防汛形势严峻,与 1997 年至 1998 年发生的引起长江流域乃至全球许多地区气候异常并产生极大自然灾害的厄尔尼诺事件十分相似,淮河流域涨大水的概率较大。作为测验科科长的马松根及早筹划,3 月份组织全科人员进行工作安排,责任到人。对年轻人,通过“师带徒”、基层锻炼、交流学习等多种形式,多压担子、创造机会、搭建平台,加快了年轻人成长的步伐。同时,他带领我和突击队其他成员分别于 4 月 20 日、5 月 6 日、5 月 8 日对夏屯站、班台站、遂平站进行多种应急方案的实战演练。高强度的连续拉练让队员们又苦又累,心有怨言,牢骚不断。马松根憨厚一笑说“只有平时多流汗,在关键时刻才能胜任本职工作。”

果不其然,6 月 20 日,淮河流域普降大雨,洪水猛涨,暴雨中心在正阳铜钟一带,姚庄站最大日降水量 241 毫米,铜钟站最大日降水量 223 毫米,导致清水河水位暴涨。6 月 21 日凌晨 3 时,马松根带领驻马店水文局应急突击队赶赴百公里外的铜钟水文巡测站。昔日平静的清水河洪水肆虐,奔腾而下,马松根对突击队员进行明确分工,按照平时的训练,有条不紊地配合着,对整个洪峰过程进行了监测,测得测流成果 10 余份,实测最大流量 151 立方米每秒,最大流速2.00米每秒,最高水位53.57米。这些水文资料的获得弥足珍贵。测洪间隙,马松根又带领队员赶赴袁寨巡测站进行巡测,他在测洪一线,不时观测水位,测算流量,计算雨量,全不顾身上的汗水、泥水、蚊虫叮咬。心中只有一个目标,高质量地完成监测任务。6月23日,他带队对泌阳站、立新站进行流量比测;6月24日,对确山中小河流巡测站巡测。

6月25日,他又来到百公里之外的新蔡站,主持大江大河项目中的缆道建设,安装主副索,接信号线,调试操作台。缆道是测流的主要设备,修建缆道便是测验科的重要工作。身为科长的他总是抢最累最脏的活干。为赶工期,让新蔡站多一套测流方案,在酷热高温下,他渴了喝瓶纯净水,饿了吃个盒饭。每天不到6点赶到工地,21点多才回到驻地。一干就是8天。缆道安装、调试一切正常后,才赶回驻马店。

驻马店水文局是全省较大的勘测局之一,测验科业务繁重,任务艰巨,责任重大。不论工作多重,时间多紧,他都倾注全部身心,冲锋在前。随着水文事业的改革到了深水区,对测验科科长这一岗位提出了更高的要求,测验科在驻马店水文局被戏称为“发改委”,事无巨细,都要过问。从水文测验改革方案的编制、规划,到具体实施落地,他都成竹在胸,统筹规划。在水文资料整编现场,他与大家一起在“细”字上下功夫,耐心细致地整编分析资料,将水文成果颗粒归仓,强力支撑了市水文局其他水文业务的顺利开展。驻马店水文局多次被省水文局评为资料整编先进单位。

近几年,为加强测站业务管理,他狠抓建章立制,先后组织人员出台了《驻马店局水文测站管理实施细则》《驻马店局测站业务评估办法》等规章制度,使驻马店局测站业务管理有章可循,有据可依。通过制度落实和业务培训,使驻马店水文局基层测站管理水平取得了显著变化。班台、板桥、驻马店、桂李等站先后被评为全国和省级文明水文站。

为了做好测验和安全生产工作，除严要求、强管理以外，马松根还不厌其烦大力宣传，经常到现场督查督导。平时还通过电话、网络等形式，耐心指导业务，督促大家排除一切安全生产隐患，保证水文设施设备的正常运行。在他的努力下，驻马店水文局实现了多年安全生产零事故。

马松根以实际行动，润物无声地影响着身边的人，感召着身边的人，他就是水文事业的一块默默无闻的铺路石。

（作者单位：河南省驻马店水文水资源勘测局）

父子水文情

张家武

岁月悠悠,转眼父亲故去24个春秋。很多人已把这个水文职工的名讳忘记,他就是曾在1982年蟒河大水时风里来、雨里去,留下许多宝贵洪水资料的张允敏。

蟒河在济源境内分南蟒河、北蟒河,两条河在城东河合村交汇东流,属山溪性河流,暴涨暴落。我家就在南蟒河南岸——东官桥。

父亲原来是20世纪50年代治淮时修水库的民工,熟悉他的人都知道他为人随和、忠厚,做事踏实、认真,积极肯干,用我家乡的话说就是比较“实诚”。加上有一点点文化(相当于现在的小学二三年级),被选去参加短期水文勘测工培训班。由于底子薄,他感到吃力,白天听课,晚上自习至凌晨二三点。不懈的刻苦努力,使他具有很强的业务能力。所以,每年都会参加新乡分站的资料验收和整编工作。他算盘打得贼溜,现在翻开他那时记录的数字,虽然有些记载纸已发黄,但可以看到工程体数字就像是刻上去似的。

父亲持恒、坚韧、爱岗。他常说:一个人一生无论干啥就要爱上它,贵在坚持。只要有坚忍不拔的精神,就会快乐,就不会虚度。

1958年的汛期,是他最刻骨铭心的、最彷徨的几个月。当时,他和两位同事在东官桥径流实验站做径流测验工作。2间简陋的瓦房(生产队的水磨房)就是工作和生活的场所。在那个年代,艰苦奋斗、不怕牺牲、去争取更大胜利是工作准则。那天,南蟒河上游虎岭河一带突降大暴雨,山洪突发。由于比降大、流程短,不知不觉中,洪水冲掉了房屋。他们几个为抢救资料、仪器,被洪水冲走一二公里,好在一个生产队长追着放下一根大绳才使他们得救。洪水过后,其他同事或辞职回乡或转行,唯有父亲留了下来。后合并多个径流实验站设立赵礼庄水文站(今济源水文站)。

父亲敬业、爽快。每年汛前、汛后检查委托雨量站,远的二三十公里,徒步翻山越岭,大多都是他去。每次测流要么抢着上船,要么就挽起裤腿下河。致使两条小腿静脉曲张很严重,疙疙瘩瘩的,而他从不为自己做了更多的工作而斤斤计较。母亲常年有胃病,父亲总是风里来雨里去,一边工作一边照顾母亲。

1982 年 8 月 1 日凌晨,济源水文站发生了建站以来的最大洪水,暴雨中父亲看水位、取沙、浮标测流一样都没拉下,直到测得 1280 立方米每秒的洪峰流量。后来感觉左小腿疼痛难忍,经检查骨裂长 2 厘米,这时才想起取沙时不小心摔了一跤,当时差点跌进洪流中。由于父亲积极、肯干、敬业,1982 年他被评为"河南省抗洪劳模",事迹刊登在《河南日报》上。

1986 年父亲光荣退休,我顶替父亲参加了水文工作,扛起了"水文"这面无形的旗帜。父亲的蟒河成了我的蟒河,父亲的水文成了我的水文。他带着微笑说:"选择了水文,就是选择了与河库相邻,与寂寞、清苦为伴。水文工作是定点观测,无人监督,吃的是良心饭。水文数据如果不真实,就愧对自己的良心。往小处说愧对自己得到的那份工资,往大处说就是失职。"所以,我参加工作以来,秉承父亲刻苦、敬业的韧劲,认真学习测验规范,不断提高业务能力。曾两次考取水文专业院校的函授班,丰富了水文水资源理论知识,增强了业务能力。虽然自己是"一把手"(左手截肢),但处处事事不逊色于身体健全者,测、整、报各项业务工作拿得起放得下。同时,我秉承了父亲吃苦耐劳、任劳任怨、甘于奉献的精神,在多少个狂风暴雨、电闪雷鸣的夜晚,骑着大"28 型"自行车从 10 多公里的家往站上赶。曾经,踏着齐膝深的积雪,徒步 20 多公里到山区委托雨量站(竹园)获取年末最后一场雪的资料;曾经,在济源蟒河口水库阴冷潮湿的山洞里测算渗漏水量;曾经,多次奋不顾身跳入超腰深水中清理堵塞测流桥眼、遥测水位计进水口、水尺上的杂草。

有一年主汛期,河口村水库大坝工程进入关键期,水文情报要及时、准确,上游水情要做到测得到、报得出、报得准、报得及时。受济源水文局领导委派,我和孙常征老师冒雨驱车前往水库上游20多公里人烟稀少的山区水位、流量监测站。蜿蜒曲折的山路上,时不时有泥石流自山上滚下,我们俩齐心协力抢测到洪水的变化全过程,测得最大洪峰流量430立方米每秒,并及时向局领导和河口水库报告水情,为确保水库施工安全提供了重要的决策依据。由于出入的路桥被洪水冲垮,我们俩被困了一周,原本所带3天的粮、菜只能节约着吃,甚至采挖一些野菜充饥……

不忘初心,担当使命,辛勤付出,终有收获。我多次被新乡水文局、济源水文局评为先进个人,并受到表彰。

父亲是1995年春天走的,带着对子女的期盼,带着对水文的眷恋。他的一生如同所有的水文人,平凡得如同河里的一粒沙。他的一生也是一本厚厚的书,从这本书里,我学会了做人要忠厚、诚信、坚强,做事要敬业、踏实、勤奋。

父亲的水文事业助我实现了人生价值。我想告慰我的父亲:现在的水文比您当年的水文有着天翻地覆的变化,我们的测站旧貌换了新颜——有了现代化的工作环境,真正实现了流量测验自动化,水位、雨量观测遥测化,水情拍报网络化,资料整编程序化……

父亲的蟒河,我的蟒河,我们父子俩陪伴它流淌了60余载,流去了我们俩60余载辛勤的汗水,留下了60余载宝贵的水文资料……我爱我的父亲,我爱蟒河,我更爱水文!

(作者单位:河南省济源水文水资源勘测局)

奋斗青春,追梦新时代

张彦波

你可曾看到过有这样一些人,他们或守候在河道两岸,或扎根在山峻之间的河流边,他们正在用青春和汗水换取宝贵的水文资料。每当汛期到来时,他们便勇敢地冲锋在前,与肆虐的洪水拼搏。因为他们知道:洪水来了,没有准确的水文情报,防汛部门就无法做出正确的决策;没有长系列的水文资料,水利建设就无法进行合理的设计。他们为防汛抗旱、为国家的水利建设提供了准确、及时的水文数据,为各级领导决策提供可靠的参考。这些人就是防汛抗旱的耳目和尖兵——水文工作者,而我正是其中的一员。

我于 2001 年考上了黄河水利职业技术学院水文水资源工程专业,从此与水文结下了不解之缘。说句实在话,我当时是想报考地质专业的,因为成绩不理想,就随便选了个专业,可以说我从事水文工作,纯属机缘。不过,既来之则安之。经过 3 年的努力学习,我以优异的成绩进入了水文系统,分配到了河南省新乡水文水资源勘测局工作(以下简称新乡水文局)。报到时的情景还历历在目,记得毕业录取工作是在 4 月份就完成了,单位调令是 8 月下旬下来的。6 月 27 日是我毕业离校的第二天,那天我主动与新乡水文局的领导联系,看看汛期到来了用不用我去帮忙,领导同意并欢迎我的提前到来。我当天上午 10 点左右来到了单位向领导简单汇报了一下学业,就去支援工作。我将要去的水文站是新乡水文局唯一一个山区水文站——宝泉水库水文站。经过 1 个多小时的路程,来到了宝泉水库水文站。首先映入眼帘的是大山半坡上一个破旧的院子,没有大门,周围都是草木,在这里或许安全都没有保障。院子里有 2 名职工,北面有2个不同型号的雨量筒。站房坐南朝北,一层平房,很是破旧。但走进站房,里面却非常整洁,一个农家户的格局,1个客厅3间卧室和1间厨房。站房的背面紧靠大山,东面1000多米处是宝泉水库坝址,四周一片寂静,隐隐约约从北面深深的山谷里传来几声哗哗的流水声。院子北面对着的大山像是鬼斧神工劈成的峭壁算是美景,西北斜对面的山头驻扎着498部队,不时地传来几声军训的口号声,使得这寂寞的山谷增添了几分人气。

“水库水尺常相伴,孤灯陋室在守候”。这就是我工作的地方吗? 我有些茫然了,想想我在城市里的生活学习环境,落差也太大了。但同时告诫自己,我是受过专业训练的,一定要好好努力,别人能做到的我也一定能做到。在站长的影响下,我慢慢地改变了对水文站的看法。业务对于我来说并不陌生,规范我都熟记于心,观测水位和水温的时间、精度、姿势、记录格式我都能瞬间运用到实际工作中。因为山区水库水文站主要是观测水位,流量都是率定好的,没有沙量,最主要的任务就是水情发报,再加上下属几个报汛雨量站的任务。但每当下雨天就是不眠之夜,山区降雨来得猛又下得大,工作量自然就加大了好多。在工作的同时,我向站长和同事学习,对工作的认真程度提高很多,参与了新乡市水资源调查评价工作和焦作市水资源调查评价工作。

两年后我被调到了合河水文站,这里监测项目是新乡水文局下属水文站里最全的,有水流沙、降雨、蒸发、墒情。在这里工作了6年时间,我更加严格要求自己,发报上创造了零失误,没有出现一次错报、漏报或迟报的情况。我参加了全省水文勘测工技能竞赛,并取得了全省第6名的好成绩。

2012年我被调整到新乡水文局,先后参与全国中小河流建设、新乡市水文资料整编和复审、河南省第三次水资源调查评价新乡地区数据分析计算整理工作,负责年度水资源公报编写、新乡市88个省管井95个市管井的人工地下水观测管理以及70个地下水自动监测站的运行维护和资料整编。

转眼15年过去了，我对水文工作从机缘变成了对水文工作有了较深的了解并热爱上这份工作。

今年我趁节假日重游了曾经工作过的宝泉水库水文站和合河水文站，发现站容站貌都发生了翻天覆地的变化。办公楼都是别墅造型，美观适用，院落规划整齐大方，测站都安装了空调，配了尼桑皮卡桥测车。下属雨量站都改造成了遥测雨量站并加密了站点分布；水位、雨量、墒情、地下水位实现了实时在线传输；测站断面安装了高清监控，可以实时在线观测水位和采集图像。15年里，我深深感受到水文的巨大变化，体会到了国家的飞速发展。

今天我有一个梦想：我梦想未来水文事业是全自动化办公，水文工作者的工作环境都在繁华的城市，在明亮的办公室里即可实现对下属水文站的可视化全项目的自动操作，水文数据无线传输，遥感地理信息系统在水文事业上达到了全面应用；河道全线实现可视化；水文预报系统与降雨遥测系统联合应用，实现降雨后自动可视化模拟动态准确及时的预报。

盛年不再来，及时当勉励。我们要奋斗青春，做新时代的追梦人。

（作者单位：河南省新乡水文水资源勘测局）

子承父业干水文

陈丰仓

2019 年是我入职水文生涯的第 33 个春秋。回顾自己所经历过的不同工作岗位,无论是在艰苦的基层水文站,还是环境优越的水文局机关,不管是在鹰城平顶山,还是目前所处的美丽天鹅之城三门峡,历经水文工作的变迁,亲历水文测报环境日新月异的变化,深深体会到老一辈水文人创业的艰辛,更加感悟到新一代水文人撸起袖子开创未来的使命感。在中华人民共和国成立 70 周年之际,用文字记述一下水文发展的点滴轶事与大家共勉。

父亲的水文站

我的老家在荥阳的一个小山村。儿时的记忆中,父亲是一个离我很远很远的人,一年之中,难得见他一面。有一次我很好奇地问母亲:“我父亲天天都在哪里?别人的父亲天天都在家,而我只能在天冷的季节里见到他一回。”母亲回答说:“你父亲在鲁山鸡塚水文站工作,他在那里当站长,汛期工作很忙,看水位,测流量,量蒸发,报雨量,发水报,也只有秋后水文资料整编时,才有空回老家看看。”那时的我,对水位、流量、水文资料整编这些概念全都是陌生的。印象最深的一次,就是父亲回老家时,带了一架仪器,说是在许昌水文分站领的水准仪,要往鸡塚带。当时他把仪器的三脚架打开,把箱子里的东西安在三角架上,之后特意到堂屋找到一颗玉米粒,走到好远的南山墙边,把玉米粒放在墙的夹缝间,调整了三脚架的高低,用手扭动一个部件,然后搬来一个木凳子,让我照着他刚才的动作,旋转那个部件,结果我在仪器的镜子里,看到了那颗黄灿灿的玉米粒，非常清晰，当时我那个激动啊！那种兴奋和好奇感让我一辈子都铭记在心。这是父亲给我上的最早、最直接的一次水文测量操作课。

随着年龄的增长，一直到我参加水文工作，接触和了解如我父亲年岁一般的老水文职工时，才知道在过去那个年代有好多人像我父亲一样，远离自己的父母、妻儿，工作在遥远的异地他乡，唯一与亲人联系的方式便是一封封家书。那个时候水文站工作环境极其艰苦，站房是几间破旧的柴瓦房，烧锅做饭全靠上山捡拾柴火，观测水位的设备仅仅是河道边一排直立水尺桩。每经一次洪水过程，水尺就会被冲毁，为保持水位观测连续性，还要立即补设临时水尺。低水期测流人工涉水，特别是冬季下水，寒冰刺骨，往往会使人患上关节炎；中高水靠的是放浮标，条件稍好点的还能有一条渡河测船，测站职工计算资料以及整编工作全靠打算盘。只有从事这一工作，才能真正体会到每一个水位、流量、雨量等数据都是一线水文职工用汗水甚至生命换来的宝贵资料。多少个狂风暴雨的夜晚，别人都往家赶，他们却不顾个人安危，到随时会吞噬人性命的河边去抢测洪峰，牺牲我一人，幸福千万家！正是那些分布在各个水系、河道、水库的水文测站，构成了防汛调度的庞大水情信息体系。一份份水情电报传遍祖国大地，确保江河安澜；一摞摞翔实的水文资料为国家大小工程的设计提供技术支撑；一本本厚重的国家水文资料年鉴记载着水文人奉献的轨迹。

我的水文站

1986 年高中毕业的我，跟随父亲的脚步参加了水文工作，来到许昌水文分站管辖的叶县孤石滩水库水文站。在艰苦的水文测站，农村经常停电，晚上还要点煤油灯；生活上最大的困难是一日三餐。我要从 3.5 公里外的常村乡买煤，自己生火做饭，炕饼子、手擀面、包饺子、蒸馒头，挑粪种菜，实实在在的田园生活；每月到水库上游方城县境内的拐河和四里店乡几个管辖雨量站取资料。当时没有班车,都是步行或者骑自行车上去,途中遇到下雨,道路泥泞,无法骑行,只好把车子扛在肩上步行;夏夜走 1.5 公里路到坝上看水位,经常与土谷蛇相遇。几年如一日,我既是水文人,又是农民。为了提高水文专业知识,每次去城里,我都会去书店买来大量水文专业书本,在煤油灯下钻研水文测验规范,学习水文历史,再结合站长传授的业务实操,我从理论到实践水平都有了长足的进步。

1990 年恰逢 5 年水文站水准点校核大测量,我担任孤石滩测区测量队长,之后应水库管理局之邀,又担任水库二等测量组组长,从许南公路引测高程至孤石滩淮水文 1010。上班第 3 个年头,分站领导安排我担任测站副站长。在密切配合水库防洪调度,做好水文测报服务工作的同时,我带领站上青年职工积极参加水库管理局组织的“五四”青年活动;清明节同水库职工一起参加烈士墓祭扫活动;参加水库除险加固工程;重大节日同管理局职工一同联欢,改善水文职工单调枯燥的生活的同时,高质量的服务也换来了水库领导对水文职工用水、用电、交通工具等的支持。为解决职工住房漏雨,我和站上职工想尽一切办法,把 11 间站房修缮一新。

1991 年 5 月,我到白龟山水库水文站任站长。初到白龟山,满院子的杂草,破陋的站房,那时正是水文搞站队结合,好多人都到勘测队工作,仅留下 2 名即将退休的老职工,都是“一头沉”,农忙季节要照顾农村生产。一座水库有 4 个流量断面,最远的南干渠距离站房 20 公里,测一次流量要骑上自行车,带上铅鱼、测杆等,很是艰辛。上游管辖 16 处基本雨量站,分布在鲁山、方城、宝丰、叶县和平顶山郊区,其中 12 处还是报汛站。另外,水文站距离水库管理局近 2 公里,一个在大坝北,一个在大坝南,面对这样的测站环境,如何开展工作确实是压在我这个年轻站长肩头的一副重担。我以工作上搞好水文服务为突破口,与水库管理局建立起良好的站库关系,同时也注意协调与当地群众的关系。每年帮助白龟山水库管辖的白村水文站测量水尺断面,开展坝基量水堰水温变化研究观测,为当地村委修路进行测量和土方计算等,为水文职工创收打下良好基础。管理局每年都为水文职工解决生活用煤、用电,还划拨专项资金用于水文职工站房维修,为退休水文老职工返回故里安排车辆搬家。由于工作成绩突出,省水文局党委研究批准我爱人调到白龟山水文站工作。

组织的温暖进一步鼓舞了我的工作干劲,“以站为家”成了我扎根基层测站工作的座右铭！在白龟山水文站一干就是13年。期间,我努力学习,通过了大专和本科函授学习;实行雨量站“汛前有布置、汛期有检查、汛后有表彰总结”的3步工作法,使得雨量测报质量大幅度提高。在河南省水文局开展的降水量资料整编成果质量评比中,管辖的达店雨量站被评为全省先进典型;属站管理工作一直走在平顶山水文局的前列;通过基层调研,我和爱人黄翠红合著的论文《加强雨量站管理提高测报质量》获水文系统优秀调研论文。在国家防汛指挥系统一期土建工程中,所管辖的治阳雨量站作为优质工程现场观摩点,迎来全省地市级水文局领导参观取经。

2004年后,中央和地方对水利水文行业的投入不断加大。白龟山水文站也从水库泄洪闸下面搬迁到坝北新址办公,2层楼房拔地而起,办公家具全部更新,水位、雨量全部实现遥测自动化传输,职工整编办公全部配上台式计算机和笔记本电脑,水文情报全部实现自动化,真可谓旧貌变新颜。同年,我也荣获了河南省水文勘测工技能竞赛二等奖、鹰城技术能手等荣誉称号,并代表河南省水利厅参加全国水文勘测工技能大赛。

水文新天地

2013年我奉调三门峡水文局,担任水情测验科科长。在搞好业务的同时,努力做好三门峡市委、市政府交付的扶贫工作,落实党中央“精准扶贫”号召,深入卢氏县双龙湾镇石家村,对贫困户进行帮扶,宣传扶贫政策,落实脱贫措施,重大节日开展送温暖活动。

水情工作以防汛抗旱工作为重点。我先后组织完成300多处遥测雨量站改造，深入防汛监测站点排查设备故障，足迹踏遍卢氏、灵宝、陕州、渑池、义马等大小河流所有遥测站点，对管辖的全部站点做到位置熟悉、设备型号熟悉、看管员情况熟悉的"三熟悉"，不断探索黄河流域河道水文特性，多次参与三门峡市防汛水情会商。2013年至2018年汛期，对外发送水情电报3000份，报送水情简报500期，墒情电报500份、墒情简报100份，雨量等值线图30幅，发布早7时雨情信息300次。每年汛期根据不同降雨情况，组织水情人员及时发布相应的蓝、黄、橙、红等级暴雨山洪预警信息，每年对报汛站及中型水库进行报汛培训及墒情监测培训，真正做好领导的参谋和助手，受到三门峡市防汛抗旱指挥部办公室领导的好评，为水文系统赢得了荣誉。

为做好水文测验管理工作，亲自带队完成三门峡境内巡测站水尺断面测量和流量巡测及各项业务报告编拟。三门峡原有人工墒情站6处，按照国家防汛抗旱二期墒情站建设规划，2015年建设自动墒情站6处，移动墒情站30处。为了完成这项建设任务，牺牲节假日，每日奔波在深山僻壤，选择合适的测墒位置。有一次被大雪困在陕县甘山，历尽辛苦，被救援后才得以脱险。如今系统已建成并投入使用。

随着中小河流水文建设工作的开展，一大批先进的水文仪器配备到位，这些新设备、新知识、新技能将在防汛测报、环保生态流量监测、水文巡测等工作中发挥更大的作用。

从父辈到我，水文成了我们生命中重要组成部分，已经根植于我们内心深处，我们热爱水文这份事业，愿意为之奋斗终生，也希望水文事业能蒸蒸日上。路漫漫其修远兮，吾将上下而求索！我们身为水文人，将继续为国家发展，民族复兴做出自己应有的特殊贡献！

（作者单位：河南省三门峡水文水资源勘测局）

伟大的时代成就了不同的我们

张玉龙

一

1986年阳春三月，一个男婴呱呱坠地，响亮的哭声给命途多舛的家庭带来新的希望，就像豫东平原这片古老的土地上春潮汹涌的波涛已经萌发的新生力量。这个男婴就是我，标准的80后。我见证了一个普通农村娃眼中的改革开放。

我们这一代人是幸运的。爸爸说我生下来就没有吃过一点杂面馍馍，因为我正好赶上了家庭承包联产责任制全面实行后的丰收年。所以，我的童年记忆是五颜六色的，虽然比现在的小朋友少了太多的玩具和零食。记得上小学的时候，经常跟赵和表哥一起疯玩，捉蚂蚱、抓小鱼、掏鸟蛋、做弹弓、下河游泳，有一次还用自制的弓箭射伤了邻居家的老母鸡，差点挨了一顿揍。

赵是我小时候最好的玩伴，与我同岁，也同班级读书。他满脑子鬼点子，用罐头瓶子逮鱼，用晃动的小绳子逮青蛙，他的玩法会一直让你觉得新鲜。表哥是舅舅的儿子，大我4岁，个子不高，但很敦实，假期里经常住在我家，自然成了我和伙伴们的“带头大哥”。他动手能力很强，也很有想法，我童年时很多宝贝都出自他手。但是，他们在读书学习方面却不如我，这也是我小时候引以为傲的。

二

我和赵上五年级时，已经是90年代末了。轰轰烈烈的打工热潮对豫东农村影响很大。因为能考上高中上大学的实在太少了，很多大我四五岁的哥哥姐姐都去南方打工了，大部分都是进电子厂。每逢过年过节回来，看到他们时髦的衣着，有的还染了黄头发，甚至腰上挂着BP机，看得我有些羡慕。

那一年表哥也没考上高中，也去南方打工了。过年回来时跟我说，打工并不好玩，太辛苦，很多人不断地换工作。他只换过一次，现在在一个收音机配件厂。他想一直做下去，学点儿技术，就能当小组长、技术员，拿高工资。那时的我还明白不了太多，但是能感觉到他的与众不同和坚定信念。

又过了3年，我和赵参加了中招考试，我如愿考上了县里的重点高中，赵没有。开学的前几天，他离开了家乡，加入了浩浩荡荡的打工大军。因为有初中毕业证，很快他就进了电子厂，做了流水线上的工人。但是这个工作只做了半年多，就辞职学开汽车，考了个开半挂卡车的驾照，进了运输公司。

而此时的表哥已经做了一年多的车间小组长，刚刚被提升为技术员，工资已经是刚进厂时的3倍多。很多一同出去的同乡都很羡慕他，我知道这是他认真和坚持的回报。

三

经过3年炼狱般的高中时光，我考上了一所普通的二本院校，读研后通过考试，我来到河南省周口水文水资源勘测局水质监测室上班。

当年的表哥在电子厂生产线做了几年技术员后，积累了经验和人脉，也逐渐发现了这个行业的来龙去脉。他在全家人的反对声中，毅然辞掉令很多同龄人羡慕的工作，通过国家扶持政策贷了款，跟朋友一起组建了自己的一条生产线，接单代加工，自己当老板。前年他又从朋友那买断了所有股份，还在老家建起了一个分厂，扩大了经营规模，给家乡提供了近千个就业岗位。

赵的发展也不错，他跑了7年的运输，辞职回来在自己家的责任田上养起了黄牛。他说他先是在工友的老家发现养牛行情不错。本来就脑子活络的他通过朋友掌握了科学养牛技术,借助发达的信息产业和便捷的物流渠道打通了销路,逐渐走上正轨。现在他的黄牛存栏量已经达到了八九百头,还带动十几家村民一起养牛致富。最近听说又要在镇政府号召下成立养牛合作社,发动村民们以多种方式入股,带动很多村民致富。

去年春节,我们又聚在一起,端起酒杯,表哥看着我说:"上学时候我成绩不好,觉得我这辈子就是面朝黄土背朝天的农民了。那时候真不敢想,我赶上了这么好的时代,这么好的政策,我能把握这么好的机遇。"赵说:"说到这个好时代,我也有同感!小时候我一直觉得我不如你们,觉得你们的人生一定比我精彩。现在我不那样想了,这个时代的好政策让我把握住了,我比你们挣钱多,我感觉我比你们精彩!"

我立马拉住他们:"从小我比你们学习好,很有优越感。但是你们俩就比我鬼点子多,这几年你们顺应国家的好政策,致富了,成功了,我确实很羡慕。但我现在是国家工作人员,是一名水文人,参加过好几次大洪水的应急测报,为国家抗洪抢险提供了宝贵的第一手资料;我作为水环境监测部门专业技术人员,参加过多次水污染调查和监测,我的工作为保护水环境、保障人民饮水安全提供了可靠的第一手资料,为领导决策提供了科学依据,我感觉我同样精彩!"

是啊,我们的人生都很精彩!这个伟大时代把我们培养成了不同的人,我们就要在各自的领域发出不同的光芒,这样我们的国家、我们的社会、我们的生活才能更加和谐、更加丰富多彩!

(作者单位:河南省周口水文水资源勘测局)

散文篇

祖国啊！水文人请您检阅

於立新

在欢庆祖国 70 华诞的日子里，全国各族儿女都以优异的成绩向母亲献礼：工人，为您生产优质的产品；农民，为您收获香甜的果实；老师，为您培育鲜艳的花朵……我们水文人呢，则以我们最朴实而又精确的数字编织成的美丽花环，为您献上我们最真诚的祝福。

提起水文人，也曾不止一次地听人说，干水文，最平凡不过了：孤单是你们的工作特点，清苦是你们的生活色彩，默默无闻是你们的真实写照……是的，标尺作伴，量杯为伍，我们确实很平凡，平凡的水文人一样能高抬头颅，高扬脸庞，骄傲地对祖国说：祖国啊，母亲，请您检阅！

这里，讲几个发生在水文人中的感人故事。

郑州水文局有个老站长叫李林有，我们习惯称他老李。老李 25 岁来到基层水文站，一干就是三十多年。不论是枯水期还是丰水期，他每天都要到河边测量水位，从未间断，多少个大雨滂沱、山洪暴发的日子，电闪雷鸣，他身披雨衣，在河上求证准确的水文数据。冬去春来，寒暑更迭，他为国家收集、上报了上万个水文数据没有出现一个差错。2010 年汛期，已到退休年龄的他正赶上郑州下暴雨。雨下个不停，水也不停地在涨，老李带领站上仅有的 2 名职工，昼夜奋战，终于累倒在工作岗位上，当家人和站上职工把他送到医院时，老李还让家人询问雨水情，并再三叮嘱，水文情报一定要准确、及时上报。

老李的故事只是水文人千千万万故事中的一个，在他们身上有一个共同的特点，那就是不论工作条件和生活环境多么艰苦，都时刻牢记党的宗旨，爱岗敬业，勤勤恳恳，为祖国、为人民奉献自己全部的光和热。

2011 年 1 月 27 日下午 4 时，驻马店水文局芦庄水文站站长丁金良同志因突发心脏病倒在了工作岗位上，等同事们发现他时已经永远离开了我们。当时，他办公桌上仅留下了一份刚计算好的流量计算表，一碗还没吃完的方便面和一瓶打开还尚未来得及吃的速效救心丸。丁金良同志参加工作 30 年如一日，长期坚守在驻马店水文局条件最艰苦的溱头河岸边，以站为家，忠于职守，无私奉献，率先垂范，把毕生的精力无怨无悔地献给了他热爱的水文事业。

朋友们，这个故事再一次证明了这样的事实：在我们伟大祖国的版图上，在光荣、正确的中国共产党的旗帜下，只要你心底有份高贵的品性和坚强的毅力，那么再平凡琐碎的职业，再默默无闻的人生，都会有一种灼灼光华照亮大地。

平时，水文情报并不显得多重要。可是，在抗击洪灾的时候，水文情报却是字字千钧，为各级领导正确决策、为减少人民生命财产损失、为夺取抗洪救灾的胜利，起着不可替代的作用。

2010 年河南省长江流域丹江、老灌河、淇河出现了中华人民共和国成立以来最大洪水，南阳荆紫关水文站更是出现百年一遇的特大洪水，洪峰流量达 8790 立方米每秒。栾川、西峡、卢氏等县发生了严重的山洪灾害。在这场与洪水搏斗的特殊战斗中，全体水文职工齐心协力，用实际行动诠释了水文人牢不可破的坚强堡垒、高高飘扬的旗帜、所向披靡的尖兵。及时准确发布水情预报，并在道路被毁、信号中断等条件下，千方百计及时向当地政府发出预警预报，为当地群众的安全转移赢取时间，最大限度地减少了人民生命财产损失。

一位伟人曾经说过这样一句话：在平凡的岗位上，在人们认为没有前途的地方，一样会涌现可歌可泣的英雄。这正是水文人的真实写照。他们虽然清贫，却始终认定这样的信念：三百六十行，行行都得有人干。既然干了这一行,就要为党和人民呕心沥血,为改革发展和经济建设鞠躬尽瘁,为祖国的腾飞和民族富强死而后已!

多么坚定的信念,多么执着的追求。中华人民共和国成立,特别是改革开放以来,水文人更用自己的双手描绘了水文发展的美丽画卷,那一个个破旧简陋、昏暗的旧站房,已变成造型别致、宽敞明亮的崭新楼房。那充满原始风情充满生命危险的一锚多线的测量方式已被自动化标准缆道设施所取代。还有 ADCP 流速仪、计算机信息化的广泛运用,以及现代化高新技术也都支撑着水文的高速发展。同时,水文人的拼搏与奉献,也已获得了丰硕成果与荣誉,受到各级政府部门表彰与嘉奖,这都充分体现了党和国家对河南水文工作的高度认可。作为水文人,我们可以自豪地说,我们无愧于时代,我们用对党、对祖国、对水文的热爱,为党旗、为共和国增光添彩!

在祖国母亲 70 华诞之际,让我们驾起希望的航船,扬起奋进的风帆,以昂扬的姿态自豪地接受祖国的检阅吧!

(作者单位:河南省水文水资源局)

月季花开

王丙申

济水大街的月季花又开了,像两队整齐的哨兵从东到西排列在道路两旁,向过往的行人施着注目礼。是园丁们的巧夺天工,每棵树都能开出数十朵颜色不一的花朵,开在殷红中,绽在朝阳里,红红火火,葳葳蕤蕤,为自己的灵魂撑起一片飘动的彩霞,这已是我来到这个城市见到的第8次花开了。

7年前,为实现河南省水利系统最大的在建工程——河口村水库建设期间的科学调度,保证工程建设时期河道洪水安全运行,需要水文工作做支撑服务。受上级领导的派遣,我义无反顾地踏入了这个城市,组成了第一支应急队伍,很快便开拔进入了离市区近百里的深山之中设立水文站,勘测水文,当时正值月季花盛开之时,给我留下了深刻的印象,等我们工作结束再次回到这个城市已是深秋季节,花期已过,只能静候来年了。

第二年,因水库大坝工程进入到关键时期,水文情报要求及时准确,不管多大水都要做到测得到、报得出、报得准、报得及时。为此我们便在暮春季节又一次开进了深山基地,为安全度汛做各种准备,这一年夏天是我们工作最艰辛的一年,经常性的断水、断电、断粮,给抢测洪峰带来很大困难,断粮时我们只能用涩涩苦苦的野菜充饥,打着手电筒,手摇着水文缆车,坚守在测报阵地。狂风暴雨,电闪雷鸣的夜晚,观测水位,抢测洪峰,及时向河口水库工地报告水情……各项工作都在紧张有序地进行。在水文站安装遥测设备,在陌生河道,寻找最佳断面,探索河流水文特征,摸索水文规律,每测一次流量都要克服重重困难,每一次进步都要付出很大的艰辛,但在我们的齐心协力下，还是抢测到一次次洪水的变化全过程，取得了宝贵的第一手资料。更为可贵的是我们通过艰辛的勘测调查、经过反复计算，推算出了 1982 年的最高洪水位和最大流量，为确保水库施工安全提供了科学的决策依据。这一年也是我们收获最丰的一年，一是实测到了近几年的最大流量，二是根据最高洪水位，拟定出了入库水文断面的水位与流量关系曲线，大大提高了测报效率，为水文服务工作提供了极大便利。这一年也是我们深入基地工作时间最长的一年，同样也是在深秋季节回到济源城，再一次错过了最佳赏花期。

接着便是第三年，因前期工作做得扎实，这一年的工作相对轻松了许多。我们最大的任务就是管理好基地的遥测设备，只要遥测设备正常，我们随时就可获得水位，也就能随时查到流量，我们也很少进山居住，为水库提供水文服务变得轻松而快乐。这使我有机会待在城市里，整个花季，我都会时不时地走在济水大街上，看到了完美的月季花。欣赏每一朵花的芬芳，享受着美好的生活，就在这一年秋季，水库大坝工程如期完工并落闸蓄水了，上亿方桀骜不驯的洪流被锁定在沁龙峡谷，形成高峡出平湖的泱泱景观，山色水滟，灵气初现。烟波浩渺的湖水吸引了成百上千只的白天鹅及其他候鸟来此越冬。积土成山，风雨兴焉，积水成渊，蛟龙生焉，您若驾一叶扁舟，荡泊于波光粼粼的湖面，或挥竿垂钓于涯畔溪边，或举杯小酌于瓮河东滩，都将是一件多么惬意之事啊。

此后的几年，每年花开、每年燕来，水库工程逐渐完善，水文服务也一年接着一年顺利开展，而且服务质量也在逐年提高，从以外业勘测为主的工作转向内业研究，制作了水情信息查询系统、出库洪水在线检测系统、入库洪水预报系统、库区洪水联合调度系统，为以后水库正常运行打下了坚实基础。每每想来，这一项一项地付出靠的都是我们水文人的辛勤智慧和无私奉献的水文精神，就像济水大街的月季一样在阳光照耀下开得愈加灿烂。月季花离不开园丁们的浇灌,水文发展离不开祖国母亲的陪伴。

今年,月季花又开了。我站在城市的街头,目睹着熙熙攘攘的人群和随风飘落的花瓣,莫名的泪水溢满眼眶,这是我从遥远的家乡来到这个城市见到的第8次花开,整整8年了,我也到了知命之年,已是山色泛秋光,点点东篱菊又黄,岁月欺人如此去,空留两鬓霜。然而,我还是更加欣赏关汉卿的《一枝花》:“愿朱颜不改常依旧,花中消遣,酒内忘忧……恰不道人到中年万事休,我怎肯虚度了春秋。”明年,月季花还会如期的开放,她会开的悠闲,开的自然,开的格外鲜艳,开的红透了心,伴随着风雨,一生无悔无怨……

(作者单位:河南省济源水文水资源勘测局)

扎根水文，勇做时代排头兵

左庆科

有一个特殊的行业，叫水文；有一个奉献的群体叫水文人。历史向前，岁月峥嵘，而我作为一名从事水文工作20多年的普通水文职工，共享着祖国繁荣发展的喜悦，也用初心和坚守见证着水文与时俱进的沧桑变革。

一、扎根水文，奉献忠诚

20世纪90年代，我踏上北上的列车，开启我人生首次征程。3年的兵役生涯，重塑了我对世界观、人生观、价值观的认识，部队大院锻炼了一个坚强、自立、自知的我。那是一个春天，我接到驻马店水文分站文函，骑着“28式”直梁自行车沿着洪河堤岸奔赴我人生的又一次开端。这里水清岸绿，树木成排，白云与飞鸟齐舞；这里水天一色，空气清新，小草与虫儿歌唱，喧闹与寂静并存。当我走近一个孤立偏僻小院、看到“五沟营水文站”几个大字的那一刻，我便坚信，这里就是我梦想启航的地方。

日复一日、年复一年，20多个岁月里我不忘初心，坚持学有所成、学以致用，传承和发扬水文人的干劲和韧劲。工作中踏实勤恳，向老同志学习，实践中探索、多动脑筋、磨练自我，让理论知识在实践的土壤里生根发芽。以谦虚的态度，感恩的心，真挚的情怀，让自己更好更快地融入到水文队伍里。将水文人那种朴实无华的形象，坚韧不拔的信念，甘守清贫的无畏，乐观奉献的精神，和我对水文事业无悔的执着与忠诚，深深扎根于我的心中！

时光如水、岁月如歌。祖国在发展，水文在前行，中华民族踏上了实现民族复兴梦想的伟大征程。祖国繁荣昌盛,在不断深化改革“创新、协调、绿色、开放、共享”中波澜壮阔复兴文明。我作为当代水文人,更应坚持“不忘初心、牢记使命”,勇毅担当,坚定理想信念,走好水文事业的长征路。以无我的境界、有我的担当,激流勇进,砥砺前行。

二、与时俱进,新时代带来新变化

跟随时代改革方向,适应“大水文”发展要求,河南省水利厅启动了水文测区改革规范化建设。在驻马店水文水资源勘测局的引领下,西平水文人响应号召、攻坚克难,于2016年12月成立了中共西平水文局党支部、河南省西平水文局。下辖五沟营、杨庄、桂李3个基本水文站与合水、宋集、重渠3个巡测水文站。

西平水文局以党建带水文,有效地把党建工作和业务工作结合起来,利用“三会一课”制度,健全党的组织生活,融合“学习强国”平台,开启“充电”模式,实行党员学习常态化,强化党员干部思想理论武装、积极发挥党员甘于奉献、展现担当的先锋模范作用。

党建工作的引领,推动着西平水文局的各项工作齐头并进。全体职工集中办公,着力改善了生产生活条件,解决了基层测站工作生活环境艰苦、年轻职工找对象难、职工子女就学难等现实问题;人员实现了统一管理,坚持“四随”制度,严格考勤,改变了以前人员地处偏远测站难以管理的现状。通过集中式办公,优化了人力资源配置,实现了人力资源优势互补,推动科学化、人性化、制度化建设,充分调动了西平水文局广大职工的工作积极性和主动性,建立起彼此之间的文明与和谐。每位职工根据自己的优势特长,在各自的工作岗位上尽职尽责、实干实效,发挥出了个人最大的工作潜能。有效地稳定了基层队伍,职工幸福指数和工作信心得到了大幅度提升,职工精神面貌焕然一新,干劲十足。同时也激发了工作热情,提高了工作效率。经过对西平水文局区域内的9个自记井水位计、43个遥测雨量站和2个固定墒情站投资与建设,形成了区域水文自动测报系统,在站网建设、水文监测、水文服务、水文信息化、科技创新、人才培养等方面走在了前端,改革探索发展中取得了丰硕成果。

三、团结奋进,当好防汛测报耳目

为做好防汛测报工作,西平水文局采取了多项有效措施:汛期明确任务,强化责任,落实24小时2人值班制度,分秒不离、硬岗坚守、履行职责,密切监视区域内的雨水情信息,发现降雨量每小时达到50毫米或者日降水量达到100毫米、水情趋势达到警戒水位时,即刻报告地方政府及上级主管单位;遵照测区任务书制定2套以上测流方案和应急机制,周密安排洪水过程中的测、整、报等工作,有效避免缺测、漏测、迟测等现象。

“干旱无雨时水文人当长期坚守,洪水来临时水文人必争分夺秒”,这是水文人的初心与担当。西平水文局职工在王卫东局长的带领下,劲往一处使、心往一处想,真正做到了“走在前、做表率”,越是艰险越向前,担当好防汛测报前哨的重任。

2017年10月,西平水文局遭遇了10年未遇的“秋汛”,这也是对西平测区成立以来的第1次测验作战的考核。十一国庆长假,我和同事们都在期望着汛期过后的休息与放松。可就在这天,西平县及上游区域突发大面积降雨,西平水文局11名职工全部放弃节假日,第一时间回到防汛一线。为确保“测得到、测得准、报得出”,克服人员少、测流断面多的困难,西平水文局按照汛期人员分派计划,或2人一组,或3人一班,有驻站、有巡测、有应急,各司其责,日夜驻守。这次受连续降雨因素,洪水时涨时落,同志们不敢有一丝怠慢,不畏艰难、连续奋战,不仅准确地控制了洪水的水位、流量过程,而且按报汛任务书要求准确地发出水情报文139份,观测水位600余次,施测流量96份,最大洪峰流量99.4立方米每秒,累计降雨量176.3毫米,及时向各级防汛抗旱指挥部门上报了各类水文情报预报信息，为水利工程建设、河道防洪、滞洪区调度、水资源管理及利用提供了科学依据和宝贵资料。

2018 年示范区建设中，西平水文局又改造了 3 个基本水文站自动化缆道测流和声学多普勒全自动测流设备。自动缆道测流系统的投入运行，告别了旧时驱车 100 余公里进行实地用缆道或电波流速仪现场测流方式，改变了从局到站来回奔波的“疲惫不堪”局面，极大地改善了水文测流条件，节省了人力、物力和时间，实现了不下测站，在水文局办公室即可完成水位和流量在线监测，提高了流量测验精度和效率，做到随测算、随整理、随分析及合理性检查与资料成果的评价，确保测验数据及时、完整、准确、可靠，为水文监测方式的改革奠定了良好的基础。

四、保护生态水环境，勇做时代排头兵

水是生命之源、生产之要、生态之基，随着经济社会的快速发展，水对经济安全、生态安全、国家安全的影响更加突出。落实绿色发展，保护生态水环境，更有效地利用水、更科学地管理水，我们水文人重任在肩。

西平水文局按照省水文局任务部署，针对河道控制站断面上下游 500 米内做好沿河两岸非法采砂严格监控，开展专项整治，一旬一暗访、一月三巡查，彻底把非法采砂扼杀在摇篮里。着力配合西平县政府、水利局及河长制成员单位，共同营造“两河一湖”周边河道管理的良好环境和氛围，使乱占乱建、乱排乱倒等问题得到有效遏制，突发水环境事件得以及时发现和妥善处理。如今，西平县河流断面水质、水生态、水环境面貌有了明显改善，饮用水水源地、安全保障全面落实，基本实现“水清、河畅、岸绿、景美”的水生态目标。

水文信息是经济社会发展不可或缺的基础性、资源性、公益性信息，关系到发展的质量和效益，以及人民群众的生命财产安全和生活水平的提高。新时代新使命，我们仍然需要激发斗志，为水文

事业发展添加新鲜活力，共同构建一幅“社会水文、绿色水文、智慧水文、人才水文”的美好蓝图，勇做新时代排头兵！

（作者单位：河南省驻马店水文水资源勘测局）

梦回双洎河

王瑜勳

酷夏深夜,睡梦中依稀听到小雨敲打窗棂,我一个激灵坐了起来。盯着玻璃窗上稀疏的雨点痕迹,怔怔地想,哦,我已经不在水文测站这个岗位上了。

那就继续睡吧。迷迷糊糊中,自己仿佛站在另一个酷夏深夜小河边的石阶上,探照灯笼住河心的测流船,头顶有闪电撕裂天空,耳边有电铃不时鸣响,不断上涨的河水漫过脚面,瑞瑞紧紧靠着我,撑着伞努力地遮住我的头顶,我将记录夹护在怀中,透过雨帘望向测流船上的站长和毛毛,竖起耳朵,仔细聆听他们夹杂在大雨和水流的“哗哗”声中简洁有力的声音“垂线 1,深 1.6 米,历时 100 秒”……我知道,我又一次在梦中回到 15 年前的双洎河旁,又一次重温“海棠”台风过境时和同事们深夜测流的场景。

15 年前的仲夏,初出校门 20 岁的我来到新郑水文站报到,一段小河沟,两座红顶屋,墙头有小草摇曳,偶尔还有松鼠停留嬉戏,河滩芦苇丛丛,野鸭只闻其声不见其影,这一切在年轻的我的眼中充满了野趣。站长是个壮硕的汉子,热情地迎接了到来的 3 名年轻人,褐红色的脸上挂满了真挚的笑容。我们 3 人很快打成一片,搭伙做饭,采购生活必需品,溜进西亚斯学院打球,漫长的夜班时用报纸练习毛笔字……很快,我们便厌倦了,这里人烟稀少、没有网络、出行不便,我们更爱溜去西亚斯了,哪怕在操场边坐着发呆,好像自己还在大学里不曾毕业。在城市长大的我们失去了热情,连饭也不做了,直接买些饼干面包囤在那里。站长对我们很是无奈,一遍遍强调着安全,每顿饭都多做一些,叫我们去吃。真是怀念站长榨的辣椒油啊！热油泼进红红的辣椒面，一股辛香直蹿脑门。

是什么时候我不再娇气了？我夏天给妈妈打电话“外面河里的野鸭会发出笑声啊，每天晚上哈哈大笑，我害怕，睡不着！”冬天在电话里抱怨“妈，你快来给我送个厚被子吧，一盆水放在卧室也会结冰啊！”似醒非醒的梦中，我看见初晴的早晨，我和同事们踩着烂泥翻过河坡去一块麦田里监测墒情的身影；我看见盛夏时天刚放亮，站上所有人就开始在观测场除草，给蒸发皿换水，拿铁锨平整院内土地，站长爱人给我们每人端出一碗面条，我们蹲在地上大口吃饭的时候，热辣的阳光罩住了我们额角滴落的汗珠和端着碗也微微发抖的手；我还看见自己坚持练字的回报，观测路边、测流船上，我用红漆写下大大的标语“防汛重地、注意安全”“防汛设施、请勿毁坏”，整齐美观。第一次参加水准点校核的时候，我的任务是记录计算，我很激动，学习的知识将得到检验，我告诉自己，要准、要快！两天的测量结束了，结果符合测量标准要求，大家都很高兴，商量着吃点什么，放松下来的我，眼前一黑栽向地面，那一瞬间，我其实是想大喊“我做到了！我可以！”

是什么时候我的身份带给我强烈的自豪感？半梦半醒间，我看到高中的几位好友来站上看望我，她们想不通我为什么留在这里，问我靠什么度过一成不变的日子。“你们可知道我守的这条河叫什么？双洎河！双洎河是溱水洧水汇流而成。‘具茨巍巍，溱洧泱泱’，溱水洧水是黄帝的儿子玄嚣和昌意的葫芦里流出来的，是我国古代历史文化名河。双洎河最后汇入贾鲁河，这里还有关于名叫贾鲁的人的故事你们又知道吗?”“郦道元编著《水经注》，徐霞客找到长江正源是金沙江，大禹治水三过家门而不入，李冰修建都江堰留下‘遇弯截角，逢正抽心’的八字治水格言。李某虽不才，愿为水文添砖加瓦，一生相伴……”我看见自己在友人面前滔滔不绝，我听见自己的声音激荡于胸。

是什么时候我变成更好的自己？我答不出。但我衷心感谢自己能在疲累时、迷惑时常常梦回双洎河,回顾年轻的岁月,寻找自己的初心。我感谢那个患了眼病包着一只眼睛还伏案整编资料的自己,我感谢那个在大雨倾盆的夜晚因担心自记雨量器虹吸不了而一遍遍跑去观测场的自己;我感谢亦父亦师的站长,传授我工作经验,带我走过人生的转折,我感谢如兄长姊妹的同事,陪伴我共同历练,一起成长。

梦回双洎河,多少次惊醒在这里——河道漫滩了,白天几米宽的河流夜里变成了近 100 米,站长和毛毛在测流船上,瑞瑞和我站在岸边,水位还在上涨,测船在水面飘摇。忽然,不知是测流船被什么漂浮物撞了一下,毛毛脚下一滑,大半个身子落入湍急的河中!看着他扒着船沿往上爬的身影,我的嗓子像被一只大手紧紧攥住,恐惧第一次清晰地布满心头。这件事我们在之后的 15 年都默契地选择了从不提起,但确实是从那之后,我们的想法和行为都发生了一些变化。我们接受了危险,同时也接受了责任,双洎河边,我们完成了成长和蜕变。

水文技术日新月异,我们建成雨量遥测站网、实现地下水水位自动监测,使用手持北斗报汛机拍报、操作 ADCP 和电波流速仪测流,使用实时即插式仪器测土壤含水量,遥控无人机侦查水面,利用 GPS 和全站仪测量……新仪器的使用让工作效率大大提高、危险性大幅降低,但是我知道,水文人从不怕危险,从不惧困难,遵循着自己的本心,践行不变的诺言。

雨声渐大。雨丝从窗纱钻进来,带着泥土的气息。醒来吧!水文人怎可能在雨声中熟睡!雨声就是“战斗”的号角,唤醒写入基因的兴奋。

拿出最好的状态,深吸一口气:“雨,我来了!”

(作者单位:河南省郑州水文水资源勘测局)

见证河南水文的变化

陈宝轩

水是人类生存与发展不可或缺的物质，水文是研究探索水质、水量时空分布及变化规律的科学。中华人民共和国成立70年来，随着祖国的繁荣昌盛，河南水文事业也同步卓越成长。

我是1962年8月初走进水文队伍的，几十年来，从20世纪60年代初的漭河径流实验站开始，相继从事过水文野外观测、资料分析整理、水资源调查研究、水文技术管理等工作，见证了中原水文一步步地发展变化。

水文的测验设备，是收集水文动态变化的重要手法和工具。解放初期是靠人力，最早时候下河测流还要过小河道测流量光屁股下到水中，大中河道流测洪水靠浮标的经历。随着科技的发展，测验方式也更新到吊船索、索道、流速仪测流等，到今天，水文基础设施更是发展到用上了先进的遥测自动化系统。

20世纪60年代我在漭河径流实验站，为收集不同地形高程的降雨量，在山下、山腰、山上设雨量站对比现测，山上用的是当时最先进的“7日自记雨量计”，我们每周都要上山换自记纸。为了防止野兽袭击伤害，我们还随身带上斧头。五六十年代交通、通信比较落后，在漭河打个电话靠手摇，水情图靠手工填写绘制。现在有了网络，有了遥测系统，坐在办公室就可以看到雨量变化和雨水情信息。水文也插上了科技的翅膀，对洪水调度是何等方便！

几十年来，水文人不畏艰险、奋勇拼搏，特别是在暴雨洪水中，在极其恶劣的环境下，要测得到、报得准，涌现出许多感人的英雄模范人物。20世纪50年代省水文系统就有劳动模范李芳清同志，受到毛主席等党和国家领导人接见,这是何等的荣耀!70年代有唐忠源同志抢测洪水英勇牺牲、追认为革命烈士。尤记在1975年8月洪汝河特大暴雨洪水中,王功顺同志在通信中断,得不到上游雨水水情信息的情况下,凭着自己丰富的水文工作经验,提前5个小时预报薄山水库洪水水位要超过坝顶,并将险情及时向薄山水库管理局汇报。万分紧急的情况下,上级部门及时决断,调动当地驻军,军民一心,日夜奋战,保住了大坝安全,保障了群众的生命财产安全,避免了一场巨大灾难。

几十年来,河南水文不仅在水利建设中起到了"耳目尖兵"的作用,通过对水文资料的整理、分析,更涌现了不少科技成果:20世纪70年代就出版了《河南省水利工程水文计算常用图》,80年代出版《河南省洪水调查资料》《河南省水资源调查评价研究》等。几十年来出版各种成果几十项,这些成果不仅获得了省部级、厅级科技进步奖,还为农业区划、水利工程、城市规划、道路建设、桥梁设计等经济建设领域提供基础资料。同时,水文资料也为子孙后代认识自然、了解水的自然规律提供重要依据。

如今我早已经光荣退休,作为一名水文老职工,我对自己终生为之奋斗的水文事业无怨无悔。我也相信,河南水文人一定会不忘初心、牢记使命、继续奉献、勇往直前,河南水文的明天更美好!

(作者单位:河南省水文水资源局)

夕阳那边

马　勇

那是一个夏季的傍晚，太阳就要落山了，落在寺山的那一边，鹳河大桥上铺满了金光。

一个年轻人骑着一辆永久“28型”加重自行车，载着一袋面粉，走在洒满阳光的大桥上。风带着暑热，年轻人一边挥汗如雨一边哼着那首刚刚在收音机上学会的、风靡全国的台湾校园歌曲《踏着夕阳归去》“远远的见你在夕阳那边，打着一把碎花阳伞……”，眼前的景象与歌中的描绘还有年轻人的心境是如此的一致。桥上行人稀少，只有附近的山民赶着牛踩着暮色回家，偶尔听见小牛不耐烦地叫几声。望着快要落在寺山那边的夕阳，年轻人想象着山的那边是什么样，山里面有没有住着神仙。

顺着河边的土路吃力地往前骑行。寺山下游几公里处的山坳里，竹林婆娑掩映中，坐落着一个小院，一排简陋的瓦房，几个石凳，这就是国家重点水文站——西峡水文站。年轻人刚刚参加工作来到这里。前两天的一场洪水过后，站上厨房的粮食也快见底了。天晴了，水落了，年轻人自告奋勇去10公里外的街上采买粮食。雨后的土路很是亲热人，每骑一段，年轻人都要下来用随车携带的木棍刮去车胎上泥巴。这辆车有好几年了，是站上唯一一辆公务车，检查雨量站，采购生活用品，闲暇时间偶尔去逛逛街，都是用它代步。听老站长说，这辆车还是因为西峡水文站是国家重点站才给配的，有些站还没有这个待遇呢。

一脸的汗水，衣服都贴在了身上，终于到家了。站上同志接过自行车，搬下面袋，有的忙着和面，有的忙着烧锅，热闹地准备着晚饭。忙碌好几天了，没有好好吃过一顿饭，洪峰过去了，大家该好好吃顿晚餐了。年轻人一边嗅着厨房飘出来的香味，一边夹着观测记录本向河边走去。将近 20 点，该观测水位了。

2 天前的这场洪水是年轻人参加工作后遇到的第一场洪水。鹳河发大水有个特点，既有山区河流陡涨的特性，还有平原河流落水慢的特点，一个洪水过程要三四天才能平稳。那天下午，上游天空霹雷闪电，随着阵阵雷声隆隆传来，雨情电话也急促地响起，米坪、蛇尾、丁河多个雨量站纷纷报来暴雨加报。老站长站在电话机前，望着窗外的河水，心里默默地计算着洪水经过本站的时间，同志们也都紧张有序地准备着流速仪、采砂瓶，而年轻人跟着忙前忙后的过程中竟然有一种隐隐的兴奋。他希望看看洪水的模样，看看是怎么测得到、报得出、报得准呢，他盼望参与到与暴雨洪水的战斗中去。

临近 18 点的时候，根据预报洪水开始起涨了。站长一声令下，抢测起涨流量。大家迅速行动起来，上船的上船，装仪器的装仪器，年轻人则搬个小凳子坐河边记录相应水位。测流开始了，随着一根垂线一根垂线测下去，木船也一点一点地滑向河心，这时候河水上涨很快，并快速地向两边蔓延，河边也坐不住了，年轻人一边后退一边记录着水位，远处船上流速仪信号器发出短促的“滴滴”声，站长在船上还不时大声喊话，现在水位如何？慢慢的河水汹涌起来，流速明显加快，吊船的钢索绷得笔直，流速仪旋桨飞速旋转，站长命令用简测法缩短测流历时，快速抢测。时钟滴答滴答地走着，平时半个小时很快都过去了，今天只觉得秒针走得太慢太慢。终于，左岸最后一根垂线测完了，测船迅速回归向右岸驶来。靠岸了，就在这短短的回船时间里，工程师已经计算出相应流量了。下了船，站长一边叮嘱泊好船，一边快步向办公室走去，拟好报文迅速通知报房，一组组信号随着电波传到了南阳，传到了郑州，传到了武汉，传到了北京。

入夜后的鹳河已经不再是平时温顺的模样，变得狰狞起来，浊浪滚滚，滔滔的河水裹挟着大量花生、玉米、南瓜甚至大树等漂浮物顺流而下。

草草吃过晚饭，站长告诉大家，今晚不休息。根据河水的涨势，抢测流量时机不超过 2 个小时。近 22 点，点绘水位过程线显示，峰腰测流必须开始。但此时浪大水急，上船测流已经危险，当即启动缆道测流方案，随着缆道计数器数字的跳动，一组组数据记录下来，计算、校核、复核、上报一气呵成。凌晨 2 点，洪水接近峰顶。漆黑的雨夜里，雷声、雨声、山林的呼啸声交织在一起。在探照灯的照射下，只有测验断面河段有一小片光晕，光影以外，伸手不见五指。水文战士顺着昏黄的光影，一趟一趟奔跑在河边与办公室之间，测流量、取沙样、看水位马不停蹄，蒺藜扎破了脚趾，顾不上看一眼，雨水蒙住了双眼，擦一把继续奔跑，渴了喝口水，饿了啃口凉馍，身上的衣服湿了干，干了湿。大家只有一个念头，一定要抓住洪峰，完整测到宝贵的水文资料，一定要及时报告水情，为下游人民的生命财产安全提供可靠数据。

经过两夜一天的奋斗，洪水终于失去了它撒泼的动力。慢慢的洪峰过去了，水势开始平稳下降了，我们也疲惫了。经过计算，我们完整测得洪峰全过程，实测洪峰流量 3800 立方米每秒。

岁月悠悠，经历了无数次洪水的年轻人也长出了白发，也成长为一名工程师，这个年轻人就是当年的我。

这是我经历的第一场洪水，那时的场景到今天还历历在目。

这么多年过去了，经历了多个岗位的历练，我也变得成熟了，水文设备与技术也有了日新月异的进步。计算流量从手拨算盘变成了敲打键盘，浮标测流从手势加嗓子吼传递信号变成视频直接读数，山洪预警系统在我们的电脑上及时传递。当年的自行车早已成为历史，现在停放在白墙红瓦办公楼前的是装备 ADCP 的测流车，还有同志们的私家车。过去的雨天“水泥路”晴天“扬灰路”也早已经被柏油路面代替。

时光荏苒，沧桑巨变。水文已经不是过去只需积累资料提供基础服务的水文了。大水文大服务，不断向纵深发展，水文基础工作扎实开展，为国民经济发展提供可靠的支撑是我们新的奋斗目标。2018年的春天，习总书记走进长江城陵矶水文站，极大地鼓舞了水文人，新时代的治水方略对水文人提出了新的要求。不忘初心、牢记使命是水文人不懈的追求。

现在的鹳河上已经建成了5座大桥，当年的鹳河大桥已经不允许大车通行，它老了，满身的沧桑。可它还是雄伟地跨在鹳河上，经历几十年风风雨雨，见证了老鹳河无数次洪峰。今天，站在这斑驳的桥面上，望着对面巍峨的寺山，脑海里又响起了那首“远远的见你在夕阳那边……”。

（作者单位：河南省南阳水文水资源勘测局）

水兴中原景色新

李　黎

在每个人的心中,都有着一个绿色的家园梦;在每个游子的思念里,都萦绕着一份挥之不去的故土情。家乡的山,家乡的云,还有那穿山过峡东到海的家乡水,交织出一幅幅大美的故园图,也渲染了诗人笔下千年不朽的诗篇。"空山新雨后,天气晚来秋。明月松间照,清泉石上流。"这,是陕西终南山的水色旖旎;"日照香炉生紫烟,遥看瀑布挂前川,飞流直下三千尺,疑是银河落九天。"这,是江西庐山的飞瀑奇观;"落霞与孤鹜齐飞,秋水共长天一色",这,是南昌赣江的秋光荡漾;"日出江花红胜火,春来江水绿如蓝。"这,是江南春暖的景色繁华。阅尽千帆,老家河南。我的家乡河南省,地跨长江、黄河、淮河、海河四大流域,全省境内仅流域面积在100平方公里以上的河流就有490多条,更有那九曲蜿蜒、奔腾咆哮的"黄河之水天上来,奔流到海不复回",万千年就着四季的风,在我脚下这片中原热土上千洄百绕,大气磅礴。

人常说,山川秀美,关键在水。水涨水落间,动静斑斓,美轮美奂。作为文明发祥地的河南,奔腾不息的河流不仅孕育了这里的钟灵毓秀生息繁荣,也带来了频发的水旱灾害。追忆往昔,黄河夺淮中原河殇;曾几何时,遇涝洪水成汪洋。水,是生命之源、生产之要,更是生态之基。中华人民共和国成立70年来,河南水利事业蓬勃发展,无数河南水利人围绕着兴水利、除水害的主题,围涂造田,兴塘建坝;掘江浚河,治湖筑库。破自然之天险,旱、涝、汛兼治;凭地理之造化,蓄、引、排并举。筑建人工天河红旗渠、开创全国样板五化堤防、丹江水北调、建设小浪底……在探求人水和谐的征途上,树起了一座又一座的里程碑。

河南是农业大省，也是境内河湖众多的水资源大省，随着社会的发展、城市化步伐的加快，地表水污染、地下水超采、湿地萎缩、河湖断流等水环境问题日益严重。群众对水的需求从过去的“盼温饱”，到现在的“盼环保”；从过去的“求生存”，到现在的“求生态”。优美的水生态环境，成为群众心中迫切的渴盼。

2014 年，习总书记提出了“节水优先、空间均衡、系统治理、两手发力”的治水思路；党的十九大报告，再次强调了人与自然和谐共生，“绿水青山就是金山银山”的科学论断。河南省委、省政府深入贯彻党的治水兴水新方略，将发展资源水利和生态水利，作为打造美丽河南的战略谋划与前提条件。从 2014 年开始，河南省启动了“水美乡村”创建工作；2015 年，河南省人民政府发布了《河南省碧水工程行动计划》；2018 年 9 月，省政府再次印发了《关于实施四水同治加快推进新时代水利现代化的意见》，从解决河南当前和长远发展大计出发，加快实施水资源、水生态、水环境、水灾害的统筹治理，实施四水同治。坚定地走在实现“天更蓝，山更绿，水更清，生态环境更美好”的水环境治理道路上，全面开启了新时代河南水利现代化的新征程。

生态文明让河南更美，水润绿城助中原振兴。近年来，河南省在百城建设提质工程中，提出以水润城，修复城市生态系统。全面推行河长制，打造生态水系，治理水污染，水生态保护成效斐然。

渑池县刘庄迈开对畛河生态清洁型小流域治理的步伐，建成各类供水工程 259 处，覆盖人口 24 万，脱贫致富，打造出魅力畛河、最美刘庄的全新形象；商丘市通过修复、改造黄河故道生态环境，在缺水严重的豫东地区成功创建了 6 个国家水利风景区，累计创收 24 亿元，成为推动当地经济健康发展的生力军；漯河市建设的沙澧河生态水利一期工程，在两河四岸 36 公里范围内，形成了融自然性、生态性于一体的绿色长廊，“一城春色半城水，两河四岸景醉人”；郑州市自2016年起,将贾鲁河作为郑州市生态水系头号工程重点治理,融河道治理、生态绿化、截污纳污和水源工程为一体,沿贾鲁河建设六山、六湖、六岛、九岭、十二园,将问题河变成了安全河、生态河、幸福河。

同时,河南水利枢纽捷报频传,灌溉面积飞速发展,农村饮水安全实现全覆盖:小浪底水库、燕山水库等大型水利枢纽工程建成运行,成为江河安澜的工程保障;人民胜利渠引黄灌区、新三义寨引黄灌区等灌溉工程配套设施日益完善,粮食安全有了水利保障;平顶山、漯河等地改造提升农村饮水安全工程,让水利充分发挥了生命之源的作用;南水北调中线工程两次实施生态补水,“一渠清水润民生”,改善了沿线的水生态环境。河南省持续开展的“水美乡村”创建工作,以“河畅、水清、岸绿、景美”为目标,保水培土,用水生态文明建设助力社会主义新农村建设,至2018年,共评选水美乡村61个。通过实施水土保持工程,使4万多平方公里水土流失面积得到有效治理,将跑水、跑土、跑肥的“三跑田”,变成了花果山。“一河清波,两岸绿色,鱼翔浅底,鸟语花香”装点了家园梦;“水清水美,水通水畅,水韵水乐,人水和谐”,扮美了大河南。

中原自古多人杰,历代治水写辉煌,“蓄泄引排”方未艾,“四水同治”谱新章!新时期河南十大水利工程项目的科学规划,为我们铺开了宏伟的蓝图,减少水患、增加水源、修复生态、完善水网。在家乡这片充满希望的土地上,是新时代生态文明的号角在吹响,是新征程水利发展的脚步在铿锵,山川锦绣家国梦,水兴中原景色新!

(作者单位:河南省新乡水文水资源勘测局)

三代人的水文情怀

王亚楠

70年的沧桑巨变，中华民族如沐春风。70年的悠悠岁月，姥爷、妈妈和我，三代水文人跨越时空的传承，见证了祖国的繁荣发展，也见证了水文职工甘于奉献、玉汝于成的初心。

姥爷是中华人民共和国成立初期的第一代水文人，为了响应毛主席“一定要把淮河治理好”的号召，千里迢迢从浙江诸暨来到河南南部偏远山区支援水利建设，先在鲇鱼山水库、潢川水文站工作，后扎根到裴河水文站直到退休。听妈妈讲，那时候姥爷和站上同志们常常拿着手电筒蹲守在河边看水位，测流量，在煤油灯下算流量，一晚上下来鼻子总是黑乎乎的。我记事时，姥爷已经退休了，记忆中姥爷总是抱着我在河边的水尺旁玩耍。每到大雨时，也总是会担心站上的同事，尽自己所能帮助他们做一些工作。

1985年，妈妈也加入了水文队伍，分配到裴河水文站。一到下雨天妈妈就急匆匆地往站上赶，不管白天黑夜地忙碌着！记忆中，那时的水文站大院里只有6间小平房，平房后山上建着缆道房，缆道房旁放着200千克重的铅鱼，山洪暴发时，就看着叔叔们奋力地摇动着缆道将这个大家伙带着流速仪与肆虐的山水共舞。依稀记得在我6岁的时候，那是一个滂沱大雨的黑夜，已经晚上10点多了，看到雨越下越大，妈妈拿起雨衣对我说“宝宝，妈妈要去站上了，你自己在家乖乖睡觉等我回来”，转身就消失在了雨夜中。那时候爸爸也外出工作不在家，我一个人躲在被窝等着妈妈回来。过了好久，妈妈也没有回来，等来的是隔壁阿姨接我去她家住，再见妈妈已是3天后的医院里。后来才知道，妈妈赶往站上的途中出了车祸，幸好被住在马路边的人家发现,把妈妈送去了医院。在医院里妈妈昏迷了三天三夜才醒过来,后来,当我问起妈妈怕吗?妈妈说:这是我一个水文职工的工作,我无怨无悔。

2009年毕业后,我也有幸成为一名水文人,成为小潢河上的守水人。坚守着老一代水文人的初心,传承着老一辈水文人的奉献精神,我踏实认真地工作在自己的岗位,每天做着最基础的水位、雨量观测和流量测验。虽然很单调,但看到一组组的数据收集成册的时候心里就多一份自豪。小潢河发源于新县万子山脉,位于大别山区腹地,鄂豫两省交界地带,山区丛林密布,雨量点分布较多,很多雨量站点更是分布在深山老林里。每到3月份我们去检查雨量站点时,站长就会给我们讲过去老一辈检查雨量站点的事情。他告诉我们过去检查雨量站点要自己带上干粮,很多都是山路,一走就是一两天,晚上回不来就只能借宿在老乡家里。走在深山的小路上,方圆几里更是连一个人影都看不到,四面环山,山路错综复杂有时翻山越岭走了大半天才发现走错了路,又得重新进发。

岁月如歌,社会发展了,国家富强了,水文事业也蒸蒸日上!还是那些山,还是那些站点,但曾经的蜿蜒小路,变成了村村通的水泥路,站上配备了防汛车,曾经需要一两天才能到达的雨量站点,现在一两个小时就能到达;曾经需要十几天,大半个月才完成的汛前检修任务,现在几天就能按质保量地完成。

互联网的迅猛发展,自动化遥测雨量计的安装,不用风餐露宿、翻山越岭,我们坐在办公室就能实时了解降雨量的分布。ADCP流速仪、电波流速仪等先进测流设备的应用,更是代替了手摇绞车,在洪峰抢测中更省时、更省力。曾经矮小的水文站房,如今都是一栋栋的小楼矗立在江河湖畔边。

流淌的是岁月,不变的是初心。要问我水文人的初心和使命是什么?坚守在江河湖畔,记录好每一时刻的水位,测好每一次流量,及时向上级发好每一份水文情报是我们水文人的初心,为人民的生命财产安全保驾护航是我们的使命。

2016年6月30日到7月1日的那场大洪水还历历在目，当时全新县58个雨量站点平均降雨量135毫米，点雨量超过200毫米的站点就有8个，强降雨导致了多个河流水位急速上涨，县城的小潢河水位暴涨，我们全站人员昼夜奋战在抗洪一线，时刻盯着河水在水尺上的刻度变动。黑夜中汹涌的洪水在咆哮，因为我们是山区性河流，水草众多，不一会水草就把水尺团团糊住了，就需要我们拿钉耙下去把他们拽掉，来来回回要清理上好几次才清理干净。3名同志在大桥上连续测流，饿了就拿点心啃几口，还没有吃完看到水位上涨又要上桥测量，回办公室才发现全身湿透，已不知是雨水还是汗水。当时怀有5个月身孕的我也从没有把自己当特殊对待，和同事一起测流量。降雨量1小时超过50毫米站点及时报给县级防汛办。经过全站同志的共同努力此次降雨过程测得洪峰水位84.48米，洪峰流量1280立方米每秒，水位居建站以来的第三位，流量为第二位，为县级水利部门提供了有利的防洪依据。

曾经艰苦的岁月已随时光远去，最大的幸福莫过于“长大后我就成了你”。姥爷不顾个人利益，舍小家为大家，默默奉献的水文情怀历久弥新，妈妈用认真负责的态度延续着又一代水文人的传承。如今我，以第三代水文人的风姿傲立风雨，担负起与国同梦的使命。

（作者单位：河南省信阳水文水资源勘测局）

颂水文·庆华诞

宋小鸥

70 年的风雨兼程,说不尽的坎坷沧桑;

70 年的风云巨变,道不完的伟业辉煌;

70 年前,中华人民共和国在烈火中涅槃重生!

俯首沉思,坎坷几多。曾经,您似一头睡狮,听任了岁月的磨砺,但又不为之低下身躯;您经历了痛苦的洗礼,但却感到了奋斗的欣慰;您经历了等待的寂寞,但却收获了成功的喜悦。您是英雄!雷霆之所击,您无摧折;万钧之所压,您无泯灭!

21 世纪,您在全面深化改革、大力改善民生、生态文明建设等方面都取得了傲人成绩。高铁万里、嫦娥登月让我们由衷赞叹中国科技的腾飞;港珠澳大桥飞架南北,天堑变通途,更是令世界为中国奇迹和大国工匠精神而惊呼!

河南水文是新时代下万千建设的一个缩影。中华人民共和国成立以来,从萌芽到成长,从落后到进步,牢固树立大水文观,实现了历史性跨越。由 1919 年河南省各类水文站点 7 处,到 2010 年的 4275 处,再到如今的 8708 处,基本建成种类齐全、密度适中、地区分布基本合理的水文观测站网体系。水文的基础设施建设日益完善,服务能力全面增强,改革发展进程扎实有序,为全省防汛抗旱、水资源管理、水环境保护、水土保持等工作提供了良好的服务,为保障社会稳定和国民经济快速发展做出了重要贡献。

我是一名水文新兵,第一次测流取沙、第一次断面测量、第一次遥测站检修,我积极学习和参与。从测深、取沙到仪器设备的使用,前辈们都手把手认真传授。这一刻,我深深体会到了水文人的敬业和同志们互帮互助的温暖。工作时,无论是烈日当空,酷暑难耐,亦或是凄风苦雨,寒气逼人,大家都毅然坚守,各负其责,有条不紊地测取每一组水文数据,用娴熟的动作展示着水文工匠精神的所在。每次测验过后,阳光晒红了我们本就黝黑的皮肤,风吹皱了脸上的皱纹,但他们却乐此不疲,任劳任怨,每一个人身上都展示着"团结、求实、奉献、进取"的新时代水文精神。我深深为自己成为水文人而自豪,并在心里默默立下誓言,努力成为敬业的水文人,在岗位上发光发热。

时光荏苒,岁月如歌。时代在变化、国家在发展,而水文也一往直前。随着改革开放的不断深入,水文从眼观手测到自动采集,从电报传输到全网覆盖,从人工计算到智能整编,从数据支撑到产品服务,实现了由传统向现代的华丽转身。万丈高楼平地起,水文事业再辉煌。而这些成就离不开的是水文人日夜坚守、辛勤付出、无私奉献的情怀与担当。

水文的发展离不开国家的发展,国家的发展更离不开党的领导和人民的拥戴。新时代,新征程,新思想。新时代意味着新起点新要求,新时代呼唤着新气象新作为。

"十九大"为党和国家的未来勾画出新航标,行路艰辛、道阻且长,同是一番沧桑,同是一番巨变,我们选择迎难而上!在新时代中国特色社会主义思想引领下,水文人且以踏石留印、抓铁有痕的劲头,承袭"依水而生,因水而兴"的光荣与梦想。

"静静的绽放,默默的芬芳,

把一生扎根在山高水长。

我们像繁星,镶嵌在共和国蓝图上,

山高路远,坚强守望,见证江河的消消涨涨。

与水呀为伴,为水呀奔忙,将汗水融入雨雪风霜,我们像哨兵一样，坚守在风口浪尖上。
雨打风吹，一如既往，预测水势的闲闲忙忙。”

（作者单位：河南省焦作水文水资源勘测局）

唐白河畔守水人

卞黎明

生而逢时，作为90后大军的一员，我们在成长过程中享有改革开放的红利，目睹祖国国力日渐强盛。那一年，站在党旗下，我庄严地宣誓，我志愿加入中国共产党！那一刻起，爱党、爱国、爱人民就在我心里时时刻刻地铭记。

大学毕业后，我有幸成为一名水文新兵，加入了水文这个服务祖国服务人民的行列中。我曾耳闻，水文人要忍受贫苦与寂寞，要放弃功利与诱惑。当我真正地干上水文这一行，我才真正地懂得了水文，懂得了水文人。

从老一辈水文人的讲述里，从保存下来的珍贵影像中，从我亲身参与的那些与风雨搏击的过程里，一点一滴，我看到了水文人在暴雨洪水面前的无所畏惧。

2010年7月22日至25日，丹江流域出现连续强降水过程，支流武关河、银花河流域等处遭遇特大暴雨，致使荆紫关水文站出现了1951年建站以来最大洪水，抢测洪峰最大流速7.14米每秒，实测最大流量8790立方米每秒。风疯狂地撕扯漫天乌云，乌云澎湃起雷声。闪电吐出铮亮的蛇信，刺破黑暗也划过堤岸。铅鱼在河水里翻涌，为保全我们的水文设施，水文职工们不顾自身安危毅然涌入激流，高达一两米的浪涛，把他们时而推上浪尖，时而抛下谷底，水中那两个“橘红色”的点几度消失，几度重现。仅是通过影像资料，我都不禁为他们捏了一把汗。当险情解除，安全回到岸边的他们，已是浑身伤痕累累，看着那被水中漂浮物划出的密密麻麻的血痕，泪水涌上了眼眶……

作为水文人,能测到百年不遇的洪水是我们的荣幸;能报出洪水的完整过程是我们的骄傲;能把涨水信息提前 8 小时预报,做到无 1 人伤亡是我们最大的欣慰!

水文人,就是这样的勇敢,就是这样的无畏,同时,也是这样的执着。

米坪站,是一座普普通通的基层水文测报站。它远离城市,坐落在一个小山坡下,一条清澈的河流,满目皆翠的青山,以及一方被山圈烘托着的小片蓝天,便是小站全部的风景。

小站的主人,20 世纪 80 年代郑州水校毕业,从繁华城市来到这偏僻的小站,算来已经 30 多个冬寒夏暑了。夜已深,雨正酣。“滴铃铃”短暂急促的闹铃声骤然响起来,时针已指向凌晨 1 时 30 分。他挎上装有水位纪录簿的包,任雨点凶猛地敲打着雨伞,踩着泥泞的土路,来到了河边的水尺旁。雨越下越大,水位急升,奔腾的河水,像流淌的五线谱,以铿锵的音符敲击着他的心坎。他注视着洪峰浊浪,一次又一次地测流,汗水和雨水,智慧和胆识凝成了闪光的数据。

一条河,一个人,一堆数字,这就是他日常生活的内容。这里没有节假日,没有热闹喧嚣,有的只是日复一日的寂寞枯燥。

坚守是无味的,但这,就是我们水文人治水兴水的沉甸甸的重任和质朴又炽热的梦想,就是这样的平凡才奠定出伟大,就是这样的普通才铸就出辉煌。

屹立的房屋是河畔小小的水文站,摇曳的灯光是那不辱使命的天职,无畏的前进是支撑生命的防线。

2018 年 7 月 27 日下午 3 点,我所在的南阳水文测报中心接到市局水情科指令:南阳市宛城区金华镇来唐村突发洪水,村庄被淹,村民被困,政府正组织力量抢险,急需测报涧河流量数据,命令南阳水文测报中心突击队火速支援。灾情十万火急,汛情刻不容缓,测报中心突击队按照测洪预案,带齐 3 套测流设备,飞速赶往来唐村。

当测流车行至距来唐村 2 公里时,前方道路已经被漫流的洪水淹没,既看不见路,也不知水深浅,如履薄冰的又向前行进了 1 公里,突然,我们看到前方一辆消防车抛锚在深水中,见此情景,我们立即停车,所有队员全部下车,肩扛手提测流设备,涉过齐腰深的水赶往来唐村。

历经跋涉,测报突击队于下午 4 点半到达现场,看到的是一片白茫茫,河水肆意横流,村庄变成了一座孤岛,混浊的河水翻腾着咆哮着,河上仅有的一座小桥也被洪水淹没,第一测洪预案桥测车测流无法使用,突击队果断采用第二预案 ADCP 测流方案。为减少船只影响,提高测验精度,我们利用冲锋舟将突击队员投送到两岸高地上,由两岸队员同时用绳索牵引 ADCP 横渡河流断面测流,到下午 5 点,实测涧河洪峰流量 160 立方米每秒;5 点半,洪水开始下落,6 点实测河道流量 102 立方米每秒,7 点实测河道流量 81 立方米每秒,晚 8 点实测河道流量 54 立方米每秒。每实测一份流量,立即发报给市抢险指挥部、市防办、市局水情科,为防汛抢险救灾提供了强有力的水情信息支撑。

70 年是一部美丽的史诗。从改革开放到一带一路,我们走在小康的道路上,激情满怀。

70 年是一部壮丽的画卷。从两弹一星到载人航天,我们正向着更遥远的宇宙奥秘探索和进发。

70 年是一条奔腾的河流。从三峡大坝到南水北调,我们水文人收集的资料可与青山比高,与江海比深。

70 的奋斗是永远不变的历史,穿越 70 年,经历的是岁月洗礼;穿越 70 年,刻下的是努力开拓;穿越 70 年,留下的是累累硕果!我骄傲,我们是扎根于水利战线上的水文人;我骄傲,我们是掌握洪水脉搏的唐白河畔守水人。

(作者单位:河南省南阳水文水资源勘测局)

小　站

陈　响

一条贯穿南北的大道连接了城市与村庄。道路两边的斜坡上，依稀可见一些破旧不已的小商铺，在商铺的后面，是坑一样的洼地，零零星星趴着一些小房子，我们的小站也在其中。

小站上只有5名职工，站长是一位严肃、认真、办事雷厉风行的人。他时常告诫我们：一定要坚守岗位，做好自己的本职工作，我们的责任之大，每个人都要做到心中有数！领导的谆谆教导，我们都谨记在心。每天清晨，大家总是早早地来到办公室，各司其职，忙碌起来，观测水位，测量蒸发，编写报文……大家默契配合着，尽职尽责。

每逢汛期，小站的我们都是全员到岗，没有节假日，没有星期天，吃住都在站上。尤其赶上涨大水的时候，我们更是全身心地投入到工作中。有时，为了采取到更精确的数据，掌握水势变化情况，两条河每间隔数分钟或者半小时就要跑到河边观测水位。于是，我们简单分作两班，轮流着去河上观测。炎热的天气，太阳像蒸笼一样烤着大地，树木都耷拉着叶子，路上几乎没有行人，只有我们这些不怕热、不怕晒的可爱的水文职工，一个个汗流浃背，一趟又一趟地来回奔波……我们都认真做好记录，并根据所观测到的数据进行分析，如需监测流量，马上第一时间赶往现场，测出最有说服力的数据。

一天24小时，小站都有人守在值班室，不但要负责本站的拍报任务，还要负责接收及上报地方汛情信息。当接听到领导下达的任务，必须迅速告知全员，立即待命。

汛情严峻时,小站的职工根本没有白天和黑夜之分,而雨中作业更是司空见惯的事。有一次,水势涨幅急剧,为了抢测到洪峰流量,站长带领我们一直守在河道断面上,时刻关注水势变化情况。到了夜里将近12点,我们终于圆满结束任务。

小站的我们,经常是刚冒雨测完一条河的流量,还来不及喘气,就要穿着湿漉漉的衣服赶往另一条河去继续战斗。每一次,当我们来到河边,看到汹涌澎湃的大水,水文人的责任感让我们所有的疲劳、困倦,一下子就全没了。

多少个日日夜夜,小站上的水文人冒严寒,顶酷暑,迎风雪,披雨露,如风雨战士,搏击在雨情、水情的前线,确保一方群众的生命财产安全。

日复一日,年复一年……

小站上的我们,每天都奋斗在平凡的工作岗位,从不叫苦,从不喊累。我们没有因为小站偏远而懈怠,没有因为工作辛苦而抱怨。相反,在艰苦的条件下,反而更加磨炼了我们的意志,增强了我们的信念,我们要么整理资料,要么读书学习,要么交流经验,积极向上,充实乐观!

时代在发展,国家在发展,水文在发展。在各级领导与地方政府的大力支持下,小站周边的环境得到了大大的改善:以前的南北大道已经拓宽,取而代之的是林立的高楼;坑坑洼洼全部被填平,人们都欢欢喜喜住上了小高层;小站附近还修建了国家级的湿地公园,成了旅游景区;当然,小站也旧貌换新颜,盖起了别墅小楼,整个院子也得到了规划与建设。

如今再来看看我们的小站吧！一幢漂亮的两层小楼,坐北朝南;门前竹林青翠,桂花飘香;院后瓜果满园,蔬菜成行;院子中央是一个椭圆形的大花坛,五颜六色的花儿竞相绽放,映着草的绿,甚是好看;环形步道周边,种植着低矮的绿植,修剪得整整齐齐;倚在围墙边上的垂柳,轻柔地摆动着枝条。一阵风儿吹来,让人觉得好不惬意!

走进宽敞明亮,窗明几净,一尘不染的办公室,心情格外舒畅;宽大的办公桌上,每人都配备了电脑,结束了以前为输入资料而排队等候的局面,大大提高了工作效率;再看墙上的遥测系统终端机,时刻记录着河道上的水位信息以及本站的雨情信息,改写了以往三更半夜去河边观测水位的历史;还有我们的测流装备,都得到了改进或换新,用起来得心应手,省时省力。

傍晚,当落日的余晖带走最后一缕晚霞,小站沉浸在祥和静谧的暮色中。院子里,柔和的灯光下,仍有几个身影在晃动,那是我和同事们在为明天的野外工作而准备着。小站的明天更美好,水文的明天更灿烂!

(作者单位:河南省濮阳水文水资源勘测局)

相伴泌阳河

张松吉

“水利是农业的命脉”这句经常在墙上看到的标语便是我最初的水利启蒙教育，但真正接受系统的专业教育是在20世纪80年代，那时我考进了一所高等水利院校。

水不仅能兴利，也能造成洪涝灾害。记得进入学校后，学校为我们这些新生放了一部关于河南“75·8”洪水的片子，从中可以看到板桥水库垮坝后的凄凉景象：地被冲毁了，房屋倒塌了，有些树的高处还挂有漂浮物……可见当时洪水之大、灾害之重，这对我震撼很大，投身水利的决心更加坚定。

毕业后分配到了驻马店水文水资源勘测局（当时的名称是驻马店水文分站）宋家场水文站，该水文站是泌阳河上游的一个水库站，位于宋家场水库库区。泌阳河为河南省泌阳县境内最大河流，源于白云山东麓，曲折南下，至大路庄乡（今为铜山乡）邓庄铺折向西，环县城南侧迤西，至唐河县源潭镇汇入唐河，为省内著名的倒流河，有“泌水倒流”之说。境内河道长74.3公里，宽150~300米，流域面积1338平方公里。宋家场水文站控制流域面积186平方公里，主要测验项目有库内水位、蒸发量、降水量、出库流量等。宋家场水库是一座大型水库，总库容是1.185亿立方米，具有灌溉、发电、防洪的功能。水库上游是巍巍的铜山，我被那里山和水的景色深深地吸引，在给同学们的信中也深深地表达了我对那里山水的眷恋之情。

宋家场水文站当时有3个人，只有6间瓦房用于办公和职工居住，通信设备是2台手摇电话机，好在还有一台12英寸的黑白电视机在这寂寞的深山里给我带来一点乐趣和外面的信息。在日常工作中拍报雨水情时，只能通过手摇电话机与县邮局报房的报务员取得联系，然后通过报房将电报转发出去。当时水库右岸的大电站和输水道才建好，还没有推流曲线，我是该站唯一的一名技术人员，上级要求我完成上述两项推流曲线的绘制任务。首先要进行流量的施测工作，有时为了测量电站单机工作时的流量，我们在深夜用电负荷低时施测。这样经过连续近 20 天的工作，完成了大电站和输水道推流曲线的绘制任务。

20 世纪 90 年代初，宋家场水文站和泌阳水文站合并成立了勘测队，于是我来到了位于泌阳县城郊区的泌阳水文站。泌阳水文站坐落在泌阳河的右岸，控制流域面积 660 平方公里，主要测验项目有水位、流量、含沙量、降水量、蒸发量等。当时该站有 5 名职工，办公用房是 6 间刚刚建好的平房，职工住的是破旧的瓦房，测验和通信设施依然很差。

那时，我站在泌阳河的岸边，凝视她，她是那么纯朴、那么自然，纯朴得不加任何修饰，自然得让人觉得她好像被人遗忘。河水弯弯曲曲地向西流去，河岸丛生的杂草与流水日夜相伴，这就是我在泌阳河上工作的第二个地方，相伴的依然是泌阳河。

雨声就是战斗的号角，汛情就是战斗的命令，这已深深印记在我的脑海中，一个夏天的晚上，天突然下起大雨，我知道需要去上班了，而当时妻子又刚好到外地学习，儿子才刚刚几岁，那边需要工作，这边是儿子需要照顾，这一对矛盾使我急得团团转，最后我不得不托邻居临时照顾儿子，连夜赶到站上。有时，我们的工作也不被亲友理解。住在县城里的一个舅舅家的孩子结婚，头一天晚上安排我第二天早点过去帮忙，可不巧的是第二天早上突然下了一阵雨，我的内心矛盾了起来：是到站上，还是去舅舅家？但责任心仍然驱使我回到站上，等我忙完站上的工作赶到舅舅家时，舅舅一脸不高兴地说“就恁忙？”

水利是国家的基础行业，水文是水利的耳目和尖兵。我们基层水文站尤其是河道上的水文站,大部分的测验设施就在测验河段上。为了加强水文管理,促进水文工作,更好地为开发利用水资源、防治水旱灾害、保护水环境提供服务,河南省政府制定了《河南省水文条例》,并于2005年10月1日正式施行。《河南省水文条例》的实施为我们水文工作的顺利进行提供了法律保障。多年前,受利益驱动,时常有不法人员在泌阳水文站的测验河段采沙,严重地影响了水文测验工作的正常进行和水文设施的安全,我们虽多次制止,但收效甚微。《河南省水文条例》颁布后,我们依法向县里的有关管理部门进行了反映,问题得到有效解决。

在发展经济中,由于忽视了环境保护,泌阳河也遭到过污染。20世纪90年代中期,有一座造纸厂直接向泌阳河排污,河水受到污染。一天,我们在河里测流量,看到河水的颜色呈褐色并有一种难闻的味道,当时我的工作日志上这样记载"进入9月份后,河水有史以来开始发臭,继而变成深褐色,这表明河水已受到严重污染。1995.9.29"。我把这件事及时地向上级有关部门进行了汇报,并及时采样监测。后经县里相关部门核实,取缔了上游肇事的造纸厂,河水又恢复了往日的洁净。2011年中央明确提出了水资源开发利用和保护的三条红线,即确立水资源开发利用红线、确立用水效率控制红线、确立水功能区纳污红线。为了更好地保护水资源,加强对水质的监测,我们在泌阳河上增设了4处水质监测断面,对水质实行常态化监测,为泌阳河水质的洁净,又设立了一名可靠的卫兵。

20世纪末,泌阳县为了防洪和治理河道及美化城市环境的需要,在县城南面泌阳河的右岸修筑了一条防洪大堤,我承担了大堤的有关水文计算及三处泄洪闸的有关水力计算任务。如今这条大堤的上面已修成了一条沿河观光路,路的两侧是花带和柳树,并把从河里清理出的泥沙堆积在大堤临河的一侧修建成了公园。现在公园里有水、亭子、小桥、曲廊及多种花草树木等,是市民健身、游玩的好地方,可喜的是现在河里有了白鹤和野水鸭。泌阳河不仅恢复了原有的宁静，又增添了人与自然和谐之美的韵律。

2011年，河南省中小河流水文监测系统建设工程实施，在泌阳河流域仅山洪和中小河流域洪水预警预报遥测雨量站就建了45个站点。遥测雨量站的设立，使我们坐在办公室就可以及时掌握各雨量站的降水情况，极大地提高了洪水预警预报能力，彻底改变了防汛测报工作的被动局面。

随着我国综合国力的提高，水文测报设施与过去已不能同日而语。2016年泌阳水文站新建一座水位自记井，水位实现了遥测；2017年新建一座水文缆道，不仅实现半自动化测流，而且缆道的安全性和测洪能力也得到明显提升；2019年配备了一台走航式ADCP，使流量测验达到了一个新的水平。此外，还配备了巡测车、电波流速仪等。

从我迈着青春的脚步，怀揣着水利的梦想走进水文站，相伴泌阳河，已有30余载。在这里见证了泌阳河的桀骜不驯和温柔平静，也曾为她的安澜奋力拼搏。

今天，我站在泌阳河的岸边，看到的是水文自动化测报仪器和职工居住的宽敞明亮的楼房；看到了荒凉的河道得到了整治，看到了橡胶坝里的水面泛出道道波光；看到了野鸭在水中嬉戏，看到了白鹭在水面上空飞翔……看到了祖国的天更蓝、山更绿、水更清。

（作者单位：河南省驻马店水文水资源勘测局）

新时代水文随想

李穆天

水文，自古就有深厚的历史渊源。从传说中的大禹对山石树木做记号，以便治水时参考；战国时期李冰主持修建都江堰，在宝瓶口左面的山石上加刻了几十件分划，取名为“水则”，都可以看到早期水文的身影。

而在当代，更有这么一群水文人，他们日夜坚守在防汛一线，默默无闻保江河安澜，为水资源开发利用、水环境调查评价提供着重要的技术支撑。“忠诚、干净、担当，科学、求实、创新”，这12个字的水利精神，既是历史传承和时代需要的有机结合，更是新时代的水文人的精神旗帜。

我是2017年3月参加工作的一名水文新兵。想起初到班台水文站实习，开始的时候觉得很新鲜，工作干劲儿也很足。可是时间久了，每日机械式的看水尺、记录水温，观测雨量、进行流量测验。也觉得水文站的工作枯燥乏味。但是静下心仔细想想，一线水文勘测工作虽然辛苦单调，但若没有水文站的一手数据，没有准确的水文情报，防汛抗洪无从谈起；没有珍贵的历史水文资料，水利工程建设更是无从谈起。时代赋予了我们年轻一代水文人重任，我更应该把青春和激情奉献给祖国，奉献给水文。

后来，因工作需要，我调到驻马店水文局测验科工作，更是体会到老水文人对于工作认真负责的敬业态度和强烈的责任心。在过去，水文资料整编全靠算盘、计算尺认真计算，反复核算，水位流量曲线、地形图全靠铅笔一笔一划绘制。虽然设备简陋，条件艰苦，但是展现在我们面前的水文资料上,工整的手写仿宋字体一点都不比打印机打出来的差,手绘的地形图干净整齐又详细。老水文人常说“测验工作容不得半点马虎,来不得半点虚假,资料要经得起历史的检验”。这种敬业精神,更值得我们年轻人学习传承。

作为一名水文新兵,我也在工作中感知着水文前行的步伐:老式的换纸自记雨量计逐渐被新式全自动的遥测雨量计代替;遥测雨量信息代替人工报汛在全省实施;遥测雨量资料参与资料整编,既提高了准确度,也减轻了工作负担;水文信息化、现代化,为我们带来工作的便利,ADCP、桥测车、电波流速仪、北斗卫星手持终端机等先进仪器逐渐配发到测站,新建的全自动缆道真正实现了水文站流量测报可以无人值守,远程操作;水位、雨量的自动测报和新建的中小河流监测预警服务,只需要数分钟就可将所采集的水情信息上传至各级防汛部门,水文情报预报服务能力显著增强,提高了对抗洪抗旱减灾决策的科学性;水文资料整编从过去的年度整编到现在的月月整编,真正实现了水文资料“日清月结”,提高了工作效率;在水文监测管理改革中,划分新的水文测区,成立县级水文机构,实现集中办公,驻巡结合的新模式,解决了困扰职工多年的上班远,家里孩童上学难、照顾家中老人难的实际问题。

新时代的我,赶上了水文发展的好时候,水文人生活大变样,工作大改观。从过去的水文站只有几间瓦房到现在崭新的整齐站房;从过去的手摇电话、短波电台发报到现在的水文测报自动化;从过去对大江大河的监测逐步细化到对中小河流、城市暴雨洪水预警监测,水文事业对国家社会效益和经济效益的贡献越来越凸显。

70 年辛勤耕耘,春华秋实;70 年奋发图强,壮丽辉煌。从过去到现在,不断变化的是水文行业日新月异的新风貌,而不变的是水文人默默无闻坚守的初心。我是新时代水文人,一定要学习老一辈水文人敬业爱岗、无私奉献的精神,牢牢把握自己的人生坐标,用自己的微薄之力,为水文事业续写新的篇章。

(作者单位:河南省驻马店水文水资源勘测局)

以水之名　把脉江河

施旭娜

自古以来,人类文明始终伴随着大河文明而发展。纵观水利史,从都江堰到三峡大坝,从京杭大运河到南水北调,从“上善若水”到“看得见山,望得见水,记得住乡愁”,奔流不息的河水,穿越时光隧道,见证时代更迭,在与大地山川的碰撞与融合之间激起层层浪花。水,赋予着南阳盆地蓬勃向上的生命之美;水,驱动着农业发展的生产之美;水,成就着“卧龙躬耕地”的生态之美。

我出生在白河岸边,人生的重要成长阶段都与水有着千丝万缕的联系。小时候跟着爷爷奶奶驻守在鸭河口水库上游的口子河水文站,童年记忆中漏雨的破站房,磨得锃亮的算盘,漆黑色的手摇电话机已渐渐模糊,那在风雨中涉水测流、昏黄的灯光下认真计算的身影却愈发高大,直至镌刻在我心灵的深处。

长大后的我也成了一名水文工作者。20 多年的水文情怀我见证到水文工作的巨大变革:昔日基层水文站破旧的站房,如今已被设施齐全的花园式水文家园所取代;昔日涉水测流艰苦危险,如今已实现了多手段高科技测验;昔日算盘稿纸徒手计算,如今已是数字化水文预报推演。覆盖全境的水文站网,遍布河流的自动水位站,无人值守的雨量站、墒情站,多要素设备和先进的水文仪器,开创性的预警预报软件,日臻完善水文应急响应机制,让水文人从来没有像现在这样信心十足地奔跑在危机来临之前、俯瞰于洪水之上。

随着水文技术手段的日新月异,水文人更是与时俱进,将服务对象从最初的工程水文发展到政府多个部门,再到现在的社会各个方面。

如今的水文不仅在支撑防汛抗旱减灾、水资源管理和“河长制”等方面起到关键性作用，更精准服务于水生态文明建设，在保护珍贵水资源的同时，充分发挥优势，为新成立的自然资源、生态环境、应急管理等政府部门提供精准的服务，以满足政府及社会各界对水文的需求。

水文的发展变化离不开水文人默默的坚守和无私的奉献。在长期的水文工作中，广大水文职工不怕困难、敢为人先，涌现出一大批先进典型人物和事迹。他们中有将一辈子奉献给水文事业的“抗洪英雄”黄志全，有长期坚守在测站一线的“灌河哨兵”徐长春，有专注于水文业务研究的“活字典”徐新龙，还有不怕苦不怕累的“女汉子”梁青。榜样的力量如江河巨浪，鼓舞和激荡着每一位年轻的水文人坚持水文大梦想，肩负起自己的责任和使命，不忘初心、砥砺前行。

青山不墨千秋画，绿水无弦万古琴。水文人正用自己的行动，以水为墨，以河为笔，串珠成链，把脉江河，勾绘出一幅物华天宝、人水共生的中原新画卷。

（作者单位：河南省南阳水文水资源勘测局）

王屋山下水文人

翟朋云

人生路像极了河流，从小溪走来，虽然曲折坎坷，终究越走越宽，直至汇入江河注入大海。而在山川大地勘测水的水文之路却是一段永恒。

王屋山的春，蓝天白云、百花争艳，一派欣欣向荣，此时向她走来，我心中窃喜。

原以为简单的融合却不如人意，我渐渐发现，济源水文人个个都是执着的“疯子”！

方案、稿子、总结被三番五次地打回，心理防线被一次次地攻击，我甚至开始自卑，以至于动摇，水文的路是否继续。

快节奏的工作让人难以喘息，我暗自抱怨，一人顶两人用，又放弃休息，还能怎样……

直到有一天，我顿悟，原来人生的路在心里，心有多大，路就有多宽。

当一个人被一种精神支持，激发的是他的坚韧不拔的斗志；当一个城市被一种精神所鼓舞，激发的是锲而不舍、久久为功的决心。

“幸福生活都是奋斗出来的”。愚公移山的故事就发生在济源的王屋山，愚公移山精神却传遍了祖国大地。它的内涵就是笑对困难、下定决心、不怕牺牲、排除万难、去争取胜利。

值此，我便被这种精神所打动！

嘀嗒、嘀嗒、嘀嗒……深夜里陪伴我值班的是熟悉的钟声，它执着地坚持自己的路。

嘀嗒、嘀嗒、嘀嗒……雨滴如期而至，我的眼里，它不再是负担，而是责任。

黑夜里那最靓的尖兵,是新时代水文人默默奉献的缩影。一起奋斗的水文同行,是新时代水文形象的一场展演。

无奋斗不青春!暴风雨里穿行在一线的水文志愿者,想要得到的不是感谢,而是彰显水文文明。节假日里奔走在帮扶一线的水文职工们,想要得到的不是感激,而是脱困人们的微笑。奉献是一种美德!

好在,功夫不负有心人。时间流逝,人变了,景变了。水文被更多的人认知,水文人被更多的人点赞。而对于我,变化最大莫过于心理,少了犹豫、少了抱怨,多了几分担当、多了几分坚韧和自信

济源水文人的“疯”,在智叟们看来或许是一种“愚”,而我却有了全新的观念,他们是新时代的愚公,在济源水文道路上留下每一个脚印,就像是一个个音符,演奏着感人的乐章。

王屋山的路,时而蜿蜒,时而平阔;而济源水文之路,更令我难忘。它一路向前,一路欢歌!

(作者单位:河南省济源水文水资源勘测局)

我心中的一抹红

王志华

那一年，那一抹红是鲜艳的红领巾。当我成为少先队员，老师为我戴上红领巾，我看着它在我胸前迎风舞动时，第一次感受到什么是光荣。

那一年，那一抹红是鲜艳的党旗。当我站在党旗下，握紧拳头庄严宣誓时，我发现，没有哪一抹霞比党旗更鲜红。那一抹深邃的红，激越似火，高亢如歌。鲜艳的旗帜上，镰刀与锤头迸发的金色光芒，让无数铮铮铁骨的中华儿女用自己的青春、热血，乃至生命铸就起中华民族不屈的脊梁！

那一年，我成为了一名水文工作者，那一抹红是一本本鲜红的水文年鉴。也许你要问，水文是干什么的？那就让我来告诉你：有这样一群人，不管是烈日当头，还是冰冻三尺，他们默默行走在江河湖泊的堤岸上，观测水位，施测流量，搜集河流、湖泊的水文、气象信息。当暴雨洪水来袭，人们避之不及时，他们却义无反顾，奔赴抗洪第一线。他们傲然矗立在风口浪尖，只为测出一个个精准的洪水数据，他们用热血和汗水保卫着江河安澜，万家平安。他们，是水文人；他们，被人们亲切地称作“狂风暴雨中最美的逆行者”！

时光荏苒，今年已是我工作的第 14 个年头。水文人的白天是平凡的，观测水位、施测流量、测定墒情……日复一日；水文人的夜晚是孤独的，监视汛情、分析计算，用自己的无私和无悔诠释着那个最美的称号，用自己的勤勉和认真做出最精准的预报预警……年复一年。日复一日，汇集成一本本犹如旗帜般鲜艳的水文年鉴，成为防汛抗旱工作最有力的基石。

那一年,那一抹红是叮叮的红色警报。

还记得2018年8月17日晚,台风“温比亚”过境,开封市下起了暴雨。多年的职业经验告诉我,这雨势异常凶猛。“也不知道单位里值班的同事忙不忙的过来……”调休的我在自家的阳台上来回地踱着步。也许是看出了我的不安,爱人走过来对我说:“我知道你担心什么,家里有我,去吧,单位需要你!”多年的夫妻已不需要更多的言语才能知晓彼此的心。亲吻了一下熟睡中的两个孩子,我便转身奔向雨中。

深夜中的开封市水文局,灯火通明。看到冒雨跑来增援的我,一直坐镇在防汛值班室的顾长宽书记说:“多年的‘老兵’就是不一样啊!看到汛期就如听到了集结号一样!”而我,坚定地回了一句多年的座右铭——什么也不说,祖国知道我!

降水数据每隔5分钟便更新一次——50毫米、100毫米、200毫米……每当降水量达到预警值时,我便向市有关单位做出电话和短信预警。

铃铃的电话声,叮叮的汛情警报声,当当响的键盘敲击声,声声诠释着水文人的坚守。红色警报在那个雨夜显得格外鲜红!

18日早,雨势逐渐变小,受强降水的影响,开封市境内的多条河流水位猛涨,作为防汛突击队的一员,我顾不上休息,带上装备便随突击队到开封市四县一区的各个巡测站点对河流进行巡测。

超强度的狂风暴雨,使原本就不宽的乡间小道被积水完全淹没。这样的“路”可怎么才能把巡测车开到测流断面?正当大家一筹莫展时,50多岁的张志松科长话没多说,扛起铁锹,跳进水中,一步步向前,小心地探着路。大约知道了地形后,司机王师傅凭借良好的驾驶技术,顺利地把车开到监测断面处,我和同事们迅速下车,快速搬下工具,娴熟地配合。组装仪器、搅动缆绳、放下铅鱼、计时测流,一系列动作干净利索、毫无迟疑。

一个点测完就马不停蹄地赶往下一个站点。就这样,整整70

多个小时，巡测队不间断地测流，我和同事们轮流开车，轮流睡觉，虽累，但却一刻也不曾停歇。没有人埋怨、畏缩，汛情的紧急让我们忘记了个人安危。

整个“温比亚”降雨过程，开封水文局共向河南省水利厅、河南省水文局拍发水情电报 41 份；向开封市政府、防办电话预警 4 次；编发雨水情快报 8 期；编制洪水过程 1 期。

那些天，那一抹红是我们身上的抢险救生衣，那是风雨里最令百姓安心的颜色……

我心中的一抹红，从儿时的朦胧，到如今的真切。作为一名水文人，我心中的那一抹红，是党旗的红，是国旗的红，是永远跟党走、永远向着党的一颗红心！

（作者单位：河南省开封水文水资源勘测局）

勇做新时代水文追梦人

陈　琳

披星戴月，斗转星移，水文已走过70年风雨征程，正以全新的姿态昂首阔步迈入新时代。每一代人都有各自的机缘与使命，机遇和挑战。让我们一起带着那份初心，重温水文所走过的路，在回忆中展望和憧憬水文的美好未来。

新时代、新水文、新青年

2016年我有幸加入水文这个大家庭，成为一名水文人。工作第一站就是南阳水文局内乡水文站。在那里，我深刻感受到了水文工作的重要性。“纸上得来终觉浅，绝知此事要躬行”，日常水位观测记载、河道断面流量测验、大断面图测绘等，这每一项工作与大学理论课程体系学习相比，都使我心存敬畏，感到责任重大。我也从中体会到新时代赋予水文青年的使命，就是要学以致用、知行合一，不断提升业务能力，练就过硬本领。

成长于改革开放新时期、起步于重要历史交汇期、事业发展于复兴伟业关键期的青年水文职工，我们生逢盛世无比幸运，投身使命无上荣光。应以政治能力求立身，以学习能力求发展，以专业能力求创业，以自律能力求奋进，在新时代里开辟新天地，真正担当起历史使命，始终奔跑在时代前列，做好新时代的水文哨兵，用实际行动谱写出无悔的青春华章。

坚守水文人初心，传承水文精神

守一方水土，保一方安澜就是身为水文人所担负的职责和使命，水文人在日复一日的坚守中向人们诠释着那份不变的初心。不管是盛夏酷暑中要冒着炎炎烈日在野外勘测作业，还是在急骤的狂风暴雨中不畏雷鸣闪电奔向水尺，水文人用默默无声不求回报的付出，诉说着内心深处对人民、对国家、对大江大河的无限热爱。正是这份挚爱，让老一辈水文人愿意扎根于交通不便、人烟稀少的基层水文测站，一待就是一辈子，甚至都没有机会走出大山，去看一看这个辽阔富饶美丽的大千世界。

作为新时代水文青年，我们更要传承水文精神，坚定信念，敢于担当，在火热的青春中放飞梦想，在拼搏的青春中成就华章。

新时代水文人要有新作为

党的十九大以来，习总书记高度关注水利工作，先后提出“四水同治”的治水方针，为治水兴水重任提供了行动指南。当前，人多水少、时空分布不均，与经济社会发展空间布局不相匹配，水环境、水生态、水灾害问题还比较突出，水利依然是制约全面建成小康社会前进道路上的绊脚石。如何构建水清安澜、人水和谐的生态新格局是我们面临的又一个新难题。

九层之台，起于垒土。勠力同心敢想敢干，大刀阔斧全力以赴。水文围绕“河畅、水清、岸绿、景美”这一目标，开展了扎实有效河道采砂、非法取水专项整治行动及河库保护行动。

新时代的水文，以测报能力提升为手段，坚持稳中求进，冲破藩篱、革故鼎新，更规范、更高效地发展。“一条腿”搞自主研发，以科研水平的提升满足技术需求；另“一条腿”采用设备购置集中比测，推动实现跨越式发展，同时不断推进智慧水文系统的研发和升级，为水文测报管理插上一双新“翅膀”，逐步实现“智能监测、智能分析、智慧管理、智慧服务”。

百舸争流，奋楫者先。我有幸与新世纪同生，更有幸与新世纪的中国一路同行。水文事业，道阻且长，充满希望，也充满挑战，为祖国的水文事业奋斗终生是新时代青年水文人的职责，更是一份光荣的使命。作为水文战线的新兵，我将以青春之我、奋斗之我，勇做新时代水文追梦人！

（作者单位：河南省平顶山水文水资源勘测局）

扎根水文　青春无悔

李百合

卡尔·马克思在《青年在选择职业时的考虑》一文中曾提道:如果我们选择了最能为人类福利而工作的职业,那么,我们的幸福将属于千百万人。走出校门,我走进了水文这个行业,在不断的努力和实践中,我看到了水文人的坚守与执着,也看到了水文人身上所担负的使命和责任,水文人的精神激励着我,青春无悔,坚定前行。

如果用一种花来形容水文人,我觉得梅花最是恰当。“不要人夸颜色好,只留清气满乾坤”。甘于忍受寂寞,甘愿在这一方小小的实验室中、在这偏远的水文站里,付出自己的青春韶光,这不正是我们水文人最真实的写照吗?

无论是日晒雨淋还是刮风下雪,水文人都数十年如一日地坚守在自己的工作岗位上。舍小家为大家,将青春的汗水挥洒在水文事业上,用行动诠释着水文的意义。2011 年 7 月 19 日,处于河南省暴雨中心之一的下孤山水文站,在承受了多日的电闪雷鸣、暴雨洪水之后,全村停电,通信受损,水尺被洪水冲毁,就连进出的唯一通道也被洪水冲断了。站上的邓君宇和张明昭 2 名职工,不顾肆虐的暴雨和洪水,毅然冲下河,用大锤夯出了一组新的临时水尺,确保了洪水水文数据的及时准确勘测;站上的老同志潘玉坤,发着高烧,不顾同事们的劝阻,忍着病痛,义无反顾地坚守在水文防汛第一线。他们靠着坚韧不拔的意志和对党、对人民高度负责的态度,成功战胜了下孤山水文站 1998 年以来最大的一场洪水。一个个准确、及时的水文数据,就是他们在防汛抗洪战场上奏响的凯歌!

一个人的奉献,凸显的是他的无私和伟大,而一群人的奉献,就是我们这个民族最鲜活的名片,一代人的奉献,就是我们这个时代最亮丽的标签。在塑造这个时代的美好中,我,我们,都是甘于奉献的水文精神的传承人。

2019是中华人民共和国成立70周年,是祖国昂扬奋进的70年,也是水文砥砺前行的70年。水文发生了翻天覆地的变化,每一个水文人的工作环境与方式都在发生着改变。曾经的测流方式,由最开始的船测逐渐演变成为缆道,再到现如今的ADCP与雷达波在线测流。办公方式的计算机化,取代了曾经的算盘、记录图纸,使职工不再饱受手工计算庞大烦琐的水文数据之苦,工作效率极大提高,无论是水文局机关还是基层水文站,都有了自己的工作用房。职工的办公、居住环境都有了根本性的改变,但水文人为社会为人民默默奉献的初心,却是始终如一。

时光流转,我们把青春献给水文,将自己深深嵌入了水文发展的年轮。回首过去,太多天翻地覆的变化已经发生,太多遥不可及的梦想正在实现,太多矢志不渝的信仰仍在坚守。展望未来,还有更多的希望值得我们去拼搏,更多的宏伟蓝图等着我们去描绘。水文永远在路上,改革创新的浪潮也一定会一浪高过一浪。站在历史的新起点,我们携手并肩,以水文"十三五"规划为引领,坚守信仰,破浪远航,共同续写水文事业更加璀璨的辉煌!

(作者单位:河南省平顶山水文水资源勘测局)

用坚守诠释奉献　用汗水演绎敬业

李建贞

“山不在高，有仙则名。水不在深，有龙则灵。斯是陋室，惟吾德馨。”在美丽的颍河河畔，有这么一个不显山不露水的地方，它偏僻、简陋、孤寂，却几十年坚定地伫立在时而平静时而湍急的河流之旁，倾听着那一声声雄厚的声响，这就是告成水文站，颍河的守护者。

2018 年 9 月，我跟随水文局领导和测站人员到告成水文站参观学习。此次告成之行给我留下深刻印象的同时，也留下了两个不解之谜。一是，告成站条件如此艰苦，特别是通过实地查看和亲身感受，我们亲眼见到了基层工作环境和条件真正艰苦之所在。但是，在如此艰苦的条件下，基层干部职工精神面貌依然那么好，靠的是什么？二是，告成站人员少，测报任务量大，在如此境况下告成站不但保质保量完成测报任务，成绩还走在全局其他测站的前列，这靠的又是什么？

告成站站长李晓光曾经跟职工讲过这样一个故事，如果现在有两副担子，一副轻，一副重，同样报酬是 100 元，你挑选哪一副呢？很多人会说同样报酬当然拣轻的划算。但是，你错了，同样报酬拣重担才划算。挑重担虽然吃力，但他会使你能力增强，拣轻担虽然省力，但它无法激发你的潜能。在工作上有能力、积极肯干，不斤斤计较，这是把工作做好的基础。无论做什么工作，只要愿意做的，或者必须要做的，那就要认真做，努力干好它。这正体现了一种人格，能赢得别人青睐的人格。毛主席说：“世界上怕就怕‘认真’二字。”我们要达到伟大的理想，首先就要脚踏实地，认认真真地做好手边的事。一个人如果对待每项工作都能认认真真,那么即使他处在世界上任何一个不起眼的角落,都终将脱颖而出。认认真真、踏踏实实地工作正是人生中一个既简单又深奥的哲理。这个哲理从告成站新职工踏进站大门起,就一遍遍被告知,一遍遍地学习。耳濡目染之下,形成了认真踏实的品质,这个品质也是告成站职工保持良好的精神面貌的原因。

谜题解开后,我们又听到了另一个故事。

2018 年 7 月、8 月,颍河迎来史上最大规模的河道治理,治理河段全长四十余公里,而告成水文站的测验断面就在其中。根据治理方案告成站基本断面上下游将修建两到三处齿墙,这样一来,将出现漫滩、壅水、回水等情况,自记井、测流桥等所有测验设施无法使用,势必严重影响告成站测报工作。为确保国家利益和水文权益不受侵害,告成站站长李晓光根据郑州水文局领导指示,先后到登封市水务局、市防办、告成镇政府、阳城区政府协调多次,出现场多次,最终达成基本测流断面上游 273 米,下游 300 米,不修建防冲齿墙,保持原河槽的理想结果。

在河道治理进入告成站主要测验断面后,由于前期河道保护到位,河床下有大量砂石,在利益驱使下, 施工单位和个人欲在断面内采挖。李晓光常常冒着生命危险站在钩机前向乱采人员普法,同他们理论。挥汗如雨的 7 月,李晓光每天坐在河边坚守,一把凳子、一杯水、一瓶风油精成了他的标配,稍有乱采乱挖行为立即现场叫停。因李晓光及告成职工的密切监视,乱采人员无法偷挖获取利润,便找上门生气大喊:“李站长,我们干到哪里你跟到哪里,你这么负责干啥! 你图啥!”是啊,图啥? 一句话说得李晓光心头一酸,要知道此时正值主汛期,测报、维护、巡测、执法,繁重的工作交织在一起,他已经几天没好好休息了。“这样吧李站长,你让我把砂石挖走,我让你占股份,卖完你能分到几万甚至十几万呢!”,施工方威逼不成改为利诱。不假思索,李晓光当即严厉地拒绝了对方:“你给我多少钱都不行,不能挖！国家的利益、共产党人的原则、水文的权益是不容金钱买卖的!”“好,等着吧!”,对方抛下一句狠话甩手离去。此时,平静下来的李晓光陷入了沉思,站上职工还要长期在这里工作、生活,单位、同事、家人的安危也要考虑。此时局领导指示,依法维权。咱有法律法规,这是最有力武器,要好好使用。李晓光随即到施工单位,对他们进行了深入、透彻、耐心的普法宣传,有理有据、合理合法,最终施工方认识到了自身的违法行为,对施工中给水文工作带来的影响深表歉意,并承诺依法施工。

此次告成站测验断面维权,有效避免了先建后拆、建好不拆、法庭相见的不利局面,是动用执法力量最少,维权成本最小的标杆维权案例。这份案例说起来简单,其中却饱含了李晓光及告成站职工为保护测验断面所经历的无尽艰辛。李晓光在工作上毫无怨言的付出,在国家利益和水文权益受到侵害时,挺身而出,不顾乱采人员的威逼利诱,毅然选择遵从一个共产党人的原则。听了他的这些事迹,我心中一股尊崇之情油然而生。

李晓光立志坚守基层,恪尽职守,默默奉献。在全省水文系统先进集体和先进个人表彰大会上作交流发言时,他用一句简短的肺腑之言表达了他的内心情感“感谢领导及同事对我工作的肯定,今天我非常高兴,我将继续努力做好本职工作,直到退休的那一天,请领导放心”。多么朴实的话语,多么坚定的信念,尊敬他只因为他坚守基层却乐在其中的高贵品质;只因为他默默奉献,像其他所有基层水文职工一样,为各级领导和防汛指挥部门提供了及时准确的水文情报预报信息;只因为他真正融入到工作中,把工作看成自己一生的事业,不懈追求。他在平凡的工作岗位上,用自己的实际行动诠释了水文人特别能吃苦、特别能战斗的工作精神和无私奉献的高贵品质。

爱岗敬业,看似平凡,实则伟大。“铭记祖国、精忠报国”是我们中华民族的优良传统,爱岗敬业,就是立足本职、履职尽责无怨无悔的岗位奉献,就是永续爱国情怀与对国家的忠诚。李晓光说,我爱我的职业,更爱我的祖国,我愿意在我的岗位为我的祖国尽力做出应有的贡献。他是这样说的,也是这样做的。奋不顾身抢测洪峰,千方百计完成艰巨任务,不为名利扰,罔走权钱路,平凡内孕育着伟大,普通中渗透着特殊。犹如空谷幽兰,尽管无人问津,即使身处悬崖峭壁恶劣的环境中也能依然开放,为水文事业吐露着芬芳。这就是李晓光,一个默默无闻,用青春和热血在平凡的岗位上诠释爱国情怀的平凡水文人。

(作者单位:河南省郑州水文水资源勘测局)

三代水文人　传承豫水情

张俊辉

下午在水文站突然接到了母亲的电话，电话里母亲说父亲这几天一直在念叨着我，我突然鼻子一酸，告诉母亲我晚上就回家。虽然我工作的地方离家只有 40 多公里，开车不到 1 个小时就能到家，可是随着汛期的来临，我已经有快两个月没有回家了，我知道随着二老年龄的增大，他们都希望我能常回家看看。

晚上到家后父母很高兴，吃过饭后父亲还没来得及跟我多说几句话就打开了电视，我知道父亲又要看天气预报了。在这个智能手机普及的年代，天气的变化随时都可以在手机上查看，可父亲依然习惯收看每天晚上七点半的天气预报，这是父亲几十年养成的习惯，也是水文人对天气变化的职业敏感。看完预报父亲高兴地说“这几天没雨，你可以在家多待一天了”。

深夜，窗外突然响起哗啦啦的雨声，豆大的雨滴打在树叶上，发出噼里啪啦的响声，八月的天气就是这样说变就变。我突然醒来，辗转反侧无法入睡，这雨声如同是警报声，我和父亲一样都有水文人独有的“职业病”。第二天早上下楼，我赫然发现雨量筒不知什么时候已经放在院子的中间了，要知道昨夜的雨是从凌晨才开始下的，刚洗漱完父亲就催促我赶紧返回测站。

母亲从厨房出来略带怒气地对父亲说：“好歹让孩子吃了饭再走啊。”

“你不知道，他们是山区河道站，洪水暴涨暴落，昨夜下了这么大的雨，河道一定会涨水的。”

他们送我到门外，一再嘱咐我雨天路上开车要小心，走出很远我从后视镜里看到父亲依然站在雨中张望。

父母的言传身教对孩子的影响最大,我从小是跟着父亲在水文站长大的,父亲告诉我他从小也是跟着爷爷在水文站长大的。小时候父亲给我的印象是:下雨了别人都往屋里跑,父亲却往屋外跑;洪水来了别人都躲到安全处,父亲和同事们却要站在抗洪的一线;晚上别人都伴着雨声酣然入睡,父亲却要守在电话前发电报;逢年过节别人都是举家团圆,父亲却在默默坚守岗位,父亲说水文人要有奉献精神。还记得很小的时候喜欢跟着父亲下河测流,那个时候还没有现在先进的渡河设备,父亲就背着我,让我双臂紧紧抱着他的脖子,他手握测杆带着我趟过齐腰深的河水。每次下雨都是父亲最忙碌的时候,有天夜里雨下得特别大,下了整整一夜,当我知道父亲披着雨衣在自记仪器前守了一夜时,我深深地震惊了,父亲对工作的执着撞击着我的灵魂。父亲常说“水文人就是平凡的坚守,默默的奉献”,说这是我爷爷告诉他的,现在这句话也深深地影响着我。

高考填报志愿的时候,母亲不想我填报水文专业,她觉得水文工作实在太艰苦了,父亲只是说尊重我的意愿,然而当他得知我填报了水文专业后,沧桑的脸上露出了孩童般笑容。每次假期回到家中,父亲就拉着我讨论水文相关的理论知识,就像小时候他认真地教我如何观读水位,如何算流量,只是现在他更像一个认真听讲的学生。

毕业后我参加了工作,父亲也退休了,闲下来的父亲总嚷着要来我工作的地方看看。每次外出测流,父亲总是跟着我,当他看到我们使用 ADCP 测流设备 20 分钟就完成了一次测流,当我把流量结果告诉他的时候,他很吃惊,他说过去这样的测流要 1 个小时才能算出结果。回到站上我向父亲展示了我们配备的电波流速仪、红外测距仪、测深仪,以及引进澳大利亚技术的固态存储雨量计、水位计。在看到北斗手持报讯机时,父亲手指天空问我“这个利用咱们国家的北斗卫星接收数据的吗?”在得到肯定的回答时,父亲感叹

"太先进了，没有想到国家这么支持咱们水文事业的发展"。我看到父亲的表情有些惆怅，转身去门外抽了一支烟，科技的快速发展让老一辈的水文人感到自己似乎与这个世界有些脱节。

如今我也有了自己的女儿，虽然她现在还是一个咿呀学语、蹒跚学步的幼童，当我抱着她去河边看水位的时候，她会用小手懵懂地指着水尺，口里发出我听不懂的"单词"，父母是孩子的第一任老师，也许30年后我也会像父亲一样，变成女儿的"学生"。

（作者单位：河南省郑州水文水资源勘测局）

家乡的变化

郑仕强

我老家在贵州遵义远郊农村，住的是木房子，主屋3间，上下2层，紧挨主屋后面是厨房，左右邻居仅是2厘米厚的门板相隔，相互声音都能传到邻居家里。听父母说，这个房子的主屋是一陈姓地主家的，中华人民共和国成立后由政府分给了我家。在我家对面隔一条4米左右宽的马路是村里的戏楼，戏楼距地面1米左右铺上木板，下面悬空。在我的记忆中，戏楼就没有演过戏，倒是每年秋收，村里收割回来的粮食，集中堆放在戏楼的地板上，晚上按抓阄先后次序分粮。

戏楼的地板上，大多数时间是空着的。有一年冬天，不很冷，村里好多小伙伴都在戏楼的地板上玩，戏楼地板的一角，堆放着一小堆建筑材料，不知道是石灰还是细沙，伙伴们都在建筑材料上踩来踩去，留下一个个小鞋印，好多小伙伴的鞋印都有不同的花纹，我的鞋印没有花纹，不知道为什么，很羡慕其他小伙伴，非常想有一双带花纹的鞋。若干年后，我知道了，带花纹的鞋是从镇里买的解放鞋，而我的鞋是母亲亲手做的手工鞋。鞋底是用麻绳纳的千层底，麻绳纳得密，踩在那堆建筑材料上，就不显纹路。

我家临近的庄里，有一户姓欧的人家，兄妹6个，老三是女孩，其余都是男孩，一家人都特别喜欢这个女孩，尤其是二哥，时刻呵护着三妹。那时手表都是机械表，是奢侈品，三妹想要一块手表，二哥就说，等我有钱了，一定给你买一块手表，买一块可以戴在手上看电视的手表。在那个黑白电视都没有普及的年代，二哥的话当然是开玩笑安慰三妹的，可就是这个“可以看电视的手表”流传到我的耳里，就在我脑海里扎了根，30 多年过去了，不承想幻想变成了现实。

我家门前的路，在那个年代，是从县里经松林镇到毛石镇的必由之路，是石子泥巴混合土路，每天由松林镇往返毛石镇的车辆不多，主要是拖拉机和小篷车（当时的吉普车，我们小孩都叫小篷车），由毛石镇到松林镇，经过我家门前有一段小坡，车辆行得慢。偶尔经过的拖拉机，我们就跟在后面追逐攀爬，直到拖拉机爬过小坡，穿村而过才放弃返回来。如果是远远看到有小篷车过来，就会捡起小石块，在小篷车快到跟前时，扔向小篷车，然后快速飞奔躲起来，当然大多数是砸不中的，只觉得是刺激或者好玩。

最近的一次回乡，是在 2019 年 6 月底至 7 月初之间，先从工作地三门峡乘坐火车卧铺到遵义市，约 18 个小时车程。从遵义市到老家 26 公里路程，我驾驶着妻弟的车，沿着熟悉而又陌生的山区县乡公路行驶，经过一座座村庄，记忆深处低矮的瓦房荡然无存，取而代之的是统一涂装搭配的楼房，有的楼房 3 层，有的楼房 4 层，这些农村自建楼房因势而建，房房独立，房房有别，一房一景，错落有致，掩映在绿水青山中，宛如一幅幅山水画卷。

记忆中老家的房子还存在，只是不住人了。3 个哥哥和 1 个弟弟在附近不远的地方都盖了楼房，楼房后面的小院堆放农具、杂物等，前面的小院晒粮、乘凉，楼房面积比原来的老房子大很多，各个房间宽敞明亮，家中家具家电设备齐全，一点也不比我这个“城里”人住房差，着实让很多“城里”人羡慕不已。

记忆中家门前的泥巴石子路突兀不平，下雨天到处都是小坑塘。从村里到遵义市，没有班车，先要步行约 3 公里到松林镇，再搭从松林镇到遵义的班车，来回得一整天时间。泥巴石子路现在已不复存在，取而代之的是已经加宽了的水泥路，路上来往的各种车辆络绎不绝。班车、县乡微型客车就从门前经过，到遵义市办事招手即停，再也不用步行到松林镇了。村街道两边，好几户村民开了小卖部，大部分生产生活资料在这里都能买到。村中主要路口和中心街道两边还安装了太阳能路灯，晚上，路灯的灯光与村民家中的灯光交相辉映，柔和而静谧。这里没有城市的喧嚣，有的只是宁静和空气的清新。躺在床上，很快就会进入梦乡。

老家农村，一般不吃早餐，在上午10点左右早、中餐一起吃。二嫂是个贤惠人，家里家外都是好把式，我还没有起床，二嫂就催促二哥叫我们起来吃饭，我看看表，已经九点半了，我从来没有这么晚起过床，这觉睡得太香了。二哥家饭桌上，两样自家菜园的时令蔬菜，两样传统腌制小菜，外加二嫂拿手传统腊肉焖饭。腊肉焖饭香腻加时令蔬菜的清爽简直就是美食的完美组合。享受美食的同时，和二哥聊起了小时候的事情，那是不到上学的年纪，我家弟兄5个，都“散养”着。家里粮食不多，营养跟不上，每天早上起来都很饿，都想吃食物。父母外出干活，奶奶在家煮饭，就缠着奶奶，叫着“快点啊，我好饿”，奶奶就用筷子扒开生分子（大米下锅煮至六七分熟，过滤掉煮米的水，当地家家都叫生分子，生分子上蒸屉蒸熟后成米饭），从中间舀一勺生分子……用毛巾包着，用力挤成不规则团型——粑团，吃着粑团，就是最大的满足和享受，粑团是我们那时的零食，也是唯一的零食。

回乡假期结束，先从遵义坐动车至西安，西安转乘高铁返回三门峡，用时9个小时。火车穿行在山间、田野里，我的思绪也在奔腾着……

遐想中感悟最深的是变化，祖国变得越来越强大，我们的生活变得越来越美好。愿这种深刻的变革在习近平总书记党的十九大报告上为我们国家规划绘制的宏伟蓝图指引下，像这高速列车一样向前快速奔跑。

（作者单位：河南省三门峡水文水资源勘测局）

仰头不愧水文人

周军亭

岁月不居，时节如流。1997 年 7 月，我走上水文工作岗位。22 年，从一个毛头小伙变成了中年大叔，22 年的青春韶华，奉献给了美丽的水文事业，我无怨无悔。

22 年的历练，让我多了一份游刃有余的沉稳淡定，少了一份少不更事的浮躁轻狂；多了一份得心应手的自信勇气，少了一份鲁莽轻率的自负武断。平平淡淡 22 年，风风雨雨 22 载，与水文同行，我见证了水文事业翻天覆地的变化。我是幸运的，从 1997 年香港回归到 2019 年祖国的 70 华诞，这么一段光辉岁月，或许有过困惑与苦恼，或许有过寂寞与孤独，但我却从没放弃，我选择坚持，因为我深深知道，社会发展离不开水文事业，作为一名水文人，我感到无比光荣与自豪。

22 年前，我去昭平台水文站工作，那时住的是低矮的平房，由于年久失修，夏天外面下大雨，屋里下“小雨”，要用脸盆接着，要不屋里就可以“养鱼”了。听水文站职工说，这还算是好的，有些水文站条件更苦，柴米油盐要过河去买，夏季涨水时，浪高水急，无法过河，连菜都吃不上。当时心里觉得很难过，虽然以前听说过水文有多苦，可没想到会那么艰苦。那时，平顶山水文局送来一台很老的长城计算机，一打开，噪音大得跟进了磨面房似的。计算机是 DOS 操作系统，很多人都玩不转、使用不了。但是，我还是乐此不疲，经常学习到深夜。那段日子，虽然很清苦，很寂寞，却感觉很充实，因为学到了很多东西，自己摸索着编了一些小程序，解决了一些工作上的难题。

在水文站的时候，看到当地的教育比较落后，我还义务做了职工子女的家教。那时我想得最多的是，不管多么艰苦，都要有信念、有理想、有追求，要对水文事业有信心。水文站的职工都很爱岗敬业，为了搞好水文测报，不管刮风下雨，酷暑严寒，他们都会规范操作，外业回来或许早已成了落汤鸡，也从不叫苦叫累。这种无私奉献的精神深深感染着我，让我在以后的工作中，每当思想有些松懈的时候，我就会对自己说，你是水文人，必须继承发扬水文前辈以苦为乐、兢兢业业的工作作风，不能给水文人脸上抹黑。

在水文站工作 1 年后，我被调到平顶山水文水资源勘测局从事水情工作。记得我刚到水情室值班时，报汛手段还很落后：水文站需要把水情电报通过电话报给邮局报房，报房再电传到水情值班室，值班室使用电传机接收电报，电传机声音很大，来 1 份报文就要打印 1 次，是针孔式打印，速度特别慢，如果下雨了，打印机就一直吱吱呀呀地响，一刻也不能休息。后来改进了，水文站通过语音话机发送报文，计算机自动接收报文，也不需要人工翻译报文了，有专门的译电查询软件，原来水情电报收齐需要半个多小时（下雨时近 1 个小时），利用语音报汛系统，只需要不到 15 分钟，效率提高了很多。现在报汛手段更先进了，从 2018 年起，开始采用手机 APP 及网络两种方式报汛，测站的同志在手机上或者电脑上输入报文，轻轻一点，报文就“飞”到了市水情分中心，水情分中心值班人员审核后，再点一下按钮，水情信息就通过网络“飞”到省中心，一份报文从测站传到省里只需要几秒钟的时间。原来洪水预报只能靠人工查算图表，现在有了遥测系统及洪水预报系统，利用实时的雨水情信息，可以在几分钟内做好 1 次洪水预报，大大提高了工作效率。现在省水文局又开发了自动测墒系统，可以实时查看各县市的墒情，使原来水情单纯的防汛职能转化为防汛抗旱并重，大大拓展了水文的服务范围，拓宽了水文的服务领域。

22 年，水文人的精神面貌也发生了很大变化。“几间东倒西歪屋，几个南腔北调人”的局面已经成为了历史，现在每个水文站都盖起了崭新的楼房，配备了现代化的测报设施，配备了电视机、电脑等家用电器，充分体现了国家对水文事业的人文关怀，彰显了省水文局“以人为本，科学发展”的工作理念。平顶山水文水资源勘测局机关也乔迁至建宏国际大楼办公，办公环境大大改善了，在办公室可以南眺湛河绿化带，北望市生态园，办公楼紧邻平顶山市迎宾大道—建设路，门口不远就是站牌，交通特别便利。水文局家属院也进行了几次升级改造：硬化了道路，铺设了草坪，种植了鲜花，原来是门前冷落车马稀，现在是来往行人络绎不断，都说：水文局这院子，绿化好，收拾得挺美，看着就很舒坦。22 年前，家属院门口还是一条土路，现在修了公路，通了公交车，原来下雨天，出门穿胶鞋，现在出门穿皮鞋。原来，由于与外单位接触少，信息闭塞，发展缓慢，很少有人知道水文局，也基本上无人问津。现在，随着业务的扩展，对外宣传的加强，水文局的名气也越来越大了。出门，一听说是水文局的，别人都会竖起大拇指，你们单位不错呀！听到这话，心里总会有一种被社会认可的欣慰与感动。

俯首甘为孺子牛，仰头不愧水文人。我已经将自己热情激扬的青春献给了美丽的水文事业，我也必将为之付出我的余生。发生在我身边的这种令人欣喜的变化，让我更加热爱水文。我坚信：在共产党的英明领导下，在各级领导的关注下，在一代代水文人的不懈努力下，水文事业的明天一定会更美好！

（作者单位：河南省平顶山水文水资源勘测局）

让青春在奋斗中熠熠闪光

张海霞

青春的颜色是明亮的，每一颗青春萌动的心都拥有着属于自己靓丽的色彩。青春的天空是清新的，如雨后的露珠，微笑着接受大自然的洗礼。无奋斗，不青春。

青春属于有梦想有追求的人，只要保持一颗积极向上的心，青春就属于你。从神圣的天安门到莽海雪原，镌刻着一个充满深情的名字——祖国，青春只有在为祖国和人民的真诚奉献中才能更加绚丽多彩，人生只有融入国家和民族的伟大事业才能闪闪发光。

当青春的列车即将驶离的时候，我回望青春的影子，无限感慨，无限情长。参加水文工作20年来，每一个抗洪测洪的场景，历历在目：雨不停在下，乌云一层一层地叠加，白天也黑得看不见光。我穿梭在河岸和办公室之间，风卷着雨扑面而来，浑身上下早已湿透。观测场上，我紧张地量取着雨量，任凭雨水夹着冰雹袭来。河水一直在涨，1米、2米……浮标微弱的光跟着水浪颠簸起伏。不远处，雷声轰隆隆地在空中炸响，闪电的光映在人身上，让人不寒而栗，我下意识地把资料藏进怀中。办公室的水情拍报电话机滴滴答答地响着，一个个载着水情的数据飞往水情数据中心，去完成它的防汛决策参谋的使命。

每年或大或小的洪水，我从不敢大意疏忽，河水一分一毫的变化都能惊动我紧绷的神经。河水平静时，陪伴天边的一抹晚霞打发寂寥的时光；洪水到来时，忽高忽低的洪峰，过山车般地飞流而下也曾把青春激荡。长风破浪会有时，直挂云帆济沧海，是水文人的豪情。

与水结缘,20载岁月悠悠,水文二字铭刻在心。沐浴在“团结、求实、奉献、进取”的水文精神的春风下,体会着水文人的辛劳和不易,也品尝着水文腾飞的成果和喜悦。水文从一架流速仪、一条船、一件蓑衣、一盏马灯、一群人到水文科学技术和信息技术的快速发展:运用先进测报技术进行实时测流;大量引进高科技测验仪器,从数据的采集到整理,基本达到无线传输;水文自测报系统的建设,水位、雨量自记仪器的安装等高、精、尖测验设备的大力推广和应用;无人值守的工作模式的试运行。水文事业的蒸蒸日上,作为一名水文人,我们是骄傲的;与水结缘,我们是幸福的。

鹰击长空,鱼翔浅底,奋斗是青春最美丽的底色。既然选择了远方,便只顾风雨兼程。新时代的旋律,因梦想启航。不忘初心、牢记使命,奋进新时代,献出自己的智慧和爱,为实现中华民族复兴的中国梦努力奔跑,让青春在奋斗中熠熠闪光。

(作者单位:河南省鹤壁水文水资源勘测局)

走进水文　倾听水文

邢　明

江河安澜,则国盛邦兴;湖海泛滥,则生灵涂炭。自古以来,善治国者必先治水,治水则治邦,水兴则国兴。从大禹治水,郑国筑渠,到李仪祉兴建“关中八惠”再到中华人民共和国成立后的大兴水利,无数历史事实表明,水与国家经济发展、社会稳定确实有着重要的关系,而水文事业作为基础性公益事业,又是水利的基础,在水利规划设计、水资源评价、防灾减灾等方面占据着举足轻重的作用。作为当代的水文人,在肩负光荣使命的同时也担负着重要的责任;作为一名水文青年,需要继承“爱国、进步、民主、科学”的五四精神,用激情点燃青年梦;用守水有责护卫母亲河,用新时代的担当照亮水文路。

“清风孤灯空对月,水沙相伴度光阴”,这是对水文人工作生活的真实写照。水文人清苦,大江大河,深山小溪,都有他们的身影;水文人孤独,春夏秋冬,日复一日,年复一年,少见他人。但他们并不寂寞,因为他们心中有爱,春季忙备战,夏汛测洪水,秋雨多如毛,寒冬钻冰凌。

我会常常想起河边的水文站。它远离城市,坐落在一个小山坡上,几间矮矮的房屋,一条流淌的河流,满目皆翠的高山,一方被山峰烘托的蓝天白云,抑或一池蓝莹莹的小星星,这便是水文站的全部风景。

水文站的站长叫宋建军,是一个40多岁的硬汉子。他身材魁梧,肤如古铜,脸上总是洋溢着自信和乐观。算来已经在这里经历过20多个冬寒夏暑了。平时,他总喜欢徘徊在长长的河坎上,看那一片细细碎碎的浓绿,思念着远在家乡的妻儿。

夜已深,雨正酣。“嘀铃铃”短暂急促的闹铃声响起,他和站上的两名同事,穿上救生衣,扛起流速仪,钻进暴风雨里,踩着泥泞的土路,跳入汹涌湍急的河水。雨越下越大,水位急剧上涨,奔腾的洪水,似是凶猛的怪兽在怒吼。流速仪在飞转,信号铃滴滴作响,在这深夜里越发显得刺耳。他注视着洪涛浊浪,一次又一次地测着水的流速,汗水和雨水交织在一起,智慧和胆识凝结成闪光的水文数据。

从他们身上,我不仅看到了水文工作的艰辛和水文工作者的敬业精神,更让我感到了水文前辈们的坚守与执着。水文职工不仅用朴实的行动谱写着水文赞歌,还能用优美的文字记录水文生活,那是有血有肉、真实亲切的故事。我明白了,这才是水文,这才是一群鲜活的水文人。他们是一群特殊的人,动则可成“战士”,静则可做“文人”。朴实如老农,激情有诗魂。他们不会退缩于洪水,不会沉寂于平凡,不知枯燥,不屑苟且。他们有自己的美丽青春和梦想,有自己的火热豪情与诗意。用自己的双手创造的世界是美好的,用心中的热情开拓的生活是充实的。“生活不止眼前的苟且,还有诗和远方”。这才是最真实的水文啊!

我想,多年后他们都将会有自己不同的归属,但他们终将不悔当初的选择,反而会为奋斗过的水文心存一份自豪和牵挂。水文需要薪火传承,需要一代代水文人的接力相传,并以自己的双手创造心中的诗意,抒写美好的远方。我也不再停留在对水文前辈的徒有景仰,而是为自己成为其中的一份子而自豪、而骄傲。

(作者单位:河南省平顶山水文水资源勘测局)

奉献不是为了荣誉

韩新庆

1969 年汛期，在烈日炎炎的一个下午，只有蝉儿在有气无力地鼓噪，周口至漯河的公路上，一位青年男子汗流浃背地蹬着自行车，缓慢地向周口方向驶去，车上绑着一根十几米长的竹竿，过路的行人还以为他是一位手工艺人，要用来加工竹制品。原来他是周口水文分站的技术人员牛维强，去漯河集市上采购测量水深用的长竹竿。那个年代测验设施很落后，基本上都是靠人工，测流用的是船，测水深用竹竿，在上面用皮尺量好刻度后做上记号。那时的漯河比周口航运便利，购买大竹竿，只有蹬着自行车往返 120 公里，然后再不辞辛苦地把竹竿带回来。

一位退休的老职工告诉我，他年轻时在扶沟县城西南 20 多里的西孟亭水文站工作，那时乡里还没有公路更谈不上通车，从站上回分站要步行 10 多公里路先到扶沟再乘客车。有一次，冬天下大雪，他从扶沟赶往西孟亭水文站，大雪封路，辨不清通往村子的路，真像是“千山鸟飞绝，万径人踪灭”。冬季常刮西北风，凭着经验，他顺着风向朝西孟亭出发，按常理早该到了，可怎么也看不到水文站，好不容易找到一人家问问才知道，他跑到扶沟东南的方向去了，那天北风转了方向。

这是两个发生在水文前辈身上的真实故事。老一辈水文人用他们的青春经历书写出了奉献、坚守的人生主题，用自己的恪尽职守，守护好江河的一片宁静。20 世纪 60 年代的祖国落后，水文也落后，水文人的工作条件很差，很艰苦。以后的十几年间，祖国在发展，水文也在进步。

也许是对水文人心存敬佩，毕业那年，我毫不犹豫地选择了水文，来到一个偏僻的水文站上班，几间破旧的砖瓦房是我们几个人的办公和住宿场所，测流用的还是手摇缆道，测一次流量，2个人要摇上1个多小时，总是累得抬不起胳膊，冬天穿着胶皮裤下水测量，上来的时候腿都冻麻了。那时候，数据都是手工计算的，根本就不知道电脑是什么东西。正如一位老同志所说：选择了水文就选择了艰苦，选择了奉献。

从那时开始，我就下定决心要勤奋学习，刻苦钻研，练就过硬本领，努力改善水文的落后局面。为此，我边工作边学习，坚持自学与实践相结合，勤学苦练，遇到不懂的就向有经验的老同志请教，坚信"干一行，爱一行"的信念，全身心投入到水文工作当中。后来，由于工作原因，我调到了周口水文站，当时站上已经开始使用电动缆道。再之后，电动缆道又改造成调速缆道，还配备了铅鱼河底托盘等设施，比过去方便多了，取沙测流，我们在岸上就可以完成，再也不用趟着水去测流了。

2000年7月，沙颍河出现"75·8"以来第一次大洪水，我和站上的同志一起奋战了20多天，抢测了4次洪峰，最高水位达49.79米，超警戒水位3.69米，超保证水位0.59米，实测最大流量2890立方米每秒，面对一次次洪峰，我们沉着应战，铅鱼被杂草缠住，不仅测流无法进行，缆道钢丝绳随时有可能被挂断，我们不顾生命危险，跳入河中去清除杂草，置生死于度外，水文人无私奉献的精神真正得到了体现。

随后的几年里，水文科技迅速发展，水文仪器逐步实现自动化，各种自记水位计、遥测雨量计、测速仪、测深仪等现代化水文测验仪器相继投入使用，2001年汛期，水文缆道全自动测流系统在周口水文站正式投入运行。这是周口水文也是河南水文测流史上一次重大变革与飞跃，为水文测验工作带来方便快捷的同时，也减轻了水文职工的劳动强度，更提高了水文测验工作的安全性、准确性。

2003年9月，黄河兰考段发生重大险情，河南水文人凭着先进的设备和精湛的技术，奋战20多天，取得了抗洪抢险的胜利。这是河南水文人首次使用先进的测流设备ADCP参加抗洪抢险工作，我们为此感到自豪，同时也赞叹现代科技给水文工作带来的方便和快捷。为了提高河南水文的抗洪抢险能力，2004年汛期，省水文局分别为周口、班台等水文站配备了第一批快艇和ADCP，白色的快艇上醒目地印着"河南水文"标志，第一次迎来这种高科技"武器"，为水文的抗洪抢险工作奠定了扎实的基础。驾着快艇穿梭在沙颍河洪流中，比起水文缆道真是快捷多了！大家都非常珍惜它，也期盼着它能为更多的水文人带来方便，能让更多的水文人体验到高科技的优势，能在抗洪抢险中发挥更大的作用。

水文是"养兵千日、用兵一时"的行业。2005年7月，淮河息县水文站出现特大水情，省水文局立刻组织抗洪抢险队，我和另外两位同事临危受命，在省水文局测验科科长赵新智带领下，携带先进测流设备ADCP极速赶往息县水文站支援。看到汹涌的洪水咆哮着，我们都惊呆了，在沙河边长大的我尽管熟谙水性，也从没有见过这般汹涌甚至可怕的景象。夜幕下的淮河漫无边际，水天一色神秘莫测，我们的心就像那澎湃的淮河水……顾不上长途疲劳，立刻安装调试仪器设备，并对测站断面情况进行观察了解，此时已是深夜。凌晨3时，抢险队员们被紧急召回测站待命，因为天太黑，水急浪大，漂浮物又多，快艇根本无法下水。凌晨5时，赵科长带领我们3人踏上了快艇，在近2000米宽的河面上冒险穿梭，连续测流16次，实测最大流量为6360立方米每秒，测到了整个洪峰全过程。由于息县水文站被洪水围困，快艇成为唯一的交通工具，测流之余，我们8次驾艇往返运送领导和职工们以及测站生活物资。在得知下游淮滨水文站的ADCP快艇出现故障时，赵科长不顾劳累，又和息县站职工驾驶冲锋舟顺淮河而下80公里，连夜冒险赶往淮滨水文站救援。这是我第一次参加省水文局组织的抗洪抢险，惊险刺激，终生难忘！

2005年的淮河大水在我记忆里经久不灭。记得事后赵科长问我："淮河测洪怕不怕？"我说："不害怕是假的，不过洪水就是命令，怕也要冲上去，为了不辱水文人的使命，哪里有洪水哪里有险情，我还是会随时准备出征。"因为我知道，在江河岸边，每天都有一些执着的水文人日夜守护着，为了社会的和谐与安宁，为了人民的生命与财产安全，暴雨洪水来临时，我们必须冲在洪水的最前线抢测数据为科学调度提供依据，虽然我们也懂得洪水无情的含义。

2008年7月，我再次参加省水文局抗洪抢险队支援淮河息县、淮滨站，还是那条河，还是这些水文人，当驾驶着配备无线ADCP的冲锋舟在淮河上穿行的时候，我们忘记了危险和疲劳，水文人的责任与担当促使我们义无反顾，奋勇向前。

多年来，无私奉献、爱岗敬业的水文人在风雨中用数据和曲线弹奏出一支支悦耳的"交响曲"。一场场防汛抗旱减灾抢险斗争，让水文一次次从幕后走向前台，老百姓也开始通过崭新的视角认识水文、了解水文。

"先天下之忧而忧，后天下之乐而乐"，这是宋代范仲淹的胸怀，也是我们水文人应有的风范。以后的几年里，我经历了多次大洪水的洗礼，与站上同志齐心协力、团结奋斗，一次次战胜困难，取得了一个又一个抗洪抢险的胜利，圆满完成了各项工作任务。

当梦想变成了现实，不禁感叹水文发展之迅捷超乎了想象！科技的发展已经把我们从繁重的劳动中解放出来，为我们改善了工作生产生活条件。的确，交通方便了，步行几百里聚在一起整编会审水文资料，骑车几百里去买竹竿，摇着橹在江河里穿行的故事再也不会发生了；有了GPS定位仪，雪地里找不到方向的事情再也不会发生了；有了遥测雨量和水位计，再也不用穿着胶鞋雨衣，半夜里跑到河边去看水位了；有了快艇和冲锋舟，水文人再也不用划着木船冒险去测流了。如今，卫星终端系统、无人机测流等先进装备都在应用，哪里有洪水，哪里有险情，我们就能以最快的速度赶赴现场。

每年的汛前，我都会参加应急监测演练，目的就是练就真本领，整装待发。不是我盼着洪水与险情再次发生，而是希望在洪灾当头之时，自己能尽一份绵薄之力。

我是年轻一代的水文人，肩负着发展、壮大水文事业的责任和使命。我走过的每一步都代表着自己的心声，也代表着自己在水文路上付出的艰辛与汗水。“刮风下雨不间断，越是洪流越向前”，这是水文人的真实写照，用辛勤的汗水换来百姓的平安，用不眠之夜换来千家万户的安宁，这是每个水文人奋斗的目标。作为新世纪的水文人，要踏着老一辈水文人的足迹，继承和发扬老一辈水文人的优良传统和作风，为水文现代化事业奉献自己的力量。

（作者单位：河南省周口水文水资源勘测局）

我和我的水文

杨展飞

我和“水文”的第一次邂逅是在2004年刚接到大学录取通知书的那一天。记得那天风和日丽、阳光明媚,不像是烦躁酷热的夏天。而我的心情却没有因为天气而平静,反而兴奋异常。因为我刚刚接到了老师的电话,得知自己被四川大学录取了。一路上哼着小调,颇有些飘飘然地走进了学校,从老师手里接过了录取通知书,首先映入眼帘的就是四川大学4个大字,接着就是水利水电学院水文水资源工程专业,这个专业是十分陌生的,也不是我所报考专业的任何一个。但我还是非常兴奋,就随口问老师:“水文水资源工程,是干什么的啊?”老师有些尴尬,也随口答道:“这个,我也不清楚。”我的天,这是什么高科技,连老师也不知道!我虽然有些茫然,但也并不担心,因为这就是我要学习的专业啊!这便是我和“水文”的第一次遭遇。对她,我是多么的无知,甚至连她属于哪个领域都不知道。可她就这么突然地出现了,并慢慢走进了我的生活,密不可分。

接下来到了大学,系主任给我们上了第一堂课,使我们粗略地了解了一下这个陌生而又神奇的专业。老师说:“这个专业的目的是培养从事水文水资源信息采集整理、水情预测预报、水质监测与评价、水资源评价与管理、水资源及水环境保护的高级技术应用型专门人才。”虽然不太懂,但我终于明白水文专业是干什么的了,想想我以后可能一辈子就干这一行了,于是回到宿舍开始努力地翻书、查资料。过了几天,我突然发现几乎是所有的同学都对水文专业有一些不满的情绪。原来多数人报考的时候都选择了一些诸如计算机一类的热门专业,后来被调配到水文专业了,于是多数人都心生不满。更有许多人在回避水文,不愿意对别人提起自己的专业。

这些不满情绪持续了一段时间之后,同学们慢慢被丰富多彩的大学生活所吸引,这种情绪便慢慢地消失了。转眼间到了大三,终于开始了有关核心专业课程的学习。伴随着水文学原理、水文水利计算、水文预报、水文统计学、随机水文学等一系列课程的深入学习以及对各位教授老师等老一辈水文人的了解,我渐渐地清楚了水文行业的过去、现状和将来的发展趋势,也了解了老一辈水文人对水文事业的无比热爱和无私奉献。其中,最使我感动的是老一辈的水文人对待水文事业的兢兢业业、一丝不苟的敬业精神和对待后辈学子的诚恳期望。这些事情无疑对我们触动很大,使我们收起了对水文的小觑之心,真正把水文当成自己以后的事业来对待。从此,水文不再是我们羞于示人的冷门专业,而是一个承载我们无数梦想的舞台。我想我终于跨进了水文行业的大门,开始在博大的水文行业里遨游了。

4 年的大学生活很快就结束了,我也终于找到了自己的第一个工作单位:新乡水文水资源勘测局。刚到新乡报到的时候,听说还要下测站,心里感到不以为然,以为在那里学不到什么东西。但是到了测站之后看到的情况却又让我大吃一惊。看到那一大摞的水位本、流量本时,我才在脑子里猛然想起一个自己从来都没有考虑过的事情:我们计算所用的各种资料、原始数据都是从这里得来的!而我,对于这些资料是怎么测出来的居然一无所知,亏我还自称是水文人。于是,我就安下心来好好研究这些看似简单却是水文工作中最重要的工作。工作中,我又一次体会到了水文人对于工作的兢兢业业和一丝不苟。不过不同的是这次的地点是在水文工作的最前线而不是在学校里,面对的人不是高高在上的专家教授而是普普通通的水文站职工。于是,我再一次被深深地触动了。在同事的身上,我了解也学会了一种态度,一种水文人所特有的对人生负责、对工作认真的态度。我也谦卑地向他们学习一些以前所不曾了解但却简单实用的知识和技能。

转眼间一年的测站锻炼时间结束了,我再次回到了局机关,而这次我身上的年轻气盛、骄傲自负已不见踪影,取而代之的是崇敬的心情和谦卑的态度。在这里,我知道自己还有很多东西要学习,不只是知识、技能,还有精神和态度。

时光飞逝,转眼间来到 2016 年,随着新乡水文事业蓬勃发展,我们不但有了 ADCP、电波流速仪、电子水准仪等先进测量设备,也有了自己的数据库、遥测管理系统、整编软件等先进的工作方式。我也不再是个初出茅庐的青涩大学生,而是一个踌躇满志的水文人。下到测站能挖得了水尺,搞得了测量,也能测流量测墒情;回到局里能整得了数据,做得了预报,也能管理遥测管理数据库。就在此时,考验也悄悄降临。

7 月 9 日凌晨,一场暴雨袭击新乡。当时我趟着齐腰深的水往单位走,心中虽有害怕,脚步却一刻不停。等到了单位,发现离得近的同事几乎都已经到了,其他人也都在路上。凌晨 3 点的水文局里热火朝天人来人往,每个人都在紧张而有条不紊地工作。有的人在准备数据和方案,准备进行预报工作;有的人在检查报文和报表数据,准备向上级领导及市有关领导汇报;有的人在准备仪器和设备,准备支援测站;有的人在准备食物和饮水,准备长期奋战;有的人准备汽油和发电机,准备应对突发状况。看着眼前忙碌的同事们,听着窗外瓢泼的暴雨,我的心中回响起刚入职时领导讲过的一句话:雨情就是命令,雨情就是责任!于是,我义无反顾地投入到防汛抢险中。

回顾我与“水文”结缘的 15 年时间,我走过了长长的一段人生路,其中有平淡枯燥,也有紧张刺激;有失意低落,也有热情向上。从对她不了解到深入其中,从对她不喜欢到崇敬热爱,从一份工作一份事业到一种责任一份担当,“水文”陪我一起走过了这足以改变我一生的 15 年。如今,她已经成为了我生命中的一部分,承载着我的所有梦想和期望。

(作者单位:河南省新乡水文水资源勘测局)

我骄傲，我是一名水文工作者

徐海玲

1997 年，我成为濮阳水文水资源勘测局范县水文站一名普通职工，自此，我深深地体会到作为一名水文工作者的艰辛。

记得报到的那天，水文站的办公室给我留下了深刻的印象。站上加我一共 5 个人，都挤在 2 间简陋的办公室里。当时，因为我是新来的，站领导给我买了 1 张新办公桌，其他 4 个人的办公桌，都非常陈旧，看上去就像陈年老古董。除此之外，办公室里就剩下 1 台资料柜，难道这就是水文站的全部家当？集体宿舍，是简易的筒子房，由于采光极差，白天进去，就跟摸瞎一样黑乎乎的，几乎找不着宿舍门。

水文测验是我们水文站的工作核心，而测流断面离水文站又很远，可以说是野外的野外。我们每天都必须往返好几次到测流断面观测水位；遇到降水，不论是下雨、下雪，还是下冰雹，都必须根据测验要求在不同时段到降水观测场观测降水量；无论旱涝，都必须根据要求测得河道流量，还要定期测量土壤含水率。每年汛期，都是我们最忙的时候，哪怕电闪雷鸣，狂风暴雨，洪水滚滚，都得勇往直前与暴雨洪水做斗争。我们所用的测验工具很原始、很简单，站上唯一像样的测流车，也是用一部机动三轮敞篷车改装的。每次去测流，都要坐着这辆敞篷测流车，由于车况不好，加上坑洼不平的搓板路，走起来总是摇摇晃晃，吱吱扭扭，安全系数都很低，总是让人提心吊胆的。但老职工却笑着说："这可比以前好多了，以前去测流都是坐脚踏三轮车，测流用的是旧式的摇把式绞车。"到了测验断面，一待就是几小时，白天头顶毒辣辣的太阳暴晒，整个夏天不知胳膊会脱几层皮。到了夜晚又被杂草丛中的无数蚊虫追着叮咬,浑身上下全是大大小小的红包,奇痒难受。冬天里又是寒风刺骨,我的双手都被冻得红肿红肿的。水文人都有着说不出来的苦和累。这样的滋味,若不是亲身体验,坐在办公室的人是根本想象不到的。

我们长期在野外工作,跟外界接触很少。生活非常简单,衣着都很简朴,大都不善言辞。风雨、烈日、冰雪、严寒的历练,使我们都显得比实际年龄更老一些。我们站一位同志,勇救落水儿童不留姓名,直到现在,知道他的人也不多。若是有人问起,他总是嘿嘿一笑,什么也不说。淳朴的行为,反映了一个人淳朴的性格,而淳朴的性格,正是我们这些水文人所共有的。当时有句顺口溜叫:"远看像要饭的,近看似卖炭的,仔细一看是水文站的。"就是对水文站人的真实写照。他们长期在野外工作,风吹日晒,黝黑的皮肤成了他们的基本色。但水文人从不后悔,他们都有着不怕苦、不怕累、甘于寂寞和冒险的奉献精神。

光阴似箭,岁月如梭。转眼到了 2019 年。现在每当我站在桥上顺着河流的方向放眼望去,我的心情总会感慨万千。20 多年过去了,水文事业和水文人的生活都发生了翻天覆地的变化。首先是范县水文站升格为县级水文局,2016 年范县水文局在范县县城正式挂牌。办公站房也由原来的 2 间办公室扩展到 4 间,再到现在有了面积达 300 平方米的现代办公楼。还配置了先进的测流仪器——ADCP,电波流速仪、手摇式测流缆道设施被淘汰,高科技装备代替了原始工具,大大减小了监测误差,也大大降低了劳动强度。水情发报方式也实现了网络现代化、多样化,尤其是北斗手机填补了大洪水期间无法传递信息的空白,保障了水情信息传播的精度、速度,安全又可靠。还有,水文资料整编软件的应用,也极大提高了后期整编工作的效率。水文站网也得到进一步优化与完善,全局已有 1 个基本水文站,1 个水位站,2 个巡测站,1 个生态流量站点,3 个水质监测站点,10 个地下水质监测点,5 个墒情站点, 11 个雨量站,33

个地下水监测点,其中 11 处为自动监测点,6 个水功能区水质监测点。基础设施和站网的增加,基层水文站的发展迈向新的台阶,现在我们坐在办公室就能观测到各站点的降水量和水位变化过程。俗话说打铁还得自身硬,水文测验任务量的增加,各种高科技仪器的运用,需要我们更高、更快地提高自身素质和业务水平。省水文局每年还都拿出大量培训经费,为我们提供了学习平台。刚参加工作时,我还只有中专学历,后经过培训我顺利拿到了大专文凭,现在又拿到了本科学历。

水文地位也得到空前提高,也能和当地政府部门一同参与水政、河长制的执法行动,测验河段的垃圾、违章树木彻底清除。现在的水变绿了,空气也清新了。

大家都说,我们进入了新时代,赶上了好时候,作为一名普通的水文工作者,我感到十分骄傲!

(作者单位:河南省濮阳水文水资源勘测局)

甘做江河好医生

范思源

我出生于20世纪80年代。小时候父亲经常带我到洛河边玩耍,许多小朋友都在河边嬉戏打水仗。那天河水刚刚涨过,水是淡黄的,隐隐可见河底,我穿着小裙子赤脚站在河水中,摸石子、抓蝌蚪,还时不时半蹲着身子用双手掬起一捧河水,洒向半空,发出哈哈的笑声。父亲给我拍下许多照片,至今还留在相册里。当我问起这河水从何处来到何处去的时候,父亲说它从很远的地方来,要到大海里去。我说很远的地方在哪里?父亲说等你长大就知道了。后来由于忙于上学我就再没去过洛河了。没想到20多年后,因为工作这里又成了我经常光顾的水质监测点。

我是2008年正式参加工作的,一开始被分配到了新乡水文水资源勘测局(简称新乡水文局),同时又被河南师范大学录取为应用化学硕士研究生。当时新乡水文局化验室已经是河南师范大学应用化学系学生的实习点,所以我在读研究生时也经常到那里参加水质化验。当然这也仅仅是个纯粹的化验而已,而对那些水样的来龙去脉却是一无所知。直到2011年硕士研究生毕业,我先后在新乡和洛阳水文局化验室正式上班之后,才知道这些水样的来之不易——这都是经过无数人手从几十公里甚至几百公里之外的各个河流上千辛万苦采集回来的啊!这些水样有来自省市边界的,有来自城镇控制断面的,也有来自城镇排污口的。

还记得我第一次到洛河采水样的情形。那天早起天还不亮,我就和其他两位同事坐上了采样车,我们先是走了180多公里的高速公路,又走了50多公里的国道、省道、县道,最后就是30多公里的乡间土路。道路越走越窄,山势越走越险,一会儿峭壁,一会儿悬崖,崎岖狭窄到根本无法错车、调头的地步。我们只能硬着头皮往前开。如此一路颠簸直到陕西省洛南县与河南省卢氏县交界处的洛河边上,已是上午10点多。我们赶忙取了第1个水样,就又继续往回赶。返程途中我们要在洛河干流和沟沟岔岔的支流上不停取水样,道路更加艰难,途经卢氏、洛宁、宜阳、洛阳等地,走走停停,看到一条条支流汇入洛河,洛河水面越来越宽,待赶到洛阳市区河段最后一站的时候,天已擦黑。隐隐约约发现,这不正是我孩提时经常戏水的地方吗?只是洛河的水面更宽了,水也更深了,科长说:这是我们的常规水质监测点,从前这里的水质极差,后来洛阳市通过污水治理,在洛河上修建橡胶坝蓄起了宽阔的水面,这里的水环境已经好多了。是啊,20多年过去了,这里发生了很大变化,但我孩提时在此戏水的情景还历历在目,心想这是无意中的巧合,还是父亲的有意安排,让我从那时就已注定了我的工作方向?与水结缘,为水而兴,冥冥中我已走上了水质监测之路。监测河水终将成为我毕生的选择。科长说:别小看了我们的工作,水质监测重要得很!当年为了治理洛河污染,我们在洛河和市区各个排污口进行了连续半个多月24小时的污水监测,最后洛阳市才根据我们监测的数据制定了洛河水环境综合治理方案,才有了今天这水清岸绿树茂的滨河公园啊!听了科长的介绍,我的工作劲头就更大了。当我们顺利完成一天的取样工作返回到洛阳市区的时候,大街上已是一片灯火辉煌。在我们的取样工作中,似这样起早贪黑两头不见太阳的情况是经常发生的。也正是通过这次实地采样,使我解开了孩提时的迷惑,知道了洛河的来龙去脉,了解了许多水文地理,增长了知识。如此一来我就像发现了新大陆一样欢欣雀跃,以致每次外出采水样都成了我最为兴奋期待的事情,仿佛就是去会见一个个老朋友、结识新朋友。在那延续几百公里的路程里,我与她们促膝长谈,乘兴而来,尽兴而归。后来由于局里缺少专职司机,我还成为兼职司机,奔波于洛阳大地的山山水水之间,乐此不疲地工作着,快乐着。多年下来我跑遍了洛阳(包括三门峡)市的大大小小河流和排污口,使我知道了更多的河流水系,知道了它们的分布与走向,知道了河流水系上的水文站网。回到实验室以后,我拿着采集来的一个个水样,监测每一项指标,最后整理汇总起来的过程,都会使我滋生无尽的成就感。

当然采水样也并非轻松,需要长途颠簸,步行在人迹罕至的河水边或隐蔽的污水管、臭水沟,不是杂草丛生,就是乱石河滩,对于排污口更是恶臭熏天,蚊虫扑面,还要弯腰伸手拨去污水沟里的污秽杂物,灌取水样,现场处置,固定密封。由于路途遥远,为了保证数据的有效代表性,诸如 pH 值、溶解氧、电导率等项目还要现场测定,个别情况还要现场施测流量。这一切不容丝毫失误,来不得半点马虎。所以,我们的每次取样都会像与时间赛跑的战斗,紧张而又刺激。

但是,采样也只是完成水质监测的第一步,1 日采样 10 日化验。相对采样来说,室内化验才是精益求精的过程。读研究生的时候,老师就经常告诉我们,做分析化学就是吹毛求疵。上了班更加知道做实验不可粗枝大叶,实验记录更不能出现“大概”“左右”“几乎”这样的字眼。是啊,水质化验就是与微量因子打交道,化验器具更不能留有任何其他残留与痕迹。再者,天然水样不比纯净样品,成分多种多样,在检测时除了可能存在干扰以外,随着时间的流逝,里边的各项因子之间也会互相转化。因此在检测当中,还必须统筹好检测次序,还要添加“已知样”“平行样”“加标回收样”各种各样的质控手段,从而保证检测数据的合理性和科学性。行百里者半九十。如果在化验过程中不能拿出百分之百的精力,做到一丝不苟,就有可能获得不太精确的数据,甚至宣告失败。没有精确数据,任何水质评价分析,水生态、水环境、河湖健康规划建设都无从谈起。

经济社会飞速发展,也带来了诸多水环境问题。正是有了我们坚持不懈的水质监测数据，警醒了人们的环保意识，我们的水质评价成果给政府部门提供了规划治理水环境的重要依据，使水污染情况得到了有效遏制和好转。当我们再次走进洛河两岸，这里已经是水面宽阔、绿树成荫、风光旖旎绵延不断的滨河公园。

如果说河流水系是一棵棵参天大树，那么我们的水文监测站网就是这棵大树上的枝叶和花果，每一片枝叶每一个花果都凝结着我们水文工作者辛勤浇灌的劳动和汗水。如果说河流水系是人们身上的脉络，那么水文监测站点就是这些脉络中的主要穴位。我们水文工作者无疑就是把脉江河的老中医、保健医生，每次水质监测都无疑是给河流做的例行体检。我们的工作做得越扎实，越认真，河流水系的病灶就会被诊断得越准确、越清晰。

“道虽迩，不行不至，事虽小，不为不成”。水文事业任重道远，只要我们不忘初心，继续做好水质监测，争当水资源的好卫士，甘做江河水环境的好医生，我相信在不远的将来我们的河湖生态一定会越来越健康，我们的家园也一定会越来越美好！

（作者单位：河南省洛阳水文水资源勘测局）

我当上了水文兵

汪真真

朋友，你听说过水文站吗？你体验过水文人的生活吗？你知道那是一份什么样的工作吗？他们又是什么样的一类人吗？

水文人，集结了日复一日的水位、蒸发、降雨、流量、含沙量等一串串枯燥无味的数据；充盈了年复一年的数据采集、记录、分析、整理、报送工作；远离了城市的霓虹喧嚣、车水马龙；放下了与家人团聚、赡老育儿的甜美与幸福；他们没能在3G、4G互联网的风暴下，在整个高速发展的世况下，享受到人与人，人与社会的连接沟通；但他们怡然自得地出没在一个个人迹罕至的孤山险水，安装流速仪，悬挂铅鱼，有条不紊、紧张有序地观测、测验、测量、分析……

2008年，告别那熙攘、繁华的都市，挥别了同学、朋友，踏进我人生的第一个工作单位——息县水文站。我上班了，走上了工作岗位，成为了一名地地道道的战斗在第一线"水文兵"。本来憧憬着这第一份工作的美好，可在这僻幽、远离霓虹灯火，交通极为不通畅的县城之郊，甚至连正常的日常生活都让我倍受考验。加上相约而至的国庆和中秋，更让我倍感焦郁和孤独。

有人说，水文人是农民！因为他们常年居住在偏远的乡村河边，饱经风霜雪雨，语言、着装与肤色已与农民无异。其实他们没有农民洒脱，更没有农民那般的闲适和自由。

有人说，水文人是僧人！因为他们常年驻守在深山岸边，周围甚至没有村庄和人烟，只有川流不息的河水相伴。其实他们没有僧人恬静，恐惧与责任、孤独与思念，常常令他们辗转难眠。

有人说，水文人是傻子！因为暴风骤雨时正常人都往家里跑，而他们感冒发烧却仍往风雨里奔。其实他们没有傻子安全,反而时时刻刻面临着被洪水吞噬的危险。

我要说:水文人是军人。没有节假日,工作不分风雨昼夜,视洪水如军令,为监测洪峰敢于把生命置之度外的军人!

养兵千日,用兵一时,测站就是前哨,每个水文人都是“水文兵”,是战斗在大江大河,战斗在恶劣自然环境下的兵。无所谓军人的威武,更无所谓军人的荣耀!我们水文兵:生活是质朴的,环境是单调的,心田是宁静的,担子是沉重的,在不为人知的岗位上凭借着执着的信念肩负起祖国和人民授予的使命,傲然矗立,镇守在那万里江河,默默守望每个家庭的安康生活!

11 年的测站生活,点点滴滴就像大海上帆船驶过的痕迹,渐渐散去。无法刻意地回味,可那些鲜为人知的努力和默默无为的付出却令自己无法忘怀。它丰富着我的记忆,撼动着我的灵魂。我为能做一名“水文兵”而骄傲自豪!在这个“前哨”,水文工作拷问了我的心志,锤炼了我的人格,锻炼了我的毅力,让我深深感悟到默默奉献的意义与人生的价值。

(作者单位:河南省信阳水文水资源勘测局)

风雨水文人

贾敏敏

2009 年我如愿成为一名水文人。记得初次到济源水文站工作时，心情既兴奋又不安，激动的是因为对水文工作充满了向往，不安的是担心自己不能胜任。好在有站上各位老师的帮助和鼓励，我重拾了战胜各种困难挑战的信心。工作第一天，站长就对我讲："水文工作看似简单，却很重要，要想干好，要有耐心、有恒心。"工作中我也渐渐发现，水文数据最重要的是准确性、及时性、连贯性，所以这就要求我们水文人一年 365 天无论昼夜，无论节假日，无论刮风下雨都要做到及时观测，准确报送。

水文工作让我变得乐观坚强。我所驻守的济源水文站在黄河的一级支流蟒河，蟒河属于典型的山区性河流，山高坡陡，水位暴涨暴落，抢测难度极大。为了更好地完成水文工作，我一直虚心向水文站老职工请教，也懂得了要想干好水文测报工作，就必须大家通力合作、各司其责。记得第一次晚上抢测洪峰，我负责观测水位、取沙等任务，因为雨下得很大，我不得不一个人拿着手电筒到河边观测水位，总是害怕有蛇跑出来，越是紧张就越是害怕，一不留神我就摔了一个大跟头，当时又害怕又委屈，眼泪差点流出来。但是我仍然坚强爬起来，坚持完成好抢测洪峰的任务。还有一次，也算刻骨铭心吧。我们去抢修遥测雨量器，虽然事前已经和委托人沟通，但还是因为委托人临时有事我们被挡在门外，为了尽快完成维修任务，我们被迫用梯子爬到了房顶，引得住家户的狗一直叫，惊动了街坊邻居把我们当作是贼，经过好一番沟通之后，我们才得以到房顶维修雨量器。然而祸不单行，刚打开雨量筒准备检查，一窝马蜂蜂拥而来，我们几个没来得及躲闪，都被马蜂蜇了几个大包，老职工孙常征大声让我们躲避，还拿出风油精为我们消毒。他自己不顾被蜇的危险，坚持修好了雨量设备。孙常征安慰我们说干水文这一行的，像这种被蜂蜇、被虫咬是常有的事，大家工作中要多总结经验教训，出门维修要多备些驱蚊虫药物和防护服装在身上以备不时之需。

水文职工像这样雨天摔跤，夏天被虫咬的事情很多，但是他们为了坚守初心和梦想，始终默默无闻、无私奉献，几十年如一日地坚守着他们热爱的水文事业。正是这样一群水文人坚强乐观、无怨无悔的干事创业热情，感染了我，也更加坚定了自己的理想——为人民对美好生活的向往贡献自己的一切，努力成为一名合格的水文人。

水文工作苦，但很有意义。记得刚刚参加工作不久，就遇到了一场一连 3 天的强降雨，所有同志都 24 小时坚守工作岗位。雨大水急，测流非常困难，洪水冲下来各种杂物，塑料薄膜、水草等不时会挂到流速仪上，导致测流无法正常进行，这时就要把缆车重新开回到水边进行清理。为了保证能测得洪峰，要争分夺秒。当时我的任务就是坚守在河道上看水位和清除流速仪上的阻碍物，保证正常测流。洪水冲下来的杂物又脏又臭，当时只顾着工作，事后发现全身都是一片一片的红疹。但是我没有觉得身上难受，因为我看到我们的老职工为了水文数据的准确性，冒雨在洪水中一站就是几个小时，依然坚持在奋战；看到带病仍然坚守工作岗位，从容应对、沉稳指挥的站长。正是前辈们传递的这些临危不惧、任劳任怨、亲力亲为、忠诚担当的精神，更加坚定了我干好水文工作的信心，使我充满力量。

干水文工作这么多年，对不起的可能就是家人，大家都知道下雨时往家跑，往能躲雨的地方跑，而水文人就是要赶紧朝室外的水文测验断面跑。记得女儿还是几个月的时候，只要下大雨，为了抢测洪峰,我必须赶到水文站上,而这时还吃奶的女儿撕心裂肺的哭着要妈妈,由于时间紧迫,我无暇顾及,匆匆赶到站上。等到测流完毕,水位降下后,已经是第二天的早上了。回到家后,听丈夫说女儿哭了一晚上要找妈妈,嗓子都哭哑了。我无言以对,心里充满了愧疚,紧紧把女儿搂在怀里,但是回头一想,舍小家为大家,我们完成了水文测报任务,确保了蟒河两岸更多家庭安全和团聚,这更有意义！女儿上小学后,每每放暑假,同学们都是爸爸妈妈陪着出去旅游的,女儿总是央求着让我们带着出去,可是正值汛期,根本离不开岗位,看到女儿失望的小眼神,我也是无奈,但是我不后悔,因为我知道汛期的水文测报对于水文人的重要性,这是我们的责任,是我们的使命,所有水文人都有这样的信念!

历经70年,河南水文成功实现了采集现代化、传输网络化、处理智能化。这是一代代水文人与祖国同梦,为建设水文不惧牺牲、无私奉献、团结奋进、弃小家以成大家的精神铸就的辉煌。作为年轻的水文人,在祖国复兴的新时代,要将自己的梦想与中国梦紧密相连,坚定理想信念,不忘初心、牢记使命,以永不懈怠的精神状态和一往无前的奋斗姿态,在推动河南水文事业发展的历史担当中,成为一名书写者、贡献者。

(作者单位:河南省济源水文水资源勘测局)

坚定信念　奉献水文

肖梦雨

2017 年 5 月,我成为许昌水文局一名普通职工,那是一个再平常不过的日子。从那天起,我与水文的故事,缓缓开始。

入职前,水文与我,是天上地下不会有交集的两个轨迹,专业毫不相干,家里也从未出过任何水利相关工作者。我想也正是如此,才能让我有机会以局外人和旁观者的身份,最直观体会到这个行业的方方面面。水文事业的发展,犹如一道长河,穿流在历史的长廊中,俯身拾取,便是动人心魄的故事。我站在河边,看着大河波光粼粼,跳跃着这么几个关键词——

艰苦:强大的人不是征服什么,而是能承受什么。

工作第一周,作为非业务科室的新人,我跟随同事下基层测站参观学习。在这里,第一次了解到基层水文站。水文站依水而建,基本都在农村,交通非常不便,有些水文站离村里的超市等生活区还有一段距离。还有一些水文站,自来水都没有,日常生活只能靠小三轮拉水、拉食材。进了水文站,办公室的墙面还有雨水浸过的痕迹,正值夏季,屋内闷热潮湿,蚊虫滋生。对比城市里的高楼大厦,写字楼里一应俱全,我想水文站职工所面临的,恐怕不仅是艰苦的环境,更多的还有心理上的落差。

果然同我想的一样,同批入职的业务科室新人,在汛期前往基层水文站进行了 3 个月的实习,在和他们交流的过程中我听到了不少关于在基层日子难熬的话语。这 3 个月汛期,每天都要多次下河涉水测流,白天被烈日暴晒,晚上被蚊虫叮咬,遇到极端天气,还必须冒着雷电交加、大雨滂沱之势一头扎进河里。伴随着巨大的劳动强度，还有条件的艰苦和心理上的失落。备受憧憬的第一份职业，却在这远离繁华的乡郊，在不那么忙的时候，也没有任何娱乐，让人倍感焦虑和孤独。但我想到，他们只是短短3个月的实习，广大水文一线职工，却是将一生奉献在了这艰苦之地，在他们的一生中，有多少夜深人静时的孤独与思念，有多少洪水奔涌前的恐惧和责任，有多少严寒酷暑下的坚持与忍耐，他们亲切又朴实的微笑背后，是咬紧牙关的坚守。

进取：世界会向那些有目标和远见的人让路。

水文是水利事业发展的尖兵，"求实、团结、进取、奉献"是水文行业精神的高度概括。当我从时间的角度看水文，我发现进取二字，始终贯穿于水文事业发展的全过程。

进取，在于创新。我所接触到的水文人，他们把创新自始至终贯穿于业务工作中，用科研成果推动技术进步，用新技术新成果逐渐代替传统落后的工作方式。在大量新技术的基础上，基本实现了区域内水情工作初步自动化。水情工作在信息收集、整理、处理、入库、查询、应用等每一方面，都取得了长足的进步。

进取，在于开拓。水文事业发展到今天，在经济社会领域的方方面面都发挥了重要作用。在历年的抗洪减灾工作中，起到了耳目和参谋的作用，所提供的水文信息为防汛指挥决策、水利工程安全调度和运行等提供了重要依据。今天，水文工作在水资源利用与开发、工程建设管理、农业灌溉、城市用水、航运、生态环境保护等方面发挥着越来越重要的作用。

回顾我与水文结缘的短暂时间，从对他的闻所未闻，到深刻体会，从刚开始的懵懂无知，到今天的全面了解。日子一天天过去，我也将继续发扬一代又一代水文人求实、团结、进取、奉献的精神，身体力行谱写新的水文赞歌！

（作者单位：河南省许昌水文水资源勘测局）

我是水文人

徐贺娜

2000 年,我中专毕业,告别 4 年的校园生活,带着淡淡的离别伤感,满怀对未来的希望,踏入水文队伍,成为一名水文新兵。

从站上老同志一遍一遍如数家珍的讲述中,我仿佛看到那个特殊年代,老一辈水文人艰难坚守的情景,看到他们一顶斗笠,一件蓑衣,一盏马灯,一艘小船夜间冒雨测流的场景……

水文是防汛的耳目。水文人是水利行业的尖兵。水文是为社会服务的行业,是社会经济、工程建设、防汛抗旱、水资源管理、水环境保护的基础,我们所提供的水文信息是全社会的宝贵财富,是政府决策的重要依据,是国民经济健康发展的重要技术支撑。水文的基础性、社会性、公益性,铸就了水文行业的基础地位,注定了水文人默默无闻、无私奉献的品格。

水文站地处偏远,条件艰苦。一年四季,只要有降水,我们都必须到测验断面实地观测水位、施测流量。都必须根据规范要求在不同时段到观测场观测降水量,确保提供准确及时的水文数据。我们默默坚守岗位,居住条件一般,前不着村后不着店,跟外界接触少,大都不善言辞。但是,只要有暴雨洪水,我们从来不退却,与暴风骤雨交锋、同汹涌波涛搏斗。水文人终身与江河为伴,与群山为友。在人迹罕至之处,在恶劣环境之下,我们守得住寂寞、耐得了清贫。洪水季节没有一分一秒的松懈,时刻注意天气和水势的变化,没有昼夜之分,更谈不上节假休息日。我们在电闪雷鸣中劈波斩浪,身上的衣服被雨淋湿了来不及换,被风干了再淋湿。简单的阿拉伯数字,准确无误地记录了每次洪水的涨落过程,给防汛抗洪提供了准确及时的雨水情信息。选择了水文就是选择了平凡,水文人一生伴随着风雨度过,也许我们一生都不会取得惊天动地的大成就。水文人也是不平凡的,在突发水事件面前,我们临危不惧,冲锋陷阵,以精湛娴熟的技术,准确及时的预测预报,科学高效的分析,周到细致的服务,赢得了社会各界的认可,水文人用自己的无畏精神在滔天洪水中书写着水文风采。

当我进入水文的那一天,水文工作环境已经有了很大改善,测站规范化建设逐步实现,新技术、新设备的广泛使用,使水文工作如虎添翼。水文人发扬敬业爱岗、艰苦奋斗、无私奉献的可贵精神,为经济社会发展和人民的幸福默默奉献着,激励着后来人奋发努力。我们赶上了大水文发展的好时代,在经济社会发展对水文提出更高要求的时代背景下,作为水文人只有以饱满的热情投入到水文工作中去,继承和发扬老一辈优良传统,努力钻研,不断进取,不断奉献。

不忘初心,砥砺前行!我坚信我们今天的努力会使水文事业的明天更加灿烂辉煌,我也为自己身为水文人深感自豪!

(作者单位:河南省平顶山水文水资源勘测局)

水文精神照我行

张媛媛

小时候我在水文局的家属院里长大，水文局办公楼、水文站、职工家属院都在一个大院内，我目睹了老一辈水文人的艰辛与执着。我的母亲就是一位水文职工，每逢阴天下雨，不论白天黑夜，她总是往外冲，冒雨观测降水量，遇到大洪水，她和站上职工一起抢测洪峰，轮流值班，认真负责地测验收集一组组基本的水位、流量、降雨资料，她们工作中的“认真、执着”就是我童年记忆里的“水文精神”。母亲非常关注天气变化，每天的天气预报是她必看的电视节目。母亲话不多，在加班加点完成观测任务后，她常常说：“水文数据可重要啦，它关系着人民群众生命和财产的安全。”自豪感溢于言表。母亲的言传身教让儿时的我心中埋下一颗种子：长大后我也要成为一名水文职工，为水文事业贡献力量。

19 年前，当我心怀梦想，第一次走进板桥水文站的时候，我还是个懵懵懂懂的小姑娘，对我来说一切都是那么新鲜有趣。每天的观测、发报，对我来说都充满了热情。站上有很多辛勤工作的前辈，他们平凡而质朴，给了我很多帮助和指导。闲暇时，站上的前辈常常谈起板桥水库“75·8”大水的情景，我一次次泪湿眼眶，心里沉甸甸的，第一次深深感受到，水文工作虽然默默无闻，却关系到千家万户的平安和幸福。年轻的我对“水文精神”也有了更深的理解，“水文精神”不光是一种敬业、求实，更是一种使命和担当。

工作 19 年，我调动了两次，工作环境越来越好，但认真负责、敢于战风雨、斗恶浪的水文精神更加坚定。在每一个岗位上都积极践行初心使命，牢记自己是个水文哨兵，在每个岗位上都踏踏实实，认真完成每一份工作任务,做“水文精神”的践行者。国家的发展日新月异,水文事业也奔驰在高速发展的大道上,新仪器、新设备层出不穷,水文事业也承载着一代又一代水文人的智慧与不懈努力飞速发展。我们不仅传承“水文精神”,更需要把“水文精神”发扬光大。

中华人民共和国成立70年来,伟大祖国发生了翻天覆地的变化。水文工作也朝气蓬勃,对国民经济发展的支撑作用越来越显著,知名度也越来越高。我们经常能在新闻媒体上见到水文人的身影,身为水文人的自豪感和使命感也在我们每个水文人的心中不断升腾。水文系统经常举办水文业务的学习培训、技术比武、技能考试等等形式多样的学习活动,大家每次都有新的收获和进步,而每个人的进步也在推动着整个水文行业的发展。从这个意义出发,“水文精神”不单单代表了敬业、求实、团结、精益和专注,更代表了不断的自我更新和使命感。

水文工作默默无闻,单调重复,几十年如一日,也许我们每个人所做的,看上去都只是一点一滴“不足为外人道也”的小事,但聚沙成塔、滴水穿石,每一个水文数据、每一份水文报文、每一份水文资料的背后,都承载着我们的汗水,凝聚着我们的智慧,闪耀着“水文精神”,见证着水文事业和祖国的发展。作为一名水文职工,在未知的世界中不断学习求索,在从事的领域中精心钻研,坚持本真的执着,继续发扬“水文精神”,为水文事业发展贡献出自己应有的力量!用我们的“水文精神”向伟大祖国致敬!

(作者单位:河南省周口水文水资源勘测局)

浩瀚水文化孕育出彩水文人

张寒露

如果说中华文化源远流长，那么水文化便是其精髓与根源。水在浩浩荡荡抑或润物无声之中总会不自觉地参与到社会变革中。远古时期的女娲补天、后羿射日，表达了人类战胜水旱灾害的美好愿景。从大禹治水到秦始皇统一大业，人们不断征服自然、改造社会。曹操迁都许昌后，“募民屯田许下，得谷百万斛”，得水之利的曹操又大治诸陂于颍河南北，穿渠三百里，灌田两万顷，实现了真正的富国强兵。可见，水同样促进着经济的发展与文化的繁荣。

人们常说，得中原者得天下。河南地处中原，古之四渎都结缘于河南，中国七大流域河南占据其四，河南水文化何其厚重！借助水文化的力量，赋予了水文无限的生命力。

纵观历史，水文人奋发图强、开拓进取的志向不改！大禹治水居外13年，三过家门而不入，终于把“浸山灭岭”的洪水分疏九河，导流入海。从许慎释“测”开始，水文人孜孜不倦，不断创新。先秦用竹制浮标测量流速，陆羽评分饮用水水质，燕肃点论海啸；从陈潢提出流量计算“测水法”到民国的径流泥沙实验，再到国产流速仪、水准仪的研制成功，无不引领着水文不断蓬勃向前发展。无数水文人正是凭借着这样的精神，创造了辉煌的过去，开创了发展的纪元。

水文工作看似简单，若细细品茗，其实不然。愚公移山，要的是恒心；精卫填海，要的是信念；大禹治水，要的是顽强。对水文人来说，这三种信念，缺一不可。无论是波澜不惊的枯水期，还是洪水来临的“尖峰时刻”，水文人都在默默践行着水文行业近百年来所凝聚的“团结、求实、奉献、进取”的水文精神，在河道旁、在闸坝站的守候者,日复一日、年复一年,不离不弃,奉献了一生。他们始终秉持着严谨的工作作风,踏实的工作态度,在暴雨中辛苦夜测,在风浪里激流勇进。电闪雷鸣、狂风暴雨中,他们奔向风雨、踏上泥泞,因为风雨泥泞中有他们的岗位;骄阳似火、烈日当空下,他们不畏酷暑,因为烈日骄阳下有他们的责任;霓虹闪烁,都市繁华里,他们坚守深山、守望水流,因为深山峡谷中有他们的使命;阖家团聚时,他们与家人相隔、甘于孤独,因为家的远方有他们的初心。

天地之中,大河之南,烨烨中华,风正帆悬。新时期的水文人接过老一辈的接力棒,将水文现代化的使命扛在肩上,坚持"四水同治"的新时代治水思路,坚持"大水文""大服务"创新发展的新观点。不忘初心、牢记使命,以矢志不渝的初心、久久为功的恒心、坚毅笃定的耐心和甘于孤独的静心,以钉钉子的精神争做"出彩水文人"。

今年是中华人民共和国成立70周年。70年披荆斩棘,70年风雨砥砺,让一个古老的国家焕发出奋斗的神采,让神州大地激荡起生机勃勃的复兴气象。在从站起来、富起来到强起来的过程中,中国特色社会主义道路、理论、制度、文化不断发展,拓展了发展中国家走向现代化的途径,为解决人类问题贡献了中国智慧和中国方案。今天,近14亿中国人民意气风发、豪情满怀,960多万平方公里的祖国大地生机勃发、春意盎然,5000多年的中华文明光彩夺目、魅力永恒,我们党的领导和我国社会主义制度坚强牢固、充满活力,中国人民和中华民族前程伟大、前途光明。祖国母亲经历改革与建设的洗礼,呈现出繁荣昌盛的局面。站在这个时间节点上,回望过去,辉煌成就写入史册;展望未来,民族复兴召唤在前。处在这个关键节点的我们,应当脚踏实地、走好新一代的长征路,不负先贤之努力,在新节点上敢于作为,为实现中国梦注入水文人的力量。

(作者单位:河南省许昌水文水资源勘测局)

水之印象

安明明

《道德经》中曾提到,“上善若水,水善利万物而不争,处众人之所恶,故几于道”。最好的“善”就像水一样,滋润万物却不居功自傲,索求回报。而那些众人不愿进入的地方,却总有水的身影。是故,人们总是用水来比喻崇高的境界。古往今来,如是而已。

作为一个生长在黄河河畔的孩子,每每都能看到黄河的波澜壮阔,震撼于大自然的伟大。水无形,可化万物;水有形,无处不在;水包容万物,亦净化其身……水的品格,无不显示她的博爱。然而,在最初的时候,我对水的印象更多的却是畏惧。

很难想象,一个自小在水边长大的孩子,却是一个标准的“旱鸭子”,甚至走在水边也会默默地走在最外侧。小时候,总是听老人们讲,河里有水怪,他们最爱吃小孩子了,如果你们掉进水里,就会被他们一口吃掉。这可能就是水给我的第一印象吧。再后来的1998年长江特大洪水,给我更多的震撼。通过电视,看到洪水如猛兽一般,冲毁了万亩良田,吞噬前面的一切事物,给当地群众带来无尽的灾难。国家主席亲临前线组织抗洪,抗洪战士组成人墙阻挡洪水对大坝的一次次冲刷。现在闭上眼睛,那些撼人的场景依旧在眼前徘徊,抗洪战士的呐喊声在耳边回荡。对于水的认知,更多的是停留在这些灾害和危险之中,敬畏之心油然而生。人的认识总是在不断进步的,对水的了解也在一步步地改变。大学期间,开始接触水利专业,从理论层次,更加全面地认识了水及水的属性。水利,开发利用水资源,防止、规避洪水灾害。通过学习,我发现水并没有那么可怕,利用得当,他们会很温顺。灌溉农田、水力发电等都在服务人类,造福民众。期间有幸到小浪底水库现场参观调水调沙,只见那黄色的浪花翻卷腾空,滔滔水声不绝于耳,挟带着大量的泥沙,奔流而下，一泻千里，壮丽的景象无以言表，磅礴的气势震慑人心。洪水如猛兽，但通过水库、大坝、水利枢纽等水利工程的拦蓄，猛兽亦可为人们所利用，将其危害锁在笼子中。越是深入学习，越是觉得水利的意义非同一般。对于水的认知更上一层楼，优化利用水资源，水也是很可爱的！

俗话说得好，听不如学，学不如做。毕业之后，参与到基层水文工作中，走在人与水关系的最前线。从实践中，认识、学习水的各种特性、属性，为水文分析、水利分析提供第一手的数据。

刚步入水文队伍，测量记录、观测水位、计算流量等工作，感觉是那么的枯燥和乏味。然而，在实际生活和工作中，老员工的态度和热情却使我改变了这种想法。记得那是我第一次参与流量测量工作，上游突发强降水，河道水位猛增，按照规范要求，必须及时抢测流量信息。只见师傅们整理好仪器，穿上救生衣，踏入河中，涉水测流，作为实习生的我们在岸上观察学习，秒表滴答滴答地走着，流速仪嘟嘟嘟地响着，从我的角度，刚好看到老师傅认真地记录着数据，汗水和雨水交织在一起，一滴滴地从他的脸庞划过，这个场景一直刻印在脑海中，令人难忘。这也是我参加水文工作的第一课，印象深刻的一课！

现在已经习惯了水文工作的节奏，每天早上六点半都会自然醒，起来打扫卫生、收拾房间，观察水位，读取蒸发量，记录数据，然后发报文，整编资料等等。可能是与水接触得久了，水文人身上也闪耀着水的品格，包容、乐观、温柔、刚毅。

对水的印象，从开始的畏惧，一点点地改变着，到现在的喜欢，与水为伍。生活在水边，工作与水同在，水已成为我生命的重要组成部分。

世界就是这么神奇，改变着一切可以改变的事物，而关于我和水文的好戏才刚刚开始！

（作者单位：河南省济源水文水资源勘测局）

不忘初心　且歌且行

周迎颖

曾经，母亲硕大的雨衣、处处漏雨的青砖瓦房办公室和那个从来不让我靠近的铁皮桶（现在知道那是自记雨量器）是我年少时关于水文的全部记忆。2006年，学习水文专业的我在花园口水文站实习，吴岩站长送我一本《水文感动黄河》的书，书中每一个水文人的故事都让人触目惊心。当我读完这本书，才真正了解到作为一名水文人，总是在同一背景下演绎着同一主题的人生故事，他们的生与死，闪烁着平凡而又独特的光芒，体现了生命的庄重与价值。随后，我在读后感中写下：既然选择了，就不能枉了“水文人”的称号；既然选择了，就要高昂起头颅，让热血随水一起奔腾！怯懦者绝不敢到这里来沐浴，有种的人才会到这里来播种青春和梦想……

2007年我大学毕业，回到了生我养我的土地，回到了母亲工作了一辈子的水文测站，也踏上了一条真正的水文工作者的奉献之路，找到了我作为一名水文儿女的人生价值和归宿。不知不觉，自己已经参加工作12年了。12年的磨砺让我从一名水文新兵成长为如今的中流砥柱。

工作第一年，一个大雪纷飞的冬日，我和水文前辈们在家属院车棚改造的库房里整编，几十人挤在一间屋子里，一半办公，一半隔出来做厨房，吃饭、办公都在一起，没有一个人叫苦。每天白天工作，夜晚加班，大家带着漏指手套依然冻伤了手指。水文前辈们认真地核对着每份数据、每张图纸，有时甚至为了0.1毫米的数据之差争得面红耳赤。这种精益求精的敬业精神，无声无息地感染着我。同时他们也毫无保留地把经验和方法教授给我们这些才参加工作的年轻人。记忆最深的是王鸿杰局长在总结会上讲的一个小故事：1915年在三省交界的三河尖成立了三河尖水文站，杨子俊先生成为这里的首任“水位记载员”，在战火纷飞的年代，没有政府经济支撑，没有机构管理，依然坚持观测记载水文资料几十载，并刻记了许多年份的洪水痕迹，一直到中华人民共和国成立后。这些资料被完整地保存下来，存档入库，为中国兴水治水积累了难得的宝贵资料。这里没有惊心动魄，没有轰轰烈烈，只有一份最质朴最平凡的坚守。

工作第二年，在潢川水文站参加河南省水文勘测工竞赛，无意间听闻了舅舅陈杰的水文故事。1991年7月4日，潢河爆发了当年第二次也是10年来的最大洪峰，水位不停上涨，超过警戒水位1.72米，当大家正在奋力测流时，上游冲来一个大麦秸垛横在缆道上，能承受500千克拉力的信号副索突然被拉断，流速仪失灵，测流工作无法进行，舅舅不顾自己39摄氏度的高烧，面对130米宽的激流，置生死于度外，两次跳入洪水中排除麦秸垛。2.6米每秒的洪流冲得他横躺在洪水中，他一手抓住绳索，一手奋力拨拉草垛，咆哮的洪水一次又一次将他吞没，经过20分钟的拼死搏斗，浮草垛终于被拨拉得所剩不多了。瞬间，哗的一声，麦秸垛和舅舅一起被卷入洪流。岸上做后盾的同志们赶快拉绳索，奋力抢救才把他拉上岸，只见捆在他身上崭新的3股绳断了2股！而他也灌了一肚子黄水，瘫倒在同志们怀中。后来还因呛了大量污水染上鼠疫。这么多年我只知道舅舅得病却从未听说过得病的原因。他也从未提过，只说自己命大！若不是听同事们提起，我永远也不知道，原来英雄就在身边，最平凡的人也是最伟大的！

时间一晃，我已工作多年。测站的工作也都了然于心，得心应手，而平淡而枯燥的测站工作难免让人心生倦怠，有些迷茫。就在2016年7月1日，新县发生超50年一遇特大暴雨灾害，倾盆大雨遮天盖地地狂泄而下，水位涨幅开始加剧，全站人员立即投入到流量抢测工作中,我和一群男同事们一起拉着手摇桥测车在桥上测流。伴随着狂风大雨、闪电雷鸣,还要调整铅鱼以躲避水中的漂浮物和巨大的树干杂物,整个测验过程惊心动魄,雨水、汗水湿透了衣襟,衣服干了又湿,整整48小时连续奋战,雨衣、雨鞋都没脱过,我们不仅仅是和洪水抗争,更是和时间赛跑,最终,我们成功测得整个洪水过程。当水情信息随着电波可靠、准确、及时、快捷地传送出去,为县委、县政府及各级防汛部门进行决策提供了科学依据,为减免重大洪水损失和确保人民生命财产安全做出了应有的贡献时,那一刻所有的疲惫和辛苦都化为自豪。那一刻才真正体会到水文工作奉献的真谛,平凡的工作成就了不平凡的我们!

70年来,从中华人民共和国成立初期的23人,7处水位、流量、降水量站到如今水文人才济济,水文站网遍布全省各个流域,雨量遥测站点星罗棋布;水文办公条件从最初低矮破旧的茅草房到如今宽敞明亮的楼房;水文科技从最初的人工测算、涉水测流,到如今水文信息自动化采集系统、ADCP等自动化测流技术,水文的变化可以说是天翻地覆。而我从听说的水文,记忆中的水文,到亲历的水文,点滴中更加深刻地体会到了一种传承。

70年来,我们的水文基础设施条件好了,技术先进了,但是不论哪一代水文人,初心从未改变,水文精神一直在传承。他们以默默无闻的无私奉献、兢兢业业的舍生忘死,不忘初心的砥砺前行,书写着水文人的传奇!

(作者单位:河南省信阳水文水资源勘测局)

诗歌篇

庆祝中华人民共和国成立七十周年

杨传彬

河秀山青披锦缎
南疆北国展新颜
水兴国盛彰民富
文载碑立歌功篇
热血母舰海疆卫
烈焰天宫星月环
祝词蜂拥量子送
贺信雪飞天眼观
伟程共征北斗引
大道同奔高铁牵
祖产新创共享车
国币首添移动端
七秩春秋开伟业
十亿龙孙齐奋前
华年不忘初心志
诞膺牢记使命观

（作者单位：河南省水文水资源局）

抗洪赋

——写在2016年7月新乡水文职工抗击特大暴雨之际

冯 卫

乌云蔽日压新城,浊浪排空汛情汹。
水文儿女英雄胆,击水中游山河动!
石闸开启弃洪灾,水文数据架长虹,
舍生忘死战风雨,人间正道九州同。
最是疾风知劲草,抢险测报利民生。
不忘初心显本色,洪水无情爱有声!

(作者单位:河南省新乡水文水资源勘测局)

大爱满江河

彭公明

黄河对我说
淮河对我说
有一群水文人
常在这里跋涉
深山小河
孤独寂寞
夏战洪峰冬踏冰
春播希望秋结果
几多风雨
几经拼搏
爱岗敬业
收获苦乐
啊，河南水文人
初心如磐
无悔一诺
浪尖缚苍龙
人间尽春色

海河对我说
长江对我说
有一群水文人
常在这里观测

翠竹精神
红梅品格
四季坚守传水情
江河安澜记心窝
几多求索
几经开拓
心系人民
报效祖国
啊,河南水文人
忠诚守护
饮风长歌
铁肩担使命
大爱满江河

(作者单位:河南省南阳水文水资源勘测局)

一滴水的守望

王瑜勳

我是一滴水，
时而穿越林海雪原，
时而蜿蜒莽莽群山，
时而漫步云端，
时而滋润人的心田。

我拥抱了风起云涌的瞬间，
我见证了沧海桑田的变迁。
我静静地汇集，
流淌到地头田间；
我咆哮着奔腾，
投身三峡去发电！

祖国啊母亲！
万里山河新画卷，
巫峡出平湖，天堑变通途。
锁蛟龙，战洪魔，
江河湖海展清澜。

久旱时仍有甘霖，
大涝时洪水被降伏。
通往家门口的水泥小路，
就是走向希望的康庄大道。

水管里涌出的涓涓清流，
那分明就是生活的蜜糖。

从未像现在这样渴盼秋光，
遍地的雪白和金黄。
棉花朵朵，玉米飘香，
树林也在身边飒飒作响。
似呢喃，似清唱，
心里有了依靠，眼光才放得高远，
您赠予希望，子女心中就有了理想，
您赠予翅膀，我们定当翱翔。

祖国啊母亲！
我们见证您大展宏图 70 年，
水利工程赋予我们每滴水造福人民的使命，
水资源管理三条红线荫福子孙后代不竭的源泉。

我是一滴无处不在的水珠，
让我守望在祖国的大地上，
看农田看高楼看高铁看神舟，
看那好日子翩翩而来，
看中华民族屹立世界的风范。

（作者单位：河南省郑州水文水资源勘测局）

我是一个水文兵

范留明

我是一个水文兵，
来自老百姓。
为了建设新中国，
甘当水利急先锋。

我是一个水文兵，
身份亦普通。
任凭风吹和浪打，
时刻监测雨水情。

我是一个水文兵，
神圣又光荣。
作为防汛耳和目，
测报汛情第一宗。

我是一个水文兵，
志在河湖中。
无论春夏和秋冬，
耐得寂寞守长空。

我是一个水文兵，
也有好憧憬。

全部实现智能化，
手握鼠标全搞定。

我是一个水文兵，
艰苦亦从容。
不忘初心心向党，
甘把热血化长虹。

（作者单位：河南省洛阳水文水资源勘测局）

祖国颂

郭双喜

辉煌建设七十年,百业昌盛一挥间。
三峡大坝锁蛟龙,5G 科技领尖端。
西气东输利东西,南水北调润北南。
高铁叱咤飞江河,高速纵横枕山川。
北斗卫星定乾坤,大运飞机翔蓝天。
神舟飞船航宇宙,航空母舰镇波澜。
太湖之光真神威,大国重器护国安。
世贸组织亚投行,一带一路谱新篇。

(作者单位:河南省安阳水文水资源勘测局)

水文颂

李　黎

我是一双千里眼，
每天迎着晨曦，
穿行在豫南之边，
把问着湍湍淮河的脉向。
我是一对顺风耳，
每天披着夕阳
跋涉在豫北之陲，
关注着汤汤卫水的健康。
我是雨量筒里跃动的笔尖，
在倾盆而泻的雨声里，
记载着水文人的守望。
我是流速仪上的旋桨，
在奔腾咆哮的洪流中，
聆听着水流内心的动荡。

烈日晒，暴雨淋，
河边走，桥上行。
电闪雷鸣是我的冲锋号，
江河湖海是我的主战场！
狂风骤雨，
我们登上飘摇的测船，
挺立潮头，保卫安澜。

惊涛骇浪，
我们挺起铁骨的脊梁，
同舟共济，捍卫家园！

一根根缆索横空飞渡，
一条条测船浪里漂泊，
一串串编码及时传报，
一个个数据欢唱凯歌。
顶得住！测得准！报得出！
顶风冒雨抢测点，
战天斗地降洪魔。
“75·8”特大洪水，
我们乘风破浪，
坚守着中原九千四百万人民的生命线！
安阳“7·19”特大暴雨，
我们勇往直前，
保障了豫北一千二百万亩良田的丰产篇！
四季轮回，水涨水落，
见证着水文人无悔的奉献。
壮志铿锵，伏波安澜，
书写着水文人不朽的功勋。

我们从绵延的太行山下行过，
我们从九曲的黄河岸边行过，
我们从山峦石滩的湍流间行过，
我们从一代又一代老水文人的脚窝里行过。
踏着坚定不移的步伐，
抱着不忘初心的信念，

在砥砺前行的新时代，
为实现中华复兴伟业，
甘然奉献着似水华年！

你听，
综合治理，标准规划，
防汛抗旱，水质监测，
水土保持生态环境，
“十三五”吹响生态水文的号角。
你看，
倡导和谐，关注民生，
水政监察依法治水，
可持续水文健康发展，
家园叠翠万古流长！

从丹江口到南太行，
初见小南海的拦蓄兴利，
又观小浪底的泄洪巨浪！
一幢幢崭新的观测站房拔地而起，
一座座现代化巡测基地不断建成，
浮标起点距测验开启优化试点，
电子经纬仪监测实现直读功能，
无人机航拍出清晰的河流动态，
现代化防洪演练气势恢宏。

我们用先进的科技，
承载起防汛耳目的重任；
我们用深情的呵护，

守护着中原大地的万家平安。
我们用百折不挠的辉煌奋斗，
镌刻着峰顶浪尖的记忆；
我们用笑傲烟霞的豪情激荡，
谱写着一曲不朽的大河乐章！

（作者单位：河南省新乡水文水资源勘测局）

一波一澜总关情

郝丽茗

风里来，雨里去，
天公不容共议。
洪水不休，水文不眠，
不可懈怠。

在碧波荡漾里未雨绸缪，
在波涛汹涌下奋楫测水，
在彻夜灯明旁调兵遣将，
在洪魔拼敌中伏波截流。

以山为邻，无畏汛旱。
一条观测路，一颗赤子心。
生命律动融入江水流淌，
心中尺度经起岁月打熬，
脚下印记明明灭灭日日夜夜。

披星戴月，栉风沐雨，
时代吐芳华。
百舸竞流，逐浪不休，
续写春天故事。

烟雨楼台星星火，

逢春蛰起殷殷雷。
一滴水藏大千世界,
一支笔识蜿蜒水脉。
一把测尺量山高水长,
一颗诚心品岁月冷暖。
扎根水文,勇挑重担,
使命未曾移。

风里来,雨里去,
不予天公作对。
洪水不休,水文不眠,
浮躁可休。
一波一澜,波澜不惊,
点滴关情,不曾思量。
一颗初心,自是在怀。

(作者单位:河南省南阳水文水资源勘测局)

水文魂

张　越

新国立，握钢枪，热血飞扬冲天响。
风雨路，五星扬，歌唱祖国守在岗。
中华舟，已远航，乘风破浪似龙王。
水文人，战洪浪，抢险应急精准详。
荒郊夜，野外乡，孤寂岁月暗思量。
善求索，心向党，何谈苦乐与感伤！

闻鸡起，踏晨光，呼啦一声扛行囊。
四季风，挺胸膛，奔赴荒野乡村巷。
架仪器，躬身上，横跨边界地两行。
望天空，日正强，汗滴双鬓湿衣裳。
测水准，仗步量，调平校准没商量。
测地形，走四方，方圆荆棘数划伤。

正当午，饥肚肠，蹲在地上饭更香。
天色暮，飞虫殃，蚊虫乱窜吸血浆。
星光路，始返航，数据整理夜未央。
水文人，测算量，午夜方才入梦乡。
梦醒时，晨微亮，重振精神赶朝阳。
江河系，跟随党，万般苦难皆能降。

七十年，国更强，水文翻开新篇章。

遥控船，新方向，测船拉绳换新缰。
率定仪，台阶上，自动校核更时尚。
高发展，科技强，牢记使命莫敢忘。
新时代，效率长，水文前景更宽广。
忆先辈，梦起航，不忘初心在路上。

（作者单位：河南省开封水文水资源勘测局）

你是我的海

——写在中华人民共和国成立70周年之际

翟朋云

人生的路就像河流，
从小溪走来，
川流不息，
奔向大海。

如果我是一滴水，
祖国便是我的海。
当我站在浪尖远眺，
那片湛蓝，
就是我的最爱。

因为最爱，
我与水结缘，
生命里的每一滴血，
都闪耀着您的光彩。

因为职责，
我坚守水文岗位，
以昨天的铮铮誓言，
化作浪花般的精彩。

我愿是平凡的一滴水，
从高山小溪中走来，
汇聚成川流不息的江河，
奔向您的怀抱。

啊，祖国！
你就是我的海。
我愿用平凡的一生，
为您添光增彩。

（作者单位：河南省济源水文水资源勘测局）

丹心照江河

柴 颖

野渡舟自横,独立江河畔,
不闻绵言隽语声,
唯闻水流翻卷。

常驻水文测站,
甘守清寂苦寒,
穷防控之精确,
尽测报之奉献,
防汛抗旱争先锋,
团结奋战灾洪减。

岁岁月月付血汗,
化作厚重水文年鉴。
一生一世作坚守,
铸就江河安澜。

水文人,
情系祖国,心忧百姓。
把脉江河,波浪滔天。

水文人,
兴水之利,除水之害,

研究水文水资源，
泽被苍生与桑田。

水文人，
不忘初心几十载，
一片丹心照河山。
盛世海晏谱名曲，
水文辉煌续新篇。

（作者单位：河南省南阳水文水资源勘测局）

祖国,我心中的母亲

赵飞燕

五千年的风,
五千年的雨,
五千年的风霜洗礼,
迎来了中华人民共和国——您的新名字。
至此,您又像初生的婴儿勃勃生机,
从步履蹒跚中学会昂首挺胸,
从惊涛骇浪中练就了处事不惊。

您的臂膀越来越强健,
您的话语越来越震撼。
面对越来越多的世界听众,
您是多么的威严而又自信。
面对我们中华儿女,
您又是多么慈爱而宽容。

七十年的砥砺奋进,
七十年的风雨同舟。
您走过了别人数百年才能完成的路,
您创造了让世界瞩目的辉煌成就。

小时候,我听爷爷讲故事,
他是抗日战场上的老英雄,

他以党员的名义讲述过去的苦与难。
雄鸡一唱天下白,敢叫日月换新天,
见证了您是怎样站起来。

长大了,我听爸爸讲故事,
他是为人师表的老教师,
他以教育者的身份讲述国家大发展。
敢上九天揽月,敢下五洋捉鳖,
见证了您是怎样富起来。

现在,我来讲故事,
以普通人的身份讲述新时代。
高速铁路通四海,一带一路向世界,
见证您是怎样强起来。

将来,我还要听孩子讲故事,
她以未来的名义讲述民族已复兴。
如日中天,气贯长虹,
见证您怎样实现了中国梦。

啊,我的祖国,
我心中的母亲!
您是滔滔大河,
您是奔腾长江。
而我,
只是您怀抱里的一滴水,
强国路上的追梦人。
我将不忘初心、牢记使命,

以中国人的名义，
风雨兼程，砥砺前行。

（作者单位：河南省安阳水文水资源勘测局）

水文情怀

金苗苗

小时候看见大人们面对国旗会激动流泪
我不明白
小时候看见刘胡兰面对死亡却目光坚定
我不明白
小时候看见父亲在雨季忙碌却乐此不疲
我不明白

是什么感染了他们
是什么支撑着他们
是什么激励着他们
是什么让他们如此感性、如此坚强

长大后
当我面对五星红旗的时候
当我握紧拳头对党宣誓的时候
当我也站在水文行列的时候
我明白了,我了解了
是我们伟大的祖国
是她创造了辉煌的历史,养育了多彩的民族
是她把住新世纪的航舵,创造了震惊世界的奇迹
是她用勤劳与智慧,开拓了更加灿烂的诗篇
是我们可爱可亲的党

是她用星星之火,为我们开辟了光明大道
是她用无私的奉献,护佑我们一代又一代
是她历尽曲折与坎坷,给予我们幸福与安康

当我成为水文子弟兵
我找到了父亲的身影
每天的水位观测,我们持之以恒
每次的流量测验,我们认真对待
面对狂风暴雨,我们勇往直前
面对洪水肆虐,我们临危不惧
因为我们深知
时间就是生命
洪水就是命令
虽然我们的岗位平凡
但我们站在国家防汛的前沿
我们是尖兵,我们是耳目
这是祖国给我们的任务,是党赋予我们的责任
我们要让人民安心,让祖国放心

改革开放沐春风
在党的领导下
在新世纪的年轮下
水文事业有了天翻地覆的变化
告别木船,ADCP 冲锋陷阵
缆道横跨两岸,铅鱼劈波斩浪
告别了焦急的信息等待
遥测系统纵览全区,一目了然
网络报汛系统方便、及时、快捷

水样测验仪器设备齐全,先进精准
优越的办公条件引领我们现代化
网络的信息时代让我们信息相通

啊——我的水文
你如北斗星般指明我的方向
我愿为你倾注一生,为了山更清水更绿
啊——我们的水文
你如神女峰般令我们魂牵梦绕
鸿鹄之志的水文人,碧水蓝天一生的写意
啊——党的水文
你如无往不胜的战士般守护水利伟业
三峡工程南水北调有你不可磨灭的烙印
啊——祖国的水文
你守护母亲河尽心尽责,劳苦功高
她奔流不息的舞步有你谱出的动人
如今的水文人,正意气风发
用我们有限的生命
滋润共和国的年轮
书写着属于我们自己独有的靓丽风采!

(作者单位:河南省信阳水文水资源勘测局)

守护者

闫海波

有这么一群人
他们远离繁华
日夜与江河为伴
面对狂风暴雨
他们冲锋在前
面对滔天骇浪
他们破浪向前

有这么一群人
他们坚守在抗洪一线
甘守寂寞,无私奉献
收集信息分析水情
默默无闻无悔无怨

有这么一群人
他们不追名逐利
只为江河安澜
伴随着共和国一起成长
前进的步伐历久弥坚

不忘初心、牢记使命
甘做江河守护者

薪火传承，不畏艰险
用奉献诠释平凡人生
对祖国忠诚无限
这，就是水文人的铿锵誓言

（作者单位：河南省新乡水文水资源勘测局）

忆站友　守初心

马松根

芦庄水文站站长丁金良在穷乡僻壤的芦庄水文站一守就是20多年，于2011年1月27日下午4时心脏病突发倒在工作岗位上，年仅49岁。

丁站长
往事虽已远，历历在眼前
山高流长，岁月如烟
溱头河畔，芦庄水文站
水尺旁留下您的足迹
缆道房洒下您的汗水
观测场记下了您的身影
办公室里熬红了您的双眼

丁站长
往事虽已远，记忆在舒展
艰苦磨难，风雨酷鞭
洪水滔天，汗水未干
一个个数据被您准确监测
一组组情报发自您的指尖
您坚强的身躯屹立在溱头河边

丁站长，是您

使这里旧貌换新颜
青山脚下,绿水河畔
米黄色的办公楼
是您骄傲的杰作
自动化测流缆道
是您自豪的源泉
您把最好的房间让给了战友
自己甘愿住在值班间

丁站长,是您
在这里一守就是二十多年
双肩担重任,撑起一片天
检查雨量站
您徒步数十里
看罢水位坚持夜战
饥肠辘辘间
一碗方便面还未动筷
您就猝然倒地,无力回天
星空万里,英灵有知
“死也要死在水文站”
耳边犹回响您的热血誓言

丁站长,您走了
您践行了您的誓言
却给我们留下了无限遗憾
您还年轻啊,就以生命诠释了人生价值
为水文谱写了光辉的诗篇

丁站长，一路走好
送您的时候正是严寒的冬天
我们怀着悲痛的心情
就像一片雪松一样穆然
面对您的遗容
伤心、泪流、无言

丁站长，您铭刻在我们心中
从未走远
年轻的水文人已继承了您的遗志
也像您一样忠诚地坚守在山沟河边
为水文现代化
无私奉献，携手向前

（作者单位：河南省驻马店水文水资源勘测局）

致敬，水文人

鲍　琳

雨一遍遍地下
淹没了他们的昼与夜
无尽的岁月
默默地流淌

时光深浅，他们把汗珠藏在裤脚和发梢
佯装经过露水的惬意
就像在河滩捉住一片彩云一样
可我知道
那里面已经凝聚了分分秒秒的艰辛
盛满了一组组水文数据的鲜亮

岁月深浅，他们拨开黎明又拉上夜幕
他们远离繁华与喧嚣，与寂寞为伍
他们顺着每条河流的脉络
探索着大自然的变化规律
把握着江河湖泊的变化无常
以严密的水文监控站网
编织一个驯服自然的牢笼
绘一幅水文蓝图天地安祥

雨越大，他们越是激流而上

电闪雷鸣是大自然馈赠的礼炮
待到风和日丽,一样坚守在岗
且把那严寒酷暑当作家常

细致观察,练就了他们的火眼金睛
面对使命,坚如磐石,绝不彷徨
及时准确,科学预测
驯服洪魔守护黎民田桑

风一遍遍地吹
吹干了他们的汗水
波光粼粼的江河
荡漾着他们的精魂与灵光

啊,这就是
默默无闻,书写大爱的
水文人的脊梁

(作者单位:河南省信阳新县文联)

感谢祖国　情系水利

王果立

晚风吹荡着宁静的夜空
月亮在云朵里静静地倾听
马扎围成了弯弯的月牙
听老人讲述苦涩的故事
老人的眼神深邃而迷离
老人的思绪飘向了远方的过去

一位母亲双眼饱含着泪水
望着茫茫的黄沙和淤泥
发一声长长的叹息
再也找不到那个温馨的家哦
孩子说:妈妈,咱们为啥不回家
妈妈说:家园没了,那里再无牵挂
孩子说:那我们去哪呀
妈妈说:妈妈带你去一个没有洪水的地方

可他们怎么也走不出茫茫的淤泥和黄沙
暴雨洪水与干旱交替
自然界的晴天霹雳
击碎了他们的一个个梦想
妈妈看着孩子期盼的眼神
望着背井离乡的人群

那种无助的迷茫到了极点
黄河啊,请不要那么咆哮
洪水啊,请不要那么撒野
其实我们不要多大的地方
也没太大的奢望
我们只需要一个安稳的家啊

懂事的孩子望着母亲的脸庞
攥紧了小小的拳头
安慰妈妈说
我不要再有洪水
我要与洪水做斗争

终于,孩子长大了,长在了红旗下
成为了一位光荣的水利工作者
母亲露出了欢欣的笑容
抚摸着孩子的面颊
沿着孩子踩出的路
一起搬进了温馨的家

祖国是最好的母亲
在五星红旗下
万众一心把汗水挥洒
鼓足干劲兴修水利
一眼眼机井,一座座水坝
一个个水电站,一处处水利大闸
乡间地头,灌溉农田
河流湖泊,杜绝水患

昔日的黄泛区，变成了米粮川

再没有那洪水面前声嘶力竭的呼喊
再没有那洪灾后一片狼藉的家园
再没有母亲苦难的泪水
再没有老人们悲伤的往事云烟
黄河干流建起了无数控制工程
三门峡、小浪底，万里河防
伟大的水利工程造福万代
祖国的昌盛撑起了艳阳天

为之奋斗的一代水利人老了
他们的眼睛湿润了
在老人的一生中
最想说的两个字就是
感谢
感谢您！伟大的中国共产党
感谢您啊！祖国母亲

（作者单位：河南省商丘水文水资源勘测局）

扬　帆

李　黎

走进岁月的远方
打开记忆的长卷
天安门城楼一声庄严的宣告
燃起了华夏儿女殷切的期盼
70 年的风雨,70 年的考验
无论经历多少磨难
无论征程多么遥远
伟大的祖国带领我们
走进世界瞩目的强国之林
走进和谐发展的光彩诗篇!

我们是祖国的水文儿女
生在牧野大地
长在黄河岸边
时刻谨记着
水文是水利水电和国民建设的重要基础
关系着河道的安澜
准确、及时,是水文之业的根本
改革、创新,是水文发展的图腾
服务、开拓,是水文前进的动力
与时俱进,是我们用大水文的理念
绘出水文发展蓝图的恢宏誓言!

我看到
计算机和互联网走进了小小的水文站
代替了人工作业的是各种计算和整编软件
自记水位计如忠诚的卫士时时监测
数据的传输通过网络连接流畅方便
ADCP 剖测仪简化了测验过程
通信技术和信息化程度的提高
让水文走向了广阔世界的科技尖端！

我看到
水文的职能不再局限于汛期测报
服务社会的意识在增强和改变
无论是区域经济、城市规划，还是水利发展
无论是水电工程设计，还是道路桥梁、输油管道的施工兴建
都离不开水文分析与计算

我看到
一座座漂亮的小楼矗立眼前
替代了过去穿风漏雨的旧站房
一条条硬化平整的路面
铺平了昔日的泥泞不堪
业余文化生活的丰富多彩
让水文人露出了灿烂的笑脸
改造工程的深入落实
让水文人拥有了美丽的世纪家园！

我看到

拼搏和创新为水文插上了飞翔的翅膀
水文人的发明创造应用于工作实践
数字式雨量显示器、缆道上油器
皮囊式水位传感器在实际工作中应用广泛
互联网式水情信息传输系统
让汛期测报工作有了新的突破和发展
科研能力的不断进步
新解放、新跨越、新崛起的全新理念
在水文战线闪烁着智慧的光芒
谱写着开拓的新篇!

祖国啊!伟大的祖国
今天,在您70华诞的清晨
我站在黄河岸边
您繁荣昌盛的英姿
水文日新月异的发展
我胸襟难平,思绪万千!

让我掬一捧黄河之水
承载起千万水文儿女的祝福和期盼
让我们融进您的热土
盛开出一树叶茂枝繁
让我们汇入您的洪流
激荡出一曲汹涌浩瀚
让我们擎起水利新跨越的大旗
坚定着水文大发展的理念
在您殷切的眺望和指引下
在改革前进的滚滚浪涌中

为新时期蓄势待发的水文巨轮
启航、扬帆！

（作者单位：河南省新乡水文水资源勘测局）

水质监测的白衣天使

赵飞燕

小时候
以为白大褂是医生的专利
长大了
才知道衣服不是职业的唯一标志
如今
我也穿着白色的工作服
而我
只是水文战线上的一名水质检测员

一样的白色大褂
不一样的诊治对象
医生面对的是人
我们面对的是水

冬天的风雪,夏日的骄阳
见证着采样人员的辛劳
岸边的鹅卵石,河堤上的小树
等候着采样人员的如期而至
留下的是采样人员的汗水
带走的是珍贵的水质样品

水有时像个调皮的孩子

有时一如含羞的少女
无论她来自哪里
河流、水库还是排污口
无论她是何种类型
地表水、地下水还是大气降水
无论她是清洁还是污浊
只要她踏入化验室
我们都能使她变得温顺、乖巧

水温计量出的是水的体温
流速仪测出的是水的脉搏
滴定管滴出的是水的精髓
光度计读出的是水的灵魂

例行监测是对水的体检
应急监测是对水的急诊
淇河、卫河、洹河、浊漳河
南海水库、彰武水库、汤河水库、盘石头水库
都是我们监测的阵地
我们是特殊的白衣天使
我们的共同名字就叫水质检测员
日复一日守护着江河的安康
无悔永远

（作者单位：河南省安阳水文水资源勘测局）

一滴水的见证

段汝意

我,是一滴水。
跨越了五千年的华夏时空,从远古走到今,
在“河图洛书”的宝典上流溢,在大禹治水的史篇内留名;
在甲骨文的龟片上记载,在《诗经》《楚辞》的吟唱中回声;
在三峡、小浪底的赋碑上镌刻,在南水北调的长河里北行。
我,是一滴水。
凝视着山川大河边的铮铮铁骨、泣血丹心,
赞叹于李冰父子的顺势而为、精益求精;
感动于“召父”“杜母”的实干求变、为民请命;
欣慰于上将“水官”冯玉祥的躬身治水、造福百姓。
我,是一滴水。
见证了在这片广阔土地上,
国家对人民的重视,政府对百姓的关心,
见证了七十年峥嵘岁月中,
这披荆斩棘的群体,这风雨兼程的精神。
我,是一滴水。
在无尽的奔腾中,
听到了“节水优先、空间均衡、系统治理、两手发力”的新时代治水方略!
听到了全国上下奏响了“补短板,强监管”的新时代水利工作最强音!
我,是一滴水。

见证了中原水利日新月异的变化。

见证了水文事业正乘着新时代的春风扬帆起程。

见证了这伟大事业背后那熟悉而又刚毅的身影。

“路漫漫其修远兮,吾将上下而求索”。

我看到了独守大山十余载,不负青春践初心的基层水文哨兵闫海波,“用心精至自无疑,千万人中似汝稀”。

我看到了多次夺得业务技能大奖,伏案测、算、整、编的“水文活字典”徐新龙,“大江奔流显本色,风起云涌立潮头”。

我看到了年过半百搏激流,荣获“全国防汛抗旱先进个人”称号的水文职工黄志泉,“千磨万击还坚劲,任尔东西南北风”。

就是这么一群人,积极推进水资源水环境信息服务,为生态文明建设提供技术支撑。

就是这么一群人,不断深化水文监测管理改革,以优质的水文服务为经济社会发展提供可靠支撑。

就是这么一群人,精准开展水文测报预报,为防汛抗旱提供数据,当好水利事业的耳目尖兵。

大河奔涌势正雄,千里中原春潮生。

新时代“科学,求实,创新”的水利建设如火如荼,新时代“忠诚,干净,担当”的水文人且歌且行。

风正潮平,自当扬帆破浪。

任重道远,更需策马扬鞭。

我愿做一滴水,肩负起时代赋予的新使命;

我甘做一滴水,融入水利改革发展事业的时代洪流;

我要做一滴水,见证中原续写人水和谐的新篇章!

(作者单位:河南省南阳水文水资源勘测局)

祖国颂

李百合

我的祖国
您从黄河的源头走来
伴着华夏民族五千年的光辉沧桑
坚定的眼神带着睿智的光芒
您用激情燃起了奋斗的火焰
您用汗水浇灌出新生的希望

是您
让我从秦砖汉瓦中感受到历史的兴衰变幻
是您
让我从五岳三山里读懂了山河的恢宏雄壮
跨越悠悠长河
您踏过的足迹谱出了一首慷慨激昂的乐章

您看
遥感卫星高景一号的发射升空
吸引了全球关注的目光
世界第一的太湖之光
威力更是非同凡响
雪山一号隧道的正式通车
让国人驰骋在世界海拔最高的土地
宏伟的北盘江大桥

架起了通向世界第一的建筑殿堂
一带一路的港珠澳大桥沉管隧道
创造了世界“滴水不漏”的奇迹
书写了海底隧道建设的历史篇章
强国之声已经奏响
我们必将铸就万众瞩目的七彩华章

啊,我的祖国
天安门前迎风飘扬的五星红旗
是您胸前象征荣誉的勋章
自由翱翔在蓝天的和平鸽
将您美好的期许播撒在中原大地上
连绵的山脉是您宽厚温暖的臂膀
涓涓的山涧溪流是您轻声的问候在耳边回响

今日
让我们手牵着手围绕在您的身旁
为您的诞辰将星光般灿烂的祝福送上
我亲爱的祖国
愿您永远年轻向上
我亲爱的母亲
愿您永远富强安康

(作者单位:河南省平顶山水文水资源勘测局)